LE JARDIN DES OLIVIERS

Max Gallo est l'auteur d'une œuvre importante qui compte plus de soixante-dix livres.

Dans ses romans, *La Baie des Anges*, une trilogie tirée à 650 000 exemplaires, *Un pas vers la mer*, *Une affaire publique*, *Le Regard des femmes* et bien d'autres encore, ses études historiques *La Nuit des longs couteaux*, etc., ses biographies *Garibaldi*, *Vallès*, *Robespierre*, *Jaurès*, *Rosa Luxemburg*, ses essais, il tente de raconter et de comprendre comment vivent, pensent, aiment, créent les êtres, comment ils peuvent conquérir leur liberté dans la société et face aux systèmes, aux préjugés, aux déterminations qui les mutilent.

Une affaire intime (roman publié en 1978) a été adapté au cinéma sous le titre *Boulevard des Assassins*, avec comme principaux interprètes Marie-France Pisier et Jean-Louis Trintignant.

Le Jardin des oliviers fait partie d'une suite romanesque qui se compose de dix romans dont *La Fontaine des Innocents*, *L'Amour au temps des solitudes*, *Les Rois sans visage*, *Le Condottiere*, *Le Fils de Klara H.*, *L'Ambitieuse*, *La Part de Dieu* et *Le Faiseur d'or*. Ces romans indépendants les uns des autres mais reliés par des personnages et le thème (l'exploration des mœurs et des passions de la société française à la fin du XXᵉ siècle) sont regroupés sous le titre de *La Machinerie humaine*. « Cette œuvre d'ampleur quasi balzacienne a mieux encore cerné ses ambitions de "Comédie humaine" », a souligné la presse.

Ses derniers succès sont *Napoléon*, une biographie en quatre volumes, tirée à 800 000 exemplaires, mais également une biographie de *De Gaulle* en quatre volumes. Par ailleurs, ses derniers romans historiques (*Les Patriotes* et *Bleu blanc rouge*) connaissent le même accueil auprès des lecteurs. Il termine une biographie de *Victor Hugo*.

GW00547032

MAX GALLO

Le Jardin des Oliviers

ROMAN

FAYARD

« C'est de ce temps-là que je garde au cœur une plaie ouverte... »

JEAN-BAPTISTE CLÉMENT,
Le Temps des cerises

PREMIÈRE PARTIE

Le balcon du père

1

« Les gens, il faut les prendre comme ils sont. »

C'est ainsi que parlait Lucien Gavi. Il venait d'avoir cinquante-deux ans et passait la plus grande partie de ses journées sur l'étroit balcon de son appartement. C'était son coin, son refuge, son atelier. Il s'était installé là au lendemain du jour où il avait perdu son emploi. Sans mot dire, sa femme, Madeleine, l'avait regardé disposer trois caisses côte à côte dans l'un des angles du balcon. Lorsqu'il était rentré dans la salle de séjour, laissant la porte-fenêtre ouverte malgré le froid, il avait simplement murmuré :

« Je veux garder la main. »

Il avait enfilé un pull-over, puis le blouson qu'il mettait pour se rendre au travail, et il était ressorti sur le balcon, tirant derrière lui les battants.

Une caisse lui servit d'escabeau, une autre d'établi.

Au bout de quelques jours, la rumeur courut les cages d'escalier que quelqu'un, au cinquième étage du bâtiment A, réparait pour rien tous les appareils. On vint sonner à sa porte, mais on comprit vite qu'il ne répondait qu'avant neuf heures. Après, on pouvait carillonner, crier son nom depuis le parking, il n'ouvrait pas. Il ne faisait jamais entrer personne dans l'appartement. Il écoutait les explications sur le palier, puis prenait l'appareil entre ses bras, et, avant de pousser la porte de la pointe du pied, il lançait : « Après-demain matin. »

Il n'eut guère le temps de lever la tête. Quand il lui restait quelques minutes, la réparation effectuée, il démontait un poste de radio ou un téléviseur qu'on avait jeté et récupérait les haut-parleurs, quelques vis, des condensateurs ou des circuits imprimés qu'il entassait ensuite dans sa troisième caisse. Souvent, même quand il ne recherchait pas une pièce, il plongeait dans cette caisse ses doigts longs et maigres, à l'image de son corps et de son visage, prenant l'un des objets au hasard, essayant un écrou sur un pas de vis. C'était le seul moment où il sifflotait.

De temps à autre, il roulait une cigarette. Il disposait et tassait le tabac dans le papier avec virtuosité, collant le bord d'un mouvement rapide de la langue et des lèvres, tout en jetant un regard vers l'intérieur de l'appartement comme s'il avait craint que Madeleine ne le surprît. La tête légèrement rejetée en arrière, il faisait jaillir la flamme de son briquet, le laissant allumé plus qu'il ne fallait à faible distance de sa cigarette, comme s'il rêvait ; puis il aspirait quelques longues bouffées et, gardant la cigarette au coin des lèvres, plissant les yeux, il se remettait au travail.

Il avait été électricien trente-sept ans durant — donc depuis l'âge de quinze ans, c'était en 1959 —, apprenti d'abord, puis installateur, monteur, dépanneur, réparateur.

Quand Madeleine, une infirmière de vingt ans, l'avait épousé en 1973, Gavi était un homme jeune — il avait neuf ans de plus que sa femme —, svelte, joyeux, bondissant sur les échelles comme l'aurait fait un gymnaste.

C'est cette assurance, cette énergie qui avaient plu à Madeleine. Lucien, comme elle disait à ses collègues de l'hôpital Saint-Roch, c'était ses vitamines, son remontant.

« Au lit, il est comment, ton monteur ? » lui demandait Josiane Tozzi, son amie de toujours, vendeuse dans un comestible, cours Saleya, qui sentait l'anchois, le parmesan, et, le samedi, jour des plats cuisinés, la sauce tomate et le basilic.

Baissant la tête, Madeleine répondait qu'elle n'avait besoin de personne d'autre, qu'elle était bien montée.

« Ça, ripostait Josiane, on le sait seulement quand on a essayé ailleurs. »

Madeleine n'avait pas eu cette curiosité. Jérôme était né l'année même de leur mariage et, entre les gardes de nuit et les cris du bébé, il n'y avait guère de place pour les vagabondages. Mais, lorsqu'on l'interrogeait, elle disait, même si le mot la gênait, qu'elle était heureuse, comme un défi lancé à ce mauvais sort qui vous abattait un homme en une fraction de seconde et vous le couchait sur un lit d'hôpital avec la colonne vertébrale brisée.

Aussi avait-elle été rassurée quand Lucien avait cessé de grimper sur les échelles pour devenir réparateur ou dépanneur. Un mot ou l'autre, quelle importance ? Il circulait en camionnette, se rendait chez les clients, et tout ce qu'il risquait, c'était un tour de reins en soulevant un téléviseur ou un réfrigérateur.

« Tu le sais, j'espère, insinuait Josiane, ils ont tous les jours des occasions. Il y a souvent des femmes qui n'attendent que ça. Maurice me dit qu'elles le reçoivent souvent presque nues, et Lucien, s'il ne te raconte rien... »

Josiane avait épousé Maurice Rovere, un agent d'EDF, en 1972. Nathalie était née l'année suivante.

Le dimanche, les deux couples mettaient les enfants ensemble. Les hommes pêchaient sur les rochers du cap Ferrat, les femmes bavardaient. En

11

hiver, on allait parfois à la neige. Jérôme et Nathalie skiaient côte à côte. Le temps passait. On se séparait à l'entrée de Nice : Gavi se dirigeait vers l'est, Maurice et Josiane Rovere vers l'ouest.

Le 7 février 1996 — une semaine, jour pour jour, après son cinquante-deuxième anniversaire —, le patron de Lucien Gavi, un revendeur d'appareils électroménagers et de matériel vidéo, l'avait appelé dans son bureau au fond de la boutique. De la fenêtre on apercevait les mâts des yachts amarrés quai des Docks, et, au bout, la poupe blanche du *Napoléon*, le paquebot en partance pour Ajaccio.

En toute une vie, avait pensé Gavi, il n'avait pas même été capable de se payer ce voyage vers l'Île de Beauté, comme on appelait la Corse. Et pourtant, lorsqu'il jouait, enfant, quai des Docks, Lucien avait guetté deux fois par semaine, l'arrivée puis l'appareillage du paquebot. Il s'était approché de la passerelle, avait écouté les cris des marins qui lançaient les amarres. Il avait encore dans la mémoire le sifflement de la sirène. Pendant des années, il avait répété à Madeleine, puis à Jérôme :

« L'été prochain, on ira en Corse, avec la voiture. »

Il venait d'avoir cinquante-deux ans, et le patron lui disait sans lever la tête :

« Assieds-toi, Gavi. »

Gavi avait d'abord eu droit à un cours d'économie appliquée : concurrence des grandes surfaces et de leur service après-vente. Puis à un grand numéro d'indignation : les banquiers rapaces qui serraient la vis ; les fournisseurs qui étranglaient les petits commerçants et se déculottaient devant les centrales d'achat ; les clients qui se faisaient enculer en musique alors qu'on leur vendait n'importe quoi. Mais est-ce que ces cons savaient que, sous des marques différentes, tout ce qu'on leur refilait était du *made in Korea* ? On ne réparait plus, on jetait. Il fallait ça pour que ça tourne. Mais pas ici, là-bas : en Chine, en Malaisie, en Corée, et maintenant au Viêt-nam où on payait les gens mille francs par mois.

« Qu'est-ce que tu veux que je fasse, Gavi ? Je mets la clé sous la porte. »

Puis, ç'avait été l'émotion, la voix qui tremblait, la reconnaissance, les éloges. Gavi ? Un ouvrier, un technicien modèle, un type de confiance auquel on n'avait jamais hésité à confier les clés d'un appartement. Un homme capable de prendre des initiatives. Ça crevait le cœur de se séparer de lui. Si la boutique avait tenu quelques années de plus, ç'avait été grâce à lui.

Le patron avait serré ses deux mains devant son visage. Ils avaient formé une équipe comme ça. Mais c'était la fin des petits — les petits commerçants, les petits patrons, les artisans, les ouvriers. L'amertume avait clos le couplet : ce monde-là n'était plus fait pour eux. Les jeunes ne savaient même pas se servir d'un tournevis. Il fallait les surveiller. Ils préféraient le RMI et la fauche.

« Des gens comme nous, Gavi, on n'en trouve plus. Trop cons d'avoir bossé toute leur vie. Et toi, tu vas toucher tes indemnités de chômage, ta retraite, mais moi, quoi ? Les petits commerçants, tout le monde leur a chié dessus. »

Avant de rentrer chez lui, Gavi avait marché jusqu'à l'extrémité du quai des Docks. Mais le *Napoléon* avait levé l'ancre.

L'immeuble qu'habitait Lucien avait été construit dans les années soixante-dix, sur les collines situées à l'est de Nice. C'était Madeleine qui s'était débrouillée pour obtenir l'un des appartements mis en vente par la Ville. On se les arrachait. On racontait que l'adjoint au maire chargé de la répartition ne les attribuait qu'aux jolies femmes complaisantes. Lorsque Josiane avait rapporté cette rumeur, Madeleine s'était indignée, mais, le jour de son rendez-vous à la mairie, elle s'était maquillée avec soin, avait mis une jupe courte et des talons hauts. C'était le médecin-chef de l'hôpital qui avait téléphoné à l'adjoint pour qu'il la reçoive. Gavi avait laissé faire. Il se trouvait bien, dans le deux-pièces sans salle d'eau de la rue Fodéré, derrière le port. Mais il fallait une chambre pour Jérôme. Alors, il s'était incliné. D'ailleurs, pouvait-il résister à Madeleine ? C'était une petite femme brune, corpulente et nerveuse. Elle donnait l'impression d'avoir le corps là et les bras ou les jambes ailleurs, tant elle bougeait vite, bousculant Lucien et son fils : « Poussez-vous, leur lançait-elle, vous m'encombrez, vous ne voyez pas ? »

L'adjoint n'avait rien exigé d'elle. Il avait simplement paradé, lissant ses cheveux noirs avec ses gros doigts bagués, promenant sa bedaine dans le bureau, disant que tout le monde les voulait, ses appartements, et puis, après ça on critiquait la Ville, on votait pour les cocos, on calomniait le maire et ses adjoints, mais on était prêt à tout pour obtenir un logement. Mais lui, bon prince et grand seigneur, ne voulait rien savoir de tout ça.

« Vous, qui êtes-vous ? madame Madeleine Gavi, infirmière ? »

Il avait lu la lettre que lui avait adressée le médecin-chef.

« Vous pourrez le payer, cet appartement ? Il fait quoi, votre mari ? »

Mais il n'écoutait même plus. Il avait déjà signé.

En la raccompagnant, il avait laissé simplement sa main un peu longuement en bas de ses reins, mais au-dessus des fesses, presque rien, à peine une légère pression, peut-être même sans y prendre garde, comme par habitude, du geste familier d'un homme à femmes.

Madeleine avait dit à Lucien Gavi : « Ce type, c'est

14

pas ce qu'on dit. Il n'est pas plus pourri qu'un autre. »

Ils avaient donc déménagé. Jérôme avait eu sa chambre. Il avait passé le baccalauréat, et maintenant — pour quoi faire ? mais c'était comme ça, mieux valait qu'il soit là plutôt qu'à traîner sur le parking et dans les rues avec tous ces fainéants — il était étudiant en histoire à la faculté des lettres.

« Qu'est-ce qu'on en fera ? » disait Madeleine.

Puis elle haussait les épaules. Elle se rassurait. Nathalie suivait les mêmes cours que Jérôme.

« Au moins, ils sont ensemble, murmurait-elle.

— Comme ça, les conneries, ils les additionnent », grommelait Maurice.

Mais Rovere était un oiseau de mauvais augure ; ça, chacun le savait.

Il avait le même âge que Lucien Gavi, à quelques semaines près ; souvent mal rasé, les cheveux déjà gris formant une corolle ébouriffée autour de son visage rond, il paraissait plus vieux. Sa peau était flasque et jaune, son corps boursouflé : un estomac proéminent sur des jambes grêles. Il parlait peu et, vers la quarantaine, dans les années quatre-vingt, ses gestes, sa démarche étaient ceux d'un homme déjà las, vite essoufflé.

A le regarder de près, en été, sur les rochers du cap Ferrat ou du Trayas, Madeleine éprouvait un sentiment de pitié et d'inquiétude mêlées. Quelle maladie il couvait, cet homme-là ? Elle ne le sentait plus accroché à la vie, et parfois, même si elle se reprochait cette pensée stupide, cruelle, elle se disait qu'il ne fallait plus fréquenter les Rovere, comme si Maurice avait été contagieux.

Mais il n'y avait pas que cela, Madeleine le savait bien. C'est bien pour cela qu'elle avait peur : c'était elle qu'elle voulait défendre, et non Lucien Gavi. Lui, avec sa silhouette juvénile, ne paraissait même pas s'apercevoir que Maurice Rovere se tenait à l'écart, assis à l'ombre sur l'un des bancs de pierre disposés çà et là au bord du sentier qui fait le tour du cap. Gavi plongeait de la digue d'un petit port privé aménagé dans les rochers. Il entraînait Jérôme et Nathalie. Quand, de la villa voisine, le gardien le menaçait, il répondait d'un geste obscène, puis criait que le bord de mer était la propriété de tous, et il invitait Madeleine et Josiane à venir s'installer sur les blocs de ciment. Provocateur, il s'appuyait au poteau qui portait le panneau indiquant qu'il s'agissait d'une propriété privée.

Josiane riait et s'exclamait d'une voix de gorge :

« Toi, Lucien, vraiment, rien ne te fait peur, tu ne changeras pas ! »

Elle s'allongeait sur la digue et Madeleine admirait son ventre plat, ses petits seins fermes qu'elle exposait au soleil, impudique. Ses jambes étaient minces, avec tout juste un peu de cellulite sur le haut des cuisses. De loin, on lui donnait à peine vingt-sept, vingt-huit ans — et même de près, devait admettre Madeleine.

Josiane et Maurice formaient ainsi l'un de ces couples dont on disait, à les contempler, qu'ils étaient mal assortis. Et Madeleine se demandait parfois si Maurice n'était pas malade de ça : d'avoir couru derrière une femme qu'il avait cru saisir, mais qui lui avait échappé, qu'il ne rattraperait plus ; et, parce qu'il l'avait compris, il s'était assis au bord du sentier et préférait baisser la tête, somnoler, ne plus rien voir.

Mais Lucien, lui, regardait, et Madeleine surprenait les coups d'œil qu'il décochait à Josiane, couchée à demi nue, les yeux fermés, cette putain ! Elle devait bien sentir que Lucien la trouvait à son goût. Celle-là, rien ne l'arrêtait quand il s'agissait d'un homme, ni morale, ni amitié. Et Madeleine devait se

16

retenir pour ne pas se précipiter sur Lucien, lui marteler le visage, l'insulter.

Heureusement, il y avait les enfants. Ils la rappelaient à la raison. Elle n'avait plus l'âge de la jalousie. Mais ça pinçait quand même, comme une vraie douleur partant du bas-ventre et qui déchirait la poitrine.

Les Rovere, il aurait mieux valu ne plus les voir. Mais les enfants s'aimaient bien, deux inséparables, et Josiane et Maurice étaient leurs amis de toujours. Alors, il fallait vivre avec.

Le soir, au retour d'un de ces dimanches d'été passés au bord de la mer, quand la peau brûle de soleil et de sel, Madeleine s'attardait devant le miroir de la salle de bains. Pour découvrir sa taille et ses cuisses, elle devait se hisser sur la pointe des pieds. Elle se détaillait sans complaisance. Bronzée, elle n'était pas si mal que ça.

A l'hôpital, il n'y avait pas que les jeunes malades pour tenter de la séduire. Des internes lui offraient souvent un café ; elle ne refusait pas. Si elle avait voulu... Mais voilà, elle ne voulait pas. Quelque chose qu'elle ne réussissait pas vraiment à cerner la retenait. Peut-être savait-elle qu'elle n'aurait pas pu dissimuler à Lucien une aventure, même si elle avait été sans importance, même si elle n'avait duré qu'une heure dans une chambre vide de l'hôpital. Et après, qu'est-ce qu'ils seraient devenus, avec cet aveu entre eux deux ? Un couple comme Maurice et Josiane ?

Madeleine restait longtemps enfermée dans la salle de bains. Elle ne répondait pas à Lucien qui l'appelait. Qu'il s'endorme, ce salaud ! Qu'il lui fiche la paix, ce soir !

Elle se sentait lourde, soudain envahie par un accès de colère et de désespoir. Elle aurait aimé être comme Josiane ou certaines de ses collègues qui, sous leur blouse blanche, l'été, ne portaient jamais de soutien-gorge, à peine une petite culotte, et encore, pas toujours. Elles ne se cachaient pas. Elles reprochaient même à Madeleine son comportement et l'accusaient de jouer les saintes-nitouches, ou, pire, d'être l'une de ces connes qui oublient qu'à la fin il y a ça : être vieux, avec des veines qu'on ne trouve pas sous la peau et qu'il faut pourtant piquer, avec ces corps qui ne réussissent même plus à se tourner tout seuls. Il fallait prendre tout ce qu'on pouvait, tout, quand il était encore temps. La vie passait vite, c'était injuste, mais on ne pouvait la changer. « Alors, autant jouir, ma vieille ! »

Madeleine sortait de la salle de bains, s'asseyait sur le bord du lit et restait un long moment le corps penché, comme si ses reins la tiraient vers le sol. Elle avait chaud. Le drap rêche irritait la peau. Le soleil avait frappé toute la journée la façade et les murs dégorgeaient une chaleur moite. Des éclats de voix montaient du parking. On entendait aussi les dialogues et la musique d'un film que des chansons recouvraient tout à coup, car les fenêtres de tous les appartements étaient ouvertes et les éclats bleutés des écrans des téléviseurs se reflétaient dans les vitres.

Madeleine se retournait. Gavi dormait sur le dos, bras écartés et repliés, les mains au-dessus de la tête, dans la position que prenait Jérôme lorsque, bébé, elle le posait délicatement dans son berceau.

Les hommes restent jusqu'à la fin des nourrissons, se disait Madeleine. Elle en avait vu tant et tant mourir !

Elle s'allongeait en essayant de ne pas faire grincer le lit, afin de ne pas réveiller Lucien et de pouvoir ainsi pleurer en paix.

Elle avait appris, à l'hôpital, à ne pas ajouter sa peine à celle des autres. Et elle était fière quand le médecin-chef, au terme de la visite, lui disait en lui tapotant l'épaule : « Tu encaisses bien. »

Si elle vomissait ou sanglotait après, c'était son affaire.

Le jour où Lucien Gavi lui avait annoncé qu'il était licencié et où, tout en ne la quittant pas des yeux, il avait dit qu'à cinquante-deux ans, il ne retrouverait plus jamais de travail, elle avait dû, comme en face d'un malade incurable qu'elle savait condamné —, « Moyenne de survie : trois à six mois », chuchotait à l'interne le chef de clinique —, rester impassible, ne pas répondre à Lucien qui la harcelait : « Tu ne dis rien ? »

Que voulait-il qu'elle dise ? Qu'il aurait dû, il y avait des années, comme elle le lui avait conseillé, imiter Maurice Rovere, ce fainéant, ce malin qui s'y entendait pour ces choses-là, entrer à EDF, avoir ainsi la garantie de l'emploi, bénéficier de tous les avantages : comité d'entreprise, séjours de vacances pour les enfants, tarifs spéciaux pour l'électricité et le gaz. Avec ça, Josiane se payait le coiffeur une fois par semaine, et un manteau neuf chaque année. Et elle s'envoyait en l'air.

Mais non, Lucien, toujours fier-à-bras, avait refusé. Du travail, il en trouverait toujours, avait-il prétendu. Madeleine n'avait pas insisté. Peut-être qu'au fond elle n'avait pas d'estime pour ceux qui se planquaient, comme Maurice. Seulement, où est-ce qu'il en était, Lucien, maintenant, à cinquante-deux ans ?

Elle l'écoutait raconter d'une voix calme son entrevue avec celui qu'il appelait « Monsieur Sebag ». Et Madeleine avait hurlé : « Monsieur Sebag ! Monsieur Sebag ! » Elle avait levé les bras. Ça n'était qu'un salaud, un hypocrite, son « Monsieur Sebag » ! Durant des années, il n'avait rien accordé à Lucien, et puis voilà que, brusquement, il le couvrait d'éloges en lui flanquant un coup de pied au cul ! Et Lucien, Lucien qui lui rabâchait « Monsieur Sebag » par-ci,

« Monsieur Sebag » par-là ! Mais qu'est-ce qu'il avait ? Qu'est-ce que c'était que ce respect ? Elle l'avait connu bien différent, il pétait le feu, en 1981 et avant ! La gauche, il en avait plein la bouche ! Il fallait se révolter ! Il voulait même créer une section syndicale à lui tout seul. Et aujourd'hui, « Monsieur Sebag », « Monsieur Sebag » ?

« Les gens, il faut les prendre comme ils sont, avait seulement répondu Gavi.

— Tu te rappelles que tu as un fils ? » lui avait-elle lancé.

Mais elle s'était aussitôt interrompue. Jérôme venait d'entrer dans la salle de séjour.

« Je suis en retard », avait-elle lâché.

Elle avait claqué la porte, l'avait rouverte, avait pris d'un geste nerveux les clés de la voiture posées sur la table, puis était ressortie sans se retourner.

Jérôme avait regardé son père, puis, esquissant un mouvement de la main, comme un timide salut, il avait regagné sa chambre.

Lucien Gavi était alors passé sur le balcon.

2

La grande affaire de Lucien Gavi, sur le balcon, c'était le soleil. Ses retrouvailles avec le soleil.

Il renouait là avec son enfance passée sur les quais du port, dans cette lumière dure et blanche qui le forçait à plisser les yeux et le front, si bien qu'à vingt ans, il avait déjà le visage ridé de ceux qui travaillent à l'air libre. Après, lorsqu'il avait quitté les chantiers, cessant en 1965 d'être monteur-électricien pour devenir technicien et dépanneur, il lui sembla qu'il s'était enfoncé dans un puits sombre. Il n'en ressortait qu'en fin de semaine, lorsque, avec Madeleine,

Josiane, Maurice et, plus tard, les enfants, ils allaient passer la journée sur les rochers du bord de mer ou, plus rarement, à la montagne. Mais, le lundi, il redescendait dans la pénombre d'un atelier de réparation, où seuls ses mains et les circuits des appareils démontés étaient éclairés par un projecteur de deux cents watts. Dans les appartements où il se rendait, il lui fallait demander qu'on fermât les volets. Parfois, les femmes qui le recevaient hésitaient ou bien le regardaient effrontément, la tête un peu penchée, leur robe de chambre entrouverte. Il avait souvent hésité, faisant un pas vers elles, mais, au dernier moment, il s'était toujours repris, expliquant qu'il avait besoin de l'obscurité pour régler la luminosité et le contraste de l'image dans ces pièces aux plafonds bas où il lui arrivait d'avoir l'impression d'étouffer.

Le balcon, maintenant, était comme un morceau de quai que battait le ciel, et les fils auxquels Madeleine suspendait le linge vibraient avec le même son aigu que les drisses des voiliers amarrés lorsque Lucien était âgé d'une dizaine d'années, quai des Docks ou quai des Deux-Emmanuels.

Gavi fermait les yeux. Ce soleil qui s'incrustait comme autrefois dans la peau de son visage, ces piaillements des filins d'acier faisaient remonter de si loin son enfance...

Il n'avait jamais eu le temps de se les remémorer, mais voici que, sur ce balcon, ses parents s'avançaient vers lui.

Son père, Joseph Gavi, avait été docker des années quarante aux années soixante. Il avait une nuque de bœuf, disait-on, des pattes qui s'abattaient parfois sur les joues de Lucien et y laissaient des marques rouges et brûlantes.

Cet homme silencieux, il avait semblé à Lucien qu'il était aussi indestructible que la colline du château surplombant les quais du port. Et puis, Joseph Gavi s'en était allé bêtement, à moins de cinquante ans. « Il est usé, avait dit le médecin. Les hommes comme lui, avait-il ajouté, se donnent trop. » Mais sa mère avait alors murmuré, Lucien l'entendait encore : « C'est pas qu'ils se donnent, docteur, on leur prend. Ils peuvent pas faire autrement. »

Le père avait attendu pour mourir que Lucien eût commencé à travailler comme apprenti monteur-électricien sur les chantiers qui s'ouvraient à l'est de la ville, dans les quartiers Saint-Roch, ou à la Trinité Victor. Joseph Gavi avait ainsi pu partir sans s'inquiéter du sort de sa femme, sachant que le garçon s'occuperait d'elle. Mais elle avait répété à son fils, presque chaque jour des quatre années pendant lesquelles elle avait survécu à son époux : « Lucien, je t'encombre », et donc elle était morte, comme elle devait, avait-elle sans doute pensé.

Ça le gênait, Gavi, que tous ces souvenirs lui reviennent. Il s'efforçait de les chasser, de remplir sa tête avec le manège de ses doigts qui dévissaient, remontaient, soudaient. Mais il était trop habile, il agissait d'instinct, l'esprit libre, et il fallait bien que, de plus, parfois, il s'interrompe pour rouler une cigarette.

En l'allumant, en fixant la petite flamme du briquet qui vacillait devant ses yeux, il voyait s'animer une scène qui paraissait surgir au hasard mais qu'un bruit inattendu, une couleur avait fait renaître.

Un car de police passait lentement, s'engageait sur le parking, devant l'immeuble, des hommes en descendaient. Gavi se trouvait derrière un barrage de CRS, sur le quai des Deux-Emmanuels. Loin devant lui, du côté de la place de l'Île-de-Beauté, les dockers gesticulaient, criaient, agitaient des pancartes. Joseph Gavi était l'un d'eux. Les gens autour de Lucien grondaient. Mais c'était lui qui avait crié le premier. Il n'avait qu'une dizaine d'années, mais la voix déjà forte. Les CRS avaient alors entrepris de dégager le quai, repoussant cette petite foule qui voulait rejoindre la manifestation des dockers.

Lucien était tombé, restant seul sur la chaussée, dans une flaque de soleil. Un CRS l'avait aidé à se relever, le secouant :

« Fous le camp, rentre chez toi ! »

Il avait filé, mais avait cru reconnaître la voix de son père dans la rumeur qui montait là-bas, à l'extrémité du quai.

Que criaient-ils, Joseph Gavi et ses camarades ? Lucien ne s'en souvenait plus.

En décembre, le soleil inondait encore le balcon alors que la vallée du Paillon, ce torrent qui traverse Nice et s'écoule au pied de la colline, était déjà plongée dans l'ombre.

Gavi commençait à ranger ses outils dans la caisse qui lui tenait lieu d'établi, puis il se levait et s'accoudait au mur qui ceinturait le balcon.

Il attendait que le soleil disparût derrière les collines de l'Ouest. Une brise glacée précédait la nuit. Les lampadaires au néon s'allumaient, éclairant le mince filet d'eau qui serpentait entre les galets jaunes. A cet endroit, le Paillon était à découvert, mais, en aval, on l'avait enfoui ; et, sur la dalle de béton, on avait construit des sortes de gigantesques blockhaus aux parois aveugles et lisses qu'on appelait l'Acropolis, le Musée, le Théâtre.

Dans la nuit tombante, ces bâtiments ressemblaient à des pyramides tronquées fermant la vallée et défendant l'accès de la ville. C'était une sorte de frontière fortifiée que Gavi ne franchissait plus.

Autrefois...

Il collait le bord de sa cigarette, l'allumait.

... Autrefois, au bout de la vallée, se dressait une

construction rose, le Casino municipal et, après un récital de Johnny Hallyday auquel Gavi avait assisté en compagnie de Madeleine, de Josiane et de Maurice, ils avaient été tous quatre dîner à Cagnes-sur-Mer. C'était une folie, mais Josiane avait insisté et, Lucien Gavi s'en souvenait avec de la gêne et du plaisir, il l'avait approuvée. Josiane avait même dit : « Si vous jouez les rabat-joie, on y va seuls, Lucien et moi ! » Il avait ri, comme un con.

C'était Madeleine qui avait conduit, Maurice assis près d'elle. Josiane l'avait poussé : « Mets-toi là, à la place du mort. On change un peu, non, Madeleine ? » Et elle avait pris la main de Lucien.

Elle avait parlé durant tout le trajet, sa tête penchée entre celles de Madeleine et de Maurice.

Mais Gavi se souvenait de cette main que Josiane avait d'abord posée sur sa cuisse, puis qui avait déboutonné la braguette et cherché son sexe. Il avait saisi son poignet mais n'avait pas repoussé sa main, la laissant serrer son membre. Elle avait les doigts et les ongles longs.

Elle avait ri durant tout le dîner, provoquant Madeleine :

« Tu me le prêtes, ton Lucien ? Je suis sûre que Maurice est d'accord. »

Maurice baissait la tête.

« Tu me le prêtes, ton Lucien ? répétait Josiane. Je te donne Maurice. »

Madeleine avait d'abord souri, puis elle avait fixé Lucien, l'espace de quelques secondes, et, la bouche à peine entrouverte, elle avait lancé :

« Ça suffit. Les saloperies, c'est pas mon genre. On rentre. »

Elle s'était levée ; il avait bien fallu la suivre, puisqu'elle avait les clés de la voiture.

« Tu conduis », avait-elle ordonné à Lucien.

Ils étaient rentrés en silence.

Peut-être fut-ce leur dernière sortie avant la naissance des enfants.

Après, Lucien Gavi ne voulait plus se souvenir.

Il rentrait, s'asseyait devant le téléviseur, ou bien préparait le repas. Madeleine était de service toute la nuit. Seul dans l'appartement, il réentendait la voix de Josiane : « Ça veut rien dire, tromper », avait-elle dit la première fois où ils s'étaient retrouvés dans un hôtel de Saint-Martin-du-Var qu'elle paraissait connaître. « Qu'est-ce qu'on leur prend, à Madeleine et à Maurice ? Rien. Au contraire. Plus on s'en sert — elle emprisonnait le sexe de Lucien dans ses paumes — et mieux il se porte ! Elle va en profiter aussi, Madeleine, comme moi ! »

Elle avait fait basculer Lucien Gavi sur le lit et le temps avait passé si vite qu'au retour, ils avaient dû rouler sur la route qui longe le Var sans se soucier des limitations de vitesse, afin que Lucien fût rentré avant Madeleine.

Entre Josiane et Gavi, ç'avait ainsi duré des années. Ils se voyaient peu, une ou deux fois par mois. Ils se quittaient sans fixer la date de leur prochain rendez-vous. Gavi ne l'appelait pas, sachant qu'elle téléphonerait au magasin, tôt le matin, et qu'il se débrouillerait pour la voir l'après-midi même.

Peut-être, s'il n'avait pas eu cette relation avec Josiane, aurait-il cherché un autre emploi, mieux payé, où les risques de licenciement eussent été moins grands. Mais le patron, M. Sebag, laissait Gavi libre d'organiser son emploi du temps. Il fallait seulement que le travail soit fait. Et, même quand il prenait son après-midi avec Josiane, Lucien effectuait les réparations promises dans les délais. Il savait travailler vite.

Maintenant, ça ne lui servirait plus à rien.

Il avait cessé de rencontrer Josiane durant plusieurs mois. D'ailleurs, même en famille, leurs sorties s'étaient espacées. Les enfants avaient leur vie.

Ils étaient toujours fourrés ensemble, peut-être même la nuit. Mais Gavi préférait ne pas savoir.

Parfois, au moment où il quittait l'appartement, Jérôme marmonnait qu'il se rendait à la Cinémathèque avec des copains.

« Tu vois Nathalie ? » interrogeait Madeleine.

Jérôme ne répondait pas, se contentant de hausser une épaule dans un mouvement d'irritation et de dédain.

La Cinémathèque, c'était là-bas, dans l'une de ces pyramides dressées sur la dalle qui couvrait le Paillon.

Gavi ressortait sur le balcon pour voir son fils s'éloigner le long de l'avenue bordée de platanes. Lui-même se recroquevillait tant la maigre silhouette de Jérôme l'inquiétait. Ce dernier avait les épaules serrées dans un blouson de toile, ses jambes longues prises dans un pantalon chiffonné. Il portait des baskets et sa démarche était oscillante, incertaine, comme si, à chaque pas, il était près de tomber. Il avait déjà vingt-trois ans. A cet âge-là, Gavi travaillait depuis huit ans.

Mais il ne reprochait rien à son fils. Dans les années soixante, il avait suffi à Lucien de se présenter sur un chantier pour être aussitôt embauché. Chaque été, depuis l'âge de quinze ans, Jérôme cherchait un emploi saisonnier, de serveur ou de plagiste, mais ils étaient des dizaines de jeunes gens à quémander comme une aumône le droit de travailler pour quelques centaines de francs par mois. « Pas content, Toto ? » lançait le patron à celui qui revendiquait. « J'en ai cent comme toi qui sont prêts à me lécher le cul pour avoir ta place ! »

Qu'est-ce qu'il y pouvait, Jérôme, si l'époque avait changé, traînant derrière elle ses trois ou quatre millions de chômeurs ?

C'était devenu long de faire d'un enfant un homme, plus difficile qu'autrefois, Gavi le sentait bien. Et il avait l'impression de ne pas avoir grand-chose à transmettre à Jérôme. Qu'est-ce qu'il fallait lui dire ? De travailler, comme son propre père le lui avait rabâché durant toute son enfance, et ç'avait fini par lui rentrer dans la tête ? Travailler, donc ? Lucien Gavi l'avait dit et répété à Jérôme. Et celui-ci l'avait cru. Bon élève, consciencieux, jamais pris en défaut. Seulement voilà : tout ce travail, ce baccalauréat dont Lucien Gavi n'aurait pas même rêvé pour lui-même, ça servait à quoi ? Travailler ? Mais s'il n'y avait plus de travail ? Certains envisageaient maintenant des semaines de trente-deux heures, de quatre jours. Et on serait payé comment ?

Quand il y repensait, Gavi se disait qu'au fond ils avaient eu de la chance, ceux qui avaient cinquante, soixante ans aujourd'hui. Ils avaient passé une bonne partie de leur vie tranquilles. Et ça le désespérait pour Jérôme, pour Nathalie, pour tous ces jeunes qui traînaient autour des immeubles et dont il se demandait quels adultes ils feraient.

Il ne savait même plus ce que ça voulait dire, un homme, une vie.

Lucien Gavi était maintenant de ceux dont on disait qu'ils avaient vécu. Cinquante-deux ans ! Plus que son père Joseph à sa mort ! Un fils de vingt-trois ans, étudiant ! Qui aurait pu croire ça ? Trente-sept années de cotisation à la Sécurité sociale. La préretraite... Il était donc vieux.

Vieux.

Le jour de son licenciement, il lui avait semblé qu'en l'espace d'une heure, son corps s'était transformé. Il avait eu du mal à marcher du quai des Docks jusqu'à chez lui. C'était comme s'il s'enfonçait dans le sol et n'arrivait pas à détacher ses pieds de la boue gluante qui s'accrochait à ses jambes et les rendait lourdes.

La veille encore, il aurait pu courir derrière le bus,

s'élancer. Mais il ne s'en était plus senti la force, comme si chaque partie de son corps, estimant qu'il n'était plus nécessaire de se presser, s'était soudain vidée de son énergie.

Il lui restait à bricoler sur ce balcon avec, dans la tête, cette migraine permanente qu'on appelle la mémoire.

Tout derrière lui, et devant, quoi ? Les emmerdements.

Madeleine entrouvrait la porte-fenêtre. D'une voix que Gavi n'aimait guère, une voix trop aiguë, qui lui faisait mal, elle lui demandait :

« Tu vois Jérôme ? Il est seul ? Il t'a dit quoi ? Il sort avec Nathalie ou avec qui ? »

Gavi inspirait longuement avant de répondre d'un ton qu'il voulait neutre, indifférent : « Les gens... » Il s'interrompait, puis reprenait : « Les gens, il faut les laisser vivre. On ne peut le faire à leur place. »

Mais Jérôme, est-ce que c'était *les gens* ?

Madeleine tirait le battant de la porte.

« Qu'est-ce que tu racontes encore ? Les gens, toujours les gens... »

Elle se penchait, cherchait à apercevoir Jérôme, puis rentrait dans l'appartement, et Lucien l'entendait ronchonner. Elle s'en prenait à son mari qui ne voulait plus sortir, qui s'était encroûté, et c'était pour cela aussi que Jérôme prenait le large, seul. Puis elle s'emportait :

« On va sortir aussi ! Ce n'est pas possible, on vit déjà comme des vieux ! »

Gavi la laissait dire. Il savait bien qu'elle n'irait pas jusqu'au bout de cet instant de révolte et de désirs fugaces.

Elle reprenait :

« Avec son blouson, il va prendre froid. L'humidité tombe. »

Et Lucien, à rester sur ce balcon, allait lui aussi attraper la crève. Mais elle ne les soignerait pas. Les malades, elle en avait jusque-là.

D'un geste machinal, elle allumait la télévision, s'installait dans le fauteuil, et, au bout de quelques minutes, elle bâillait et s'endormait, la tête inclinée sur son épaule gauche, la respiration bruyante.

Lucien Gavi refermait la porte-fenêtre, tirait le rideau.

La révolte et le désir, ça n'avait qu'un temps.

3

Jérôme Gavi les imaginait sur le balcon.

Il croyait entendre la voix de sa mère :

« Tu le vois ? Est-ce qu'il a pris la mobylette ? Est-ce qu'il a dit où il allait ? »

Et elle devait gueuler parce qu'il n'aurait pas enfilé le pull-over qu'elle avait déposé la veille sur le dossier de la chaise en disant : « Si tu sors le soir — tu sors ? »

Il n'avait pas répondu.

Oui, il sortait, il quittait *la maison*.

Il employait ce mot comme eux, alors qu'à chaque fois que son père ou sa mère le prononçait, il avait envie de les interrompre.

C'était ça, une maison ?

« Nous sommes propriétaires d'un F3 à la résidence des Oliviers », disait sa mère avec fierté. Cinquante mètres carrés avec des cloisons si minces que Jérôme ne pouvait jamais écouter ce qui lui plaisait, comme ça lui plaisait. Dès qu'il poussait la sono, sa mère surgissait : « Je t'en prie, Jérôme, pas maintenant, j'ai la tête... — elle pressait ses paumes sur ses tempes —, et les voisins... »

Jérôme ne s'obstinait pas. Il obéissait. Sa mère s'approchait alors pour l'embrasser, l'envelopper dans ses bras. Il se débattait, la repoussait violemment. Elle s'écartait, effrayée : « Qu'est-ce que je t'ai fait ? » Elle se justifiait. Sa nuit à l'hôpital avait été infernale. Elle n'avait pas pu dormir. Il y avait eu les urgences, des accidents, des jeunes en overdose, un vieux qui était tombé de son lit en essayant de se lever. Est-ce qu'il pouvait comprendre qu'elle eût besoin de silence, est-ce que c'était trop exiger de son fils de comprendre ça ?

Il s'enfuyait, dévalant l'escalier. A chaque étage, c'étaient d'autres voix, d'autres cris.

Ça, une *maison* comme ils disaient ? Ça, le silence ?

Dès qu'il mettait un disque, sa musique les gênait, mais lui ? Aussi loin que remontaient ses souvenirs, il surprenait, les soirs où sa mère n'était pas de garde, leurs grognements, leur respiration haletante, les gémissements de sa mère, le rire de son père, les grincements du lit quand ils se levaient, le bruit de l'eau dans le bidet... Est-ce qu'il s'était jamais permis, lui, de faire irruption dans leur chambre pour leur dire d'arrêter, qu'il avait lui aussi besoin de silence ?

Il se contentait d'écraser l'oreiller sur son visage jusqu'à avoir l'impression d'étouffer. Il se libérait alors d'un geste brusque. Il entendait le ronflement de son père. Ils en avaient donc fini.

Au début, Jérôme se demandait ce que pouvait bien être ce jeu brutal et secret dont il s'efforçait de reconstituer la progression, mais qui paraissait n'obéir à aucune règle. Parfois, ça ressemblait à une dispute ou encore à une lutte. Il y avait des bruits sourds, comme si les corps roulaient ensemble sur le lit ou tombaient sur le sol. Puis sa mère criait, mais d'une voix si aiguë, brisée tout à coup, que Jérôme avait de la peine à la reconnaître. D'autres soirs, au contraire, les bruits étaient étouffés, mais le dossier du lit frappait la cloison et les ressorts couinaient. Ses parents paraissaient jouer en silence, mais c'en était, pour Jérôme, encore plus inquiétant.

Comment avait-il su peu à peu ce qui se passait derrière la cloison de sa chambre, sur le lit de ses parents ? A l'école, les mots, les gestes, les dessins avaient commencé à le déniaiser. Des grands de CM2 s'enfermaient avec des filles dans les toilettes. Les instituteurs se tenaient à l'autre extrémité de la cour, sous les platanes, comme s'ils ne voulaient rien connaître de ces jeux auxquels se livraient certains élèves. Il y avait eu, surtout, ces séquences de films que Jérôme voyait, tard le soir, quand sa mère était à l'hôpital et que son père somnolait devant l'écran de télévision. Il se levait, entrouvrait la porte de la salle de séjour et restait appuyé à l'encadrement de la porte, prêt à fuir dans sa chambre si son père venait à bouger. Mais Lucien Gavi pouvait rester assoupi et ronfler durant toute la durée d'un film, et Jérôme, fasciné, suivait sur l'écran les mouvements des corps enlacés. Il superposait les visages de sa mère et de son père à ceux des acteurs. Il devinait. Et un jour, sans qu'il eût conscience du moment où le puzzle s'était recomposé entièrement dans sa tête, il avait dit à Nathalie Rovere :

« Tu les entends baiser, tes parents ? Moi, ils font ça une fois, deux fois par semaine. C'est comme si j'étais dans leur chambre. »

Nathalie n'avait pas baissé le front, mais s'était éloignée.

Jérôme se remémorait la scène. Il était en vacances chez le grand-père maternel de Nathalie, Marcel Tozzi, qui habitait une vieille ferme sur le plateau de Caussols, à quelques kilomètres du village de Gourdon, dans les environs de Grasse.

Tozzi était un ancien paysan-éleveur. Il avait possédé jusqu'à plusieurs centaines de moutons qu'un berger faisait paître, l'été, sur le haut plateau qui, comme une marche d'escalier, domine celui de Caussols. Puis, dans les années soixante-dix, Tozzi avait vendu quelques hectares de terrain situés en contrebas de Cabris. Il était devenu rentier, ne conservant que sa ferme et deux milliers de mètres carrés de prairie clôturée où il laissait vagabonder des poules, une chèvre et un chien. Il avait même donné à Josiane Rovere de quoi acheter un terrain à bâtir sur les contreforts de la vallée du Var, à l'ouest de Nice. Maurice Rovere, qui possédait du terrain en Corse, l'avait alors vendu, ne conservant que sa demeure familiale dans le village de Soccia, au-dessus d'Ajaccio. Avec les prêts accordés par EDF à ses agents — « Ils ont de la chance, disait Madeleine Gavi. Josiane, tout lui tombe tout cuit dans la bouche » —, ils avaient fait ainsi construire une maison non loin de Saint-Laurent-du-Var.

Cette maison-là, comme celle de Marcel Tozzi sur le plateau de Caussols, était, aux yeux de Jérôme, une vraie maison, avec un escalier pour soi, sans voisins, et la possibilité de crier si on le voulait. Mais appeler le F3 de la résidence des Oliviers une « maison », ça, même si on utilisait le mot par habitude, ça faisait rire, à hurler !

Dans ces vraies maisons — c'était pour cela que Jérôme avait posé la question à Nathalie —, est-ce qu'on surprenait les jeux des parents, est-ce qu'on les entendait crier quand ils baisaient ?

Il l'avait suivie au fond du jardin. Il devait avoir douze ou treize ans ; elle en avait dix ou onze, mais elle était déjà aussi grande que lui. Elle s'était assise derrière la haie.

« Tu les entends, toi ? » avait-elle demandé.

Il avait fait oui, tout à coup gêné, n'osant plus l'interroger. Mais elle avait repris d'elle-même : ses parents à elle, elle en était sûre, ils ne baisaient pas ; ils dormaient dans des chambres séparées.

« Dans deux lits ? » avait murmuré Jérôme.

Il n'avait jamais imaginé ses parents autrement que serrés dans le même lit qui occupait presque toute la surface de leur chambre.

Nathalie avait fait oui de la tête. Son visage avait revêtu une expression grave.

« Moi, si tu vis avec moi, je dormirai tout le temps avec toi », avait-elle ajouté d'un ton résolu.

Puis elle s'était allongée sur l'herbe.

C'était une journée d'été, fraîche pourtant, car sur le plateau de Caussols, le vent souffle presque toujours, courbant les hautes herbes.

« Quand les gens s'aiment, avait-elle précisé, le visage immobile, les yeux perdus dans le ciel, ils se baisent ! »

Jérôme avait hésité, puis s'était couché sur elle et avait commencé à bouger, maladroitement, d'abord avec lenteur, puis plus rapidement, car son sexe le démangeait.

Puis il avait eu si chaud qu'il s'était relevé, s'asseyant près de Nathalie qui se redressait elle aussi.

Ils étaient restés ainsi l'un près de l'autre, épaule contre épaule.

« Tu sais avec qui elle baise, maman ? » avait lancé Nathalie en prenant appui sur Jérôme pour se remettre debout.

Elle avait marché autour de lui en virevoltant, le regard espiègle.

Elle les avait surpris à plusieurs reprises, avait-elle raconté, au moment où ils pénétraient dans la chambre, ici même, dans la maison du grand-père, mais aussi à la maison, à Saint-Laurent-du-Var. Ils croyaient qu'elle dormait, mais elle les avait vus se déshabiller. Ils s'étaient couchés tout nus dans le lit de maman...

« Toi, tu es resté habillé, avait-elle reproché à

Jérôme en secouant la tête. On ne peut rien faire quand on n'est pas tout nu. »

Elle avait tout à coup soulevé sa jupe et écarté sa culotte :

« Embrasse-moi là », avait-elle ordonné en prenant la tête de Jérôme dans ses mains et en le forçant à appuyer ses lèvres contre son sexe.

Elle l'avait écarté au bout de quelques secondes.

« Ça, ils l'ont fait chaque fois », avait-elle dit en se remettant à marcher autour de Jérôme.

Il avait essayé de lui saisir les mollets, mais elle sautait en arrière, vive.

« Tu veux que je te le dise ? » avait-elle demandé.

Elle s'était reculée de quelques pas et lui avait lancé, penchée en avant, en équilibre sur une jambe, l'autre levée à l'horizontale, les bras écartés :

« Ma mère, elle baise avec ton père ! »

Puis elle s'était éloignée à cloche-pied vers la maison.

4

Jérôme s'était couché dans l'herbe, les bras en croix.

Il n'avait pas bougé lorsque Nathalie, depuis la maison, l'avait appelé.

Il avait suivi des yeux le sillage blanc qui partageait le ciel pourpre. La voix de Nathalie s'était faite impérieuse : « Jérôme ! Jérôme ! » A chaque fois qu'elle prononçait son nom, il tressaillait.

Puis il avait entendu le moteur de la voiture. Les pneus faisaient crisser le gravier. Il avait reconnu la voix de la mère de Nathalie. Josiane Rovere chantonnait : « Où est Jérôme ? »

Alors il s'était glissé sous la haie, s'écorchant les

paumes, les genoux, déchirant sa chemise aux épaules. Les branches agrippaient ses cheveux. Mais il avait fermé les yeux, avançant quand même, glissant dans un fossé. Devant lui, enfin, cette étendue caillouteuse avec, de place en place, sur la terre rouge des dolines, une herbe haute.

Il avait couru, montant vers le haut plateau comme s'il avait cherché à rejoindre la clarté du crépuscule alors que la nuit s'étendait, ensevelissant la maison de Marcel Tozzi, le plateau de Caussols, le village.

Il avait fui pour que les appels de Josiane Rovere, du grand-père Marcel, de Nathalie, pour que son nom lancé retombent derrière lui, qu'aucun éclat de voix ne l'atteigne plus.

Il s'était engagé sur la route où Marcel Tozzi les conduisait parfois en promenade. Elle s'élevait, étroite, ventée, à flanc de falaise. La nuit peu à peu la recouvrait.

Tout à coup, Jérôme fut pris dans les phares d'une voiture que, tout à sa course haletante, il n'avait pas entendue venir. Il s'immobilisa, n'osant pas même se retourner quand l'automobiliste se mit à klaxonner. Devant lui, une forme, peut-être un écureuil ou un lièvre, traversa la route et disparut dans les buissons.

Il pensa : « Les flics. »

Quelqu'un posa la main sur son épaule. La voix était amicale :

« Qu'est-ce que tu fais là ? »

Jérôme leva la tête.

Il vit d'abord ces cheveux blancs taillés en brosse, allongeant encore un visage maigre aux joues creusées, si bien que les pommettes paraissaient sur le point de déchirer la peau mate. L'homme était vieux. Jérôme n'avait jamais vu un homme aussi âgé. Il pensa que cet homme-là avait dû vivre deux fois, trois fois la vie de son père.

Et il se mit à sangloter, répétant : « Papa, papa. »

L'homme s'accroupit devant lui. Il portait une

ample veste de daim dont il avait relevé le col. Sa chemise à carreaux était ouverte et Jérôme fixa cette curieuse protubérance qui, à chaque fois que l'homme parlait, allait et venait. Il se souvint brusquement de ce curieux nom qu'il avait appris : « pomme d'Adam ». Et il cessa de pleurer.

« Tu t'es perdu ? » fit l'homme.

Il se redressa tout en laissant sa main posée sur l'épaule de Jérôme. Il était si grand, ses bras étaient si longs que Jérôme s'écarta pour mieux le contempler.

« On va résoudre ton problème », reprit-il.

Sa voix était rassurante, sa main légère.

« Il fait nuit, il fait froid. Tu ne vas pas rester dehors ? Dis-moi d'abord ton nom. »

Jérôme refusa de répondre, mais l'homme ne répéta pas sa question. Il expliqua qu'il allait conduire Jérôme chez lui. Là, il y avait du feu, un téléphone.

« Tes parents doivent être inquiets.

— Je n'ai pas de parents, répondit Jérôme.

— Bon », se contenta de lancer l'homme.

Il ouvrit la portière et Jérôme se glissa dans le véhicule haut perché, doté de roues énormes.

Ils roulèrent quelques dizaines de minutes au cours desquelles l'homme raconta qu'il habitait là-bas, dans la maison dont on apercevait, de jour, la façade collée contre la falaise, sur une avancée du rocher, dominant ainsi tout le plateau de Caussols et, au-delà, les collines de Grasse, la plaine.

« On voit la mer, dit-il. Et, l'hiver, à l'aube, la Corse. Tu connais la Corse ?

— Mon papa, répondit Jérôme, doit nous y emmener en vacances avec la voiture. »

Il éclata de nouveau en sanglots.

L'homme le fit entrer dans la maison en le tenant par les épaules. Une immense cheminée rectangulaire occupait toute une cloison. L'autre mur était entièrement recouvert par des rayonnages ployant sous les livres. Cette bibliothèque faisait face à la baie vitrée. L'homme l'ouvrit, poussant Jérôme devant lui.

« Les lumières, là-bas, dit-il, c'est le bord de mer. »

Le vent était vif, bruyant, conférant à la lumière lunaire une intensité froide et tranchante.

« Ton père... » commença l'homme en le faisant asseoir en face de lui, devant la cheminée.

Jérôme se remit à pleurer.

5

Quelques années plus tard, quand Jérôme Gavi se coucha nu près de Nathalie Rovere et qu'ils firent l'amour — d'abord difficilement, presque sans plaisir, car pour chacun d'eux c'était la première fois, ils étaient impatients et timides, violents et maladroits, audacieux et apeurés —, Nathalie lui demanda s'il se souvenait de cette nuit de pleine lune et de vent.

Jérôme sut aussitôt qu'elle faisait allusion à la nuit qu'il avait passée dans la maison d'Henri Missen, au-dessus du plateau de Caussols.

Ils étaient allongés sur un drap bleu que Nathalie avait soigneusement étendu sur le sol, s'agenouillant pour repousser les plus grosses pierres, passant sa main à plat sur la terre ; Jérôme s'était accroupi près d'elle, la regardant, n'osant la toucher encore. Quand, enfin, il lui avait caressé les cheveux, les épaules, elle avait sursauté, s'était écartée.

« Laisse-moi finir », avait-elle dit d'un ton brusque.

Elle avait posé des cailloux aux quatre coins du

drap, puis s'était assise, jambes croisées, et avait murmuré :

« On a le temps, toute la vie, non ? »

C'était la fin de l'après-midi. La chaleur était étouffante ; le chant des cigales, entêtant. Une rumeur lointaine, continue, montait des routes de la vallée du Var. Les oliviers et les lauriers protégeaient des regards cette restanque sur laquelle Jérôme et Nathalie s'étaient installés. Il auraient pu se coucher dans la maison des Rovere, mais Nathalie avait pris ce drap bleu dans l'armoire de sa chambre et elle avait dit en secouant la tête :

« Pas dans cette maison, pas pour la première fois. Je ne veux pas. »

Jérôme l'avait suivie jusqu'à cette planche de terrain, la plus haute et la plus éloignée de la maison.

A gestes appliqués, elle avait commencé à se déshabiller. Elle ne portait qu'un soutien-gorge, un short, une culotte ajourée et des sandales. Vite nue, elle s'allongea sur le drap bleu, les bras en arrière. Ses mains reposaient sur l'herbe jaunie, rare sur cette terre caillouteuse.

Jérôme retira son polo ; il resta quelques secondes la tête enfouie, les yeux fermés, la sueur coulant sur son front et dans son cou ; puis il arracha le vêtement, le jeta loin dans les lauriers, et lança aussi ses baskets. Mais il hésitait. Son pantalon collait à ses jambes.

« Je suis nue », dit Nathalie sans le regarder.

Il l'imita enfin et se coucha sur elle.

C'est après qu'elle lui demanda de raconter cette nuit qu'il avait passée chez Henri Missen, quand, en disparaissant de la ferme Tozzi, il les avait tous affolés.

« Pour moi, répondit Jérôme, tout commence là, cette nuit-là. »

Il en avait pris conscience dès l'instant où Henri

Missen lui avait indiqué le canapé de cuir noir qui occupait l'un des angles de la pièce :

« Allonge-toi, avait lancé Henri Missen. On attendra le jour pour parler, si tu veux. »

Jérôme s'était recroquevillé. Il avait contemplé la cloison couverte de livres. Les dos des reliures formaient une succession de bandes de couleurs alternées qu'éclairaient les flammes.

De temps à autre, Missen tisonnait le feu, posait une bûche, puis retournait s'asseoir devant ce que Jérôme avait d'abord cru être un téléviseur, mais qu'il comprit être un ordinateur, plus grand que celui qui était installé dans le bureau du directeur de l'école (les élèves de CM2 avaient été autorisés à y taper leur nom avec un doigt et à le lire sur l'écran).

Missen avait frappé le clavier durant de longues minutes, sans paraître se soucier de la présence de Jérôme.

Celui-ci s'était redressé sur un coude, essayant de déchiffrer les lignes de chiffres et les signes qui s'inscrivaient sur l'écran et qu'il ne comprenait pas.

« C'est du calcul ? » avait-il interrogé.

Missen s'était contenté d'acquiescer d'un hochement de tête et avait continué. Parfois il se levait ; lorsqu'il passait près du canapé, Jérôme serrait les poings. Il avait peur ; il avait froid.

« C'était une maison inconnue, expliqua-t-il à Nathalie. C'était la première fois que je me trouvais seul à seul avec quelqu'un que je n'avais jamais vu, que mes parents ne connaissaient pas. Après cette nuit-là, j'avais cessé d'être tout à fait un enfant. »

Allongée près de lui dans ce crépuscule chaud et brumeux, alors que les feuilles des oliviers et des lauriers étaient froissées par un léger souffle frais venant des hautes vallées du Var, de la Tinée, de la Vésubie et de plus loin encore, des pentes couvertes de sapins et de mélèzes, Nathalie plaça sa main sur la poitrine de Jérôme.

« L'après-midi, commença-t-elle, je t'avais dit que ton père baisait avec ma mère. »

Elle se tut.

Etait-ce pour cela qu'il s'était enfui ? demanda-t-elle. Il ne répondit pas. Ou bien, reprit-elle, parce qu'elle l'avait forcé, cet après-midi-là, à se coucher sur elle, à lui embrasser le sexe, est-ce qu'il se souvenait ?

« Pour moi, le début remonte bien à ce jour-là, à cette nuit-là », répondit-il.

Et il posa sa bouche sur le ventre de Nathalie.

Cette nuit de pleine lune et de vent, dans la maison de Henri Missen, Jérôme s'était endormi, mais la chute d'une bûche dans l'âtre de la cheminée l'avait réveillé en sursaut et il avait failli hurler quand il avait vu, penché sur lui, cet homme aux cheveux blancs.

Henri Missen s'appuyait du bras droit au dossier du canapé. Il avait retroussé les manches de sa chemise à carreaux ; sur la peau blanche de son avant-bras, Jérôme avait discerné des chiffres tatoués, bleus.

Il pensa que cet homme était l'une de ces créatures que les savants fabriquent ou réparent en agençant des mécanismes sous une enveloppe de peau. Peut-être même venait-il d'ailleurs, débarqué là, sur le plateau, pour explorer le monde des hommes, s'emparer de certains d'entre eux pour les emporter ailleurs.

C'est à ce moment-là que Jérôme déclina son nom, dit que sa mère était infirmière à l'hôpital Saint-Roch, à Nice.

Henri Missen se leva, téléphona plusieurs fois. Jérôme n'écouta pas, se bornant à suivre chacun des gestes de l'inconnu.

« Je connais la ferme Tozzi, dit Missen en s'approchant. Ils seront là dans un quart d'heure. »

Il hésita, tourna le dos à Jérôme, puis ajouta :

« C'est ton père qui vient te chercher. »

Madeleine Gavi avait expliqué que son mari avait quitté Nice pour Caussols dès qu'on l'avait averti de la disparition de Jérôme.

« Il n'a rien, vous me le jurez ? » avait-elle demandé à plusieurs reprises. Missen l'avait rassurée : « Une escapade, ou peut-être s'est-il tout simplement perdu. Il faisait nuit et j'ai dû ne pas lui inspirer confiance. Il a refusé de me donner son nom. »

« Ton père... », avait repris l'inconnu en revenant s'asseoir sur le bord du canapé.

Jérôme avait à nouveau distingué les chiffres tatoués sur son avant-bras.

« Il te bat ? » avait demandé Missen.

Tête baissée, la lèvre boudeuse, Jérôme n'avait pas bougé.

« C'est ton affaire, avait ajouté Missen. Tu sais — il avait posé ses mains sur les épaules du garçon —, il y a des lois. Même les pères n'ont pas le droit de battre les enfants. Tu dois te défendre.

— Il ne me bat pas », avait répliqué Jérôme.

Puis, comme l'homme se levait, il l'avait retenu par la manche de sa chemise.

« C'est un salaud, un tricheur ! »

Et il s'était mis à sangloter.

Lucien Gavi était arrivé peu après en compagnie de Josiane Rovere. Il paraissait désemparé et c'est Josiane qui avait parlé.

On ne comprenait pas, disait-elle, ce qui avait pu se passer dans la tête de Jérôme. Il jouait avec Nathalie, et, tout à coup, il avait disparu.

« C'est compliqué, un enfant, avait répondu Missen en poussant Jérôme vers Lucien Gavi et Josiane Rovere. Plus compliqué encore que nous. Nous, finalement, on a jeté par-dessus bord tout ce qui nous encombrait, n'est-ce pas ? On n'a gardé que ce qu'on s'imagine être utile. Eux — il avait posé sa paume ouverte sur la tête de Jérôme —, ils ont encore tout là-dedans. Tout. Ils se figurent encore tant de choses. Plein d'illusions, d'espoirs... »

Puis il s'était accroupi devant Jérôme.

« Si tu veux revenir... » avait-il chuchoté.

Il avait cligné de l'œil à l'enfant, et, en se redressant, il avait dit en détachant chaque mot et en fixant Lucien Gavi :

« Il jouait. Il s'est perdu en cherchant à rentrer chez lui. Il faisait nuit. J'ai dû lui faire peur. Il a tardé à me donner son nom. C'est tout. Ne le punissez pas. »

Il n'avait tendu la main qu'à Jérôme. Et celui-ci, du bout des doigts, avait effleuré les chiffres bleus à demi cachés dans la peau fripée.

« Ça ? avait-il demandé.

— Ça ? avait murmuré Missen. Rien. Un jeu bête. J'ai perdu. On m'a marqué. C'était mon gage. »

Jérôme avait regardé Missen en secouant la tête, incrédule.

« Une autre fois, avait lâché Henri Missen. Si on se rencontre encore, je te raconterai. »

Lucien Gavi avait fait un pas en avant et pris le poignet de son fils, mais celui-ci s'était dégagé d'un brusque mouvement du bras, de l'épaule, de tout le corps, et avait marché seul vers la porte.

6

Ils restèrent couchés nus sur le drap bleu jusqu'à ce que, tard dans la nuit, ils aient froid. Ils se serrèrent, s'aimèrent pour la quatrième fois et il leur sembla qu'ils découvraient enfin ce que c'était, au-delà du besoin et du désir, que le plaisir. Jérôme rit. Nathalie cria, la tête rejetée en arrière, les seins gonflés. Puis ils grelottèrent parce que le vent des vallées était maintenant glacé.

Lorsqu'ils se redressèrent, le corps endolori, le dos de Nathalie, les genoux, les coudes et les paumes de Jérôme étaient marqués par les cailloux qui, malgré le drap, s'étaient enfoncés dans leur peau.

Dans la nuit claire et laiteuse, ils discernèrent la tache rouge sombre au milieu du drap.

« On rentre », souffla Nathalie.

Ils se glissèrent entre les oliviers et les lauriers jusqu'au chemin cimenté qui, en quelques paliers, conduisait à la maison.

Maurice Rovere séjournait en Corse pour deux jours afin de surveiller les travaux de restauration de sa maison de Soccia. Quant à Josiane, elle avait expliqué à sa fille qu'elle devait monter voir son père à Caussols, qu'elle passerait la nuit à la ferme et redescendrait dans la matinée du lendemain.

« Elle s'envoie en l'air ! » précisa Nathalie en claquant joyeusement la porte.

Elle se tourna vers Jérôme, lui caressa la joue.

« Ton père ? Plus lui, ou pas souvent. »

Elle s'accrocha à son cou. Etait-il content ? murmura-t-elle.

Il se demanda si elle l'interrogeait sur les heures qu'ils avaient passées ensemble ou bien sur ce qu'il pensait des relations de son père avec Josiane Rovere.

« Ma mère, reprit Nathalie, a ses habitudes dans un petit hôtel tenu par une de ses amies, Mauricette, à Saint-Martin-du-Var. »

C'était une sorte de motel, expliqua-t-elle. Mauricette n'acceptait que les clients qu'elle connaissait, des « gens bien », comme elle disait : des commerçants, des entrepreneurs, des avocats et même des flics. Ils téléphonaient. Elle préparait leur chambre. Ils entraient et sortaient sans que personne les vît. C'était pratique, non ?

« Ils se cachent... » voulut protester Jérôme.

Nathalie lui posa la main sur la bouche.

« Et nous, demanda-t-elle, où va-t-on aller ? »

Ils s'aimèrent partout, au hasard des lieux et du désir, avec la fougue de l'adolescence. Ils se pénétrèrent debout dans une cave de la résidence des Oliviers. Ils se couchèrent sur le sol du garage de la maison des Rovere, dissimulés par la voiture. Ils baisèrent dans la chambre de Nathalie et dans celle de Jérôme, et debout encore, Nathalie appuyée contre un arbre en contrebas de la route qui va de Saint-Vallier à Caussols. Dans leur fougue, ils défoncèrent les ressorts du grand lit de Marcel Tozzi, le plus large de la ferme (c'était pour cela qu'ils l'avaient choisi). Ils passèrent — mais ils avaient déjà plus de dix-huit ans, c'était donc après 1991 — deux jours dans la chambre d'un hôtel d'Antibes. C'est Nathalie qui paya et quand Jérôme chercha à connaître la provenance de cet argent — la note était élevée, avec les petits déjeuners : près de mille francs —, Nathalie secoua la tête, les yeux fermés, les dents serrées, puis, comme il insistait, elle lança : « C'est mon affaire ! » On était bien ? C'était cela qui comptait, conclut-elle.

Jamais, avant ces heures-là, Jérôme n'avait vu Nathalie si belle dans sa nudité : ses cheveux noirs épars de chaque côté de son visage, ses jambes longues, la toison de son pubis comme une algue noire où se dissimulaient les lèvres brunes qui se rétractaient et s'ouvraient au passage des doigts ou de la langue.

Ils furent ainsi des amants errants qui n'en continuaient pas moins d'habiter la résidence des Oliviers pour Jérôme, la maison des collines de Saint-Laurent-du-Var pour Nathalie.

Mais ils quittaient leur domicile quand ils voulaient. Ni Josiane et Maurice Rovere, ni Lucien Gavi n'osaient les interroger et préféraient les laisser libres de vivre à leur guise à condition qu'ils respectent certaines apparences, qu'ils rentrent et donnent quelque explication pour leur absence ou leur retard.

Seule Madeleine Gavi avait osé se camper devant son fils et lui dire en le regardant droit dans les yeux : « Je sais que tu couches avec elle. J'ai su ça dès le lendemain où tu l'as fait pour la première fois. Chez elle, n'est-ce pas ? Quand ce con de Maurice était en Corse, et Josiane Dieu sait où ! »

Jérôme n'avait pas répondu, tournant le dos à sa mère qui l'avait harcelé.

« Respecte-la ! avait-elle poursuivi. Couche avec elle, puisqu'elle le veut bien, mais ne vous détruisez pas ! »

Elle en voyait tous les jours, de ces jeunes qui crevaient, maigres comme des spectres, avec cette pourriture de maladie pareille à une éponge absorbant toutes les saloperies qui traînaient.

« Prends ça, mets ça », avait-elle ajouté en lançant sur le lit de Jérôme plusieurs paquets de préservatifs.

Il avait rougi, hurlé :

« Qu'est-ce que tu crois ? Qu'on couche les uns avec les autres ? On n'est pas comme vous ! On ne veut pas être comme vous ! »

Madeleine Gavi avait ouvert la bouche comme pour crier ou reprendre sa respiration, car, tout à coup, le souffle lui avait manqué.

Puis elle avait baissé la tête et murmuré :

« C'est ta vie, je t'aurai averti. »

Elle n'avait pu s'empêcher de claquer la porte de la chambre, puis de crier, sa voix couvrant celle de la présentatrice du journal télévisé.

Jérôme avait imaginé son père immobile dans le fauteuil, enfonçant la tête dans ses épaules.

Madeleine Gavi hurlait si fort que Jérôme distingua chaque mot. Il les connaissait. Une ou deux fois par mois, sa mère s'en prenait ainsi à Lucien, l'accusant de ne pas exercer son autorité de père, de laisser faire par lâcheté, par égoïsme.

« C'est à un homme de parler de ça, pas à une femme ! s'exclamait-elle. C'est moi qui vais lui montrer comment enfiler les capotes ? Tu sais, toi, non ? Mais c'est vrai : qu'est-ce que ça peut te foutre ? »

Jérôme avait envie d'écraser sa tête entre ses paumes pour ne plus entendre.

Il rechercha fébrilement le baladeur afin de plaquer les écouteurs sur ses oreilles, de pousser le son jusqu'à se faire éclater le crâne, d'effacer ainsi les mots prononcés dans la pièce voisine. Mais il lui fallut quelques minutes pour retrouver l'appareil et il entendait son père répondre d'une voix éraillée, mais forte : cela faisait des années que Jérôme ne le voyait plus, ne l'écoutait plus ; que voulait-elle qu'il lui fasse ? Qu'il le frappe, à quinze ans ? Qu'il le bourre de coups en le chassant de la maison ? Qu'est-ce qu'il y pouvait si son fils l'ignorait et le méprisait ? Est-ce qu'elle croyait que c'était facile pour lui, qu'il n'en souffrait pas ? Il n'existait plus pour Jérôme, pour personne !

Ce bruit sourd, ce devait être le fauteuil que Lucien Gavi avait repoussé violemment. Puis ce fut le silence, tout à coup, si insupportable que Jérôme avait ouvert la fenêtre et il avait regardé fixement en contrebas ce damier des voitures dont les carrosseries noires, rouges et grises brillaient sous la lueur tremblante des lampadaires.

S'il avait suffi du désir pour que tout s'arrête, qu'il n'entende plus jamais, qu'il ne voie plus jamais rien, alors il serait déjà mort. Mais il y avait la chute, si lente, l'écrasement sur le sol. Dix fois, cent fois,

Jérôme avait jeté des objets par cette fenêtre pour suivre leur course jusqu'à terre, écouter le choc du paquet rempli d'eau qui éclatait comme une tête en heurtant le sol.

Il vit sa mère traverser à grandes enjambées le parking.

Il recula, car il savait qu'avant de monter dans sa voiture, elle regardait vers leur logement, et, autrefois, Jérôme lui adressait un signe. Elle souriait, levant les bras, les agitant. Puis, avant de s'engager sur la route, quelques minutes plus tard, elle donnait un bref coup de klaxon.

Il se retrouvait donc seul dans l'appartement avec son père.

Cela faisait des années qu'ils ne se parlaient plus, qu'ils n'échangeaient même plus un simple regard.

C'était venu comme ça, depuis la nuit de la fugue, cette nuit de pleine lune et de vent à Caussols.

En sortant de la maison d'Henri Missen, Jérôme était allé directement jusqu'à la camionnette de son père et s'était glissé à l'intérieur, refermant la portière sur lui, suivant des yeux Josiane Rovere qui s'installait devant, se tournait, disait en hochant la tête :

« Toi, alors, tu nous as fait une belle peur ! Tu t'es perdu ? Ça m'étonne, ça !

— Laisse-le, laisse-le », avait grommelé Lucien Gavi.

Lui, son père, ne s'était pas retourné pour regarder Jérôme. Mais l'enfant avait vu Josiane Rovere placer son bras sur le dossier du siège, et ses doigts, pendant tout le trajet entre la maison d'Henri Missen et la ferme de Marcel Tozzi, n'avaient cessé de caresser la nuque du conducteur.

Gavi avait plusieurs fois baissé la tête, comme s'il avait voulu faire comprendre à Josiane Rovere qu'elle devait retirer ses doigts. Mais, tout au contraire, elle les avait écartés, enfoncés sous les cheveux. Et Jérôme avait été fasciné par le mouvement de ces ongles longs, rouge vif, qui disparaissaient sous les mèches avant de resurgir, et qui, recourbés, semblaient griffer le crâne de son père.

Gavi s'était garé dans la cour de la ferme sans arrêter le moteur.

« Vous ne couchez pas ici ? avait demandé Josiane.

— Je le redescends », avait répondu laconiquement Lucien Gavi.

Josiane avait hésité, puis s'était penchée, embrassant l'oreille de Gavi, lui murmurant quelques mots inaudibles en s'esclaffant.

Jérôme avait fermé les yeux.

Il s'était installé devant, à côté de son père. En pleine nuit, la route était déserte et Lucien Gavi avait roulé si vite que les pneus crissaient dans les tournants et que les caisses d'outils, à l'arrière, heurtaient la carrosserie, allant d'un flanc à l'autre en grinçant sur le plancher.

Jérôme avait eu envie de vomir, mais il s'était mordu les lèvres, le visage en sueur.

Au bout d'une vingtaine de minutes, alors qu'ils entraient dans Grasse, Gavi avait lâché :

« Ne recommence pas. Maman était folle. Elle a imaginé... Elle en voit tellement, à l'hôpital, elle imagine toujours le pire. Tu lui as fait très mal. »

Une nausée aigre emplissait la bouche de Jérôme. Il avait froid.

Dans la traversée de la ville, Gavi avait ralenti et Jérôme s'était senti mieux.

« Tu es son fils, avait repris Gavi. Elle n'a que toi. S'il t'arrive quelque chose, elle meurt. »

Jérôme avait regardé son père. Il avait eu envie de se pendre à son cou. Autrefois, il croyait s'en souvenir, mais peut-être le lui avait-on raconté, son père le prenait dans les bras, le berçait jusqu'à ce qu'il s'endormît.

« J'ai fait la mémé, avait souvent répété Lucien Gavi. Je l'ai langé, nourri, hein, Jérôme ? Sa mère en garde de nuit, on était seuls tous les deux. On était bien. »

Gavi avait même inventé une berceuse : « *Dodo Géromino, Géromino dodo...* »

« C'était mon chef indien, Jérôme. Mon Géromino... »

Madeleine Gavi l'interrompait : « Gé-ro-mi-no ! » martelait-elle.

Elle ajoutait parfois :

« Je travaillais, je ne pouvais pas à la fois endormir Jérôme et...

— Je ne te reproche rien, protestait Gavi. On était très heureux... »

Gavi jeta un regard furtif à son fils devenu grand et lâcha :

« Elle a eu très mal.

— Et toi, tu ne lui as jamais fait mal ? » riposta Jérôme.

Gavi accéléra à la sortie de Grasse. Peu après, Jérôme ne put se retenir de vomir.

Il semblait maintenant à Jérôme que c'était la dernière fois qu'il s'était adressé à son père. Même s'il l'avait désiré, il n'aurait plus pu lui parler. Les mots, quand il voulait en prononcer, se changeaient en sanglot ou en cri, il les gardait dans sa gorge et ils l'étouffaient.

Madeleine Gavi l'avait interrogé à une ou deux reprises. Pourquoi ne disait-il plus rien à son père ? Celui-ci en souffrait. C'était un bon père, avait-elle même ajouté. « Tu ne te rends pas compte. »

Jérôme n'avait pas répondu et Madeleine Gavi avait murmuré en s'éloignant, comme si elle n'avait pas osé affronter le regard de son fils, que les enfants n'avaient pas à se mêler des affaires de leurs parents. S'il y avait quelque chose entre elle et son père, ça les regardait, eux, les adultes, mais pas lui. Il était l'enfant de l'un et de l'autre. Et tous deux l'aimaient. Il devait donc aimer les deux.

« Lui, il ne m'aime pas », avait seulement réussi à murmurer Jérôme.

Mais peut-être avait-il voulu dire : « Toi, il ne t'aime pas. »

Lucien Gavi avait bien essayé de rompre ce silence.

Un dimanche d'été, sur les rochers du cap Ferrat, il s'était approché de Jérôme au moment où celui-ci s'apprêtait à plonger, et l'avait retenu par les épaules.

« Je vais t'apprendre, mon fils », avait-il dit.

Il l'avait forcé à s'accroupir, à faire jouer ses mollets et ses cuisses, à tendre les bras au-dessus de sa tête, à se contracter comme un ressort comprimé, puis à jaillir, tendu, cambré.

Il avait parlé avec enthousiasme, mais, tout à coup, il s'était rendu compte que Jérôme regardait vers le large, indifférent à sa démonstration, une grimace ironique et méprisante déformant ses traits.

« Tu m'écoutes ? avait demandé Gavi.

— Je m'en fous de plonger, avait marmonné Jérôme. Je n'aime pas plonger. Je ne veux pas.

— Crétin ! » avait lancé Gavi, dents serrées, et, d'une bourrade rageuse, il l'avait poussé à l'eau, puis il était retourné s'asseoir sans plus se soucier de lui.

C'était Madeleine qui s'était inquiétée au bout d'une heure, et il avait fallu que Gavi arpente les rochers pour découvrir Jérôme caché dans un creux, occupé à traquer des crabes roux et à leur casser les pattes. Il avait empoigné son fils par le bras, l'avait tiré comme un pantin désarticulé puis, tout en le laissant hurler, l'avait porté jusqu'à sa mère, tout gesticulant, et l'avait laissé choir sur les rochers devant elle.

« Il est là, ce petit con. Ton fils s'est juré de nous emmerder.

— Parle pour toi », avait répliqué Madeleine en prenant Jérôme contre elle et en le frictionnant.

Qu'auraient-ils pu se dire, le père et le fils, après tout ça ?

Cette guerre entre eux deux, faite de silences, de regards esquivés, avait duré des années et était devenue une sorte d'habitude. Ils ne communiquaient plus que par l'intermédiaire de la mère.

« *Il* doit signer ça », disait Jérôme en poussant vers elle le livret de notes trimestriel dont l'administration du lycée exigeait qu'il fût paraphé à la fois par le père et la mère.

« Pourquoi ? commençait Madeleine Gavi. Tu ne peux pas, toi... ? »

Mais elle s'interrompait, ajoutait qu'elle en avait marre, comme si la vie n'était pas déjà assez pleine de malheurs pour qu'il fallût y ajouter ces bêtises de gamin, cette connerie d'homme.

« Venez, venez donc à l'hôpital une seule heure, une seule fois ! » lançait-elle en prenant le livret, puis elle le tendait à Gavi en disant brutalement : « Signe. »

Gavi ne regardait pas les notes, c'est à peine s'il touchait le livret, comme s'il s'était agi d'une pièce contaminée.

Madeleine le rapportait à son fils :

« Quand vous aurez fini... » bougonnait-elle.

Jérôme ne supportait pas que sa mère l'associât ainsi à son père dans le même mépris.

Il la punissait en ne rentrant pas dîner, en traînant

sur les quais du port, dans les ruelles de la vieille ville, avec seulement dix francs en poche, de quoi prendre un café au comptoir ; il marchait des heures avant de s'y décider, ne pénétrant dans un bar qu'au moment où il avait besoin de la rumeur des voix, d'un appui pour reposer ses avant-bras, d'un lavabo pour laver ses mains ou s'asperger le visage.

Au printemps, tout devenait plus simple : il pouvait passer toute la journée sur les rochers du cap de Nice.

Il arrivait avant neuf heures, alors que le soleil n'éclairait pas encore les récifs déchiquetés, décapés par les vagues, souvent tranchants comme des lames. Il révisait mathématiques ou philosophie, puis les années suivantes, les cours de la faculté en vue de l'examen prévu.

Nathalie arrivait de Saint-Laurent-du-Var à mobylette et ils restaient collés l'un contre l'autre, s'enlaçant avec impudeur.

A l'heure la plus chaude, ils grimpaient vers le fort du Mont-Alban qui domine à la fois la rade de Villefranche et la baie de Nice. Jérôme tenait le guidon, Nathalie assise à califourchon sur le porte-bagages. Ils atteignaient ainsi le col de Villefranche, puis s'enfonçaient sous les pins, cherchant un espace au bord de la falaise, là où personne n'aurait l'idée de venir les épier. Et ils s'aimaient brutalement sur les aiguilles de pins et jusque parmi les ronces.

Souvent, un bruit de branches cassées, de buissons écartés mettait Jérôme en éveil. Il se redressait, entr'apercevait une silhouette accroupie, celle d'un des voyeurs qui hantaient les sous-bois. Il se précipitait, mais l'autre détalait. « Laisse-le ! Laisse ce pauvre type ! » criait Nathalie.

Ils remontaient vers la route, s'asseyaient sur l'un des bancs disposés sur la crête, d'où l'on pouvait apercevoir toute la ville, les caps, l'Estérel, masse bleu sombre à l'ouest, et le cercle des cimes. L'ampleur du panorama, la brise fraîche, le silence, cette exaltation qui naissait du paysage surplombé les rendaient songeurs.

Nathalie posait sa tête contre l'épaule de Jérôme.

« Qu'est-ce que tu penses ? » chuchotait-elle long-temps après qu'ils s'étaient assis.

Elle sentait le corps de Jérôme se raidir.

« Ils sont cons », disait-il en l'écartant de lui.

Mais elle résistait, reprenait sa place.

« Des connards », répétait-il.

Il avait entendu son père se lamenter parce que « la droite », comme il disait, venait de remporter les élections. Heureusement, avait ajouté Lucien Gavi, il restait « Tonton » qui, tant qu'il serait président, leur mettrait des bâtons dans les roues, les retien-drait par le pan de la chemise. Mais, après ça, dans deux ans — et même avant, s'il mourait —, ils auraient les mains libres.

Parce qu'ils ne les avaient pas eues, jusque-là ? s'insurgeait Jérôme. Si vieux et si cons, son père, tous ces gens ! Rien compris, rien. Droite, gauche, comme si c'étaient pas les mêmes ! Et Mitterrand qui voulait seulement finir au chaud son septennat. Le reste ? Après moi, le déluge !

« Ça ne nous intéresse pas, avait murmuré Natha-lie. Mon père raconte la même chose.

— Qu'est-ce qu'on va foutre, dans cette vie ? » avait dit Jérôme d'une voix étranglée.

Nathalie s'était pelotonnée contre lui.

« On peut encore baiser », avait-elle murmuré.

C'était déjà beaucoup, ajoutait-elle. Les gens ne baisaient plus, ou mal, sans s'aimer, comme sa mère. Mais son père à elle, cela faisait des années qu'il n'avait plus touché une femme. Josiane Rovere se refusait à lui.

« *Je le sais*, avait-elle répondu d'une voix ferme à Jérôme qui avait mis en doute son affirmation. Et ta mère, tu crois qu'elle baise encore ? »

Jérôme avait dû reconnaître qu'il ne les entendait

plus, mais peut-être parce qu'il rentrait tard et s'endormait aussitôt, ou bien qu'il découchait.

« A quoi veux-tu qu'ils pensent ? A Mitterrand qui va les protéger ? S'ils baisaient...

— Ce n'est pas pour ça qu'ils sont cons », avait marmonné Jérôme.

Il s'était levé, avait marché vers l'extrémité de la crête. Au pied de la falaise, la ville dessinait son immense labyrinthe de rues entre lesquelles s'encastraient le rouge des toitures de tuiles et les rectangles blancs des terrasses.

Nathalie rejoignit Jérôme, lui entoura la taille en se tenant collée à son dos. Elle avait l'impression qu'il aurait pu basculer, tomber le long de la falaise, sur cette ville, alors que, entre l'à-pic et le bord de la crête, s'étageaient des dénivellations successives couvertes de broussailles et d'arbustes.

« Ils espèrent toujours, reprit Jérôme. Ils s'imaginent que quelqu'un, quelque chose, le président, un parti ou un syndicat, Dieu, va les protéger, les sauver, les tirer de la merde où ils sont. Ils ne peuvent pas penser qu'on les trahit, qu'on ne s'intéresse absolument pas à eux. Mais que font-ils, eux ? Ils trahissent aussi... »

Nathalie avait appuyé son oreille contre le dos de Jérôme. Les mots qu'il prononçait résonnaient en elle.

« Ils ne trahissent rien, dit-elle. Ils font ce qu'ils peuvent. »

Jérôme la saisit aux épaules tout en la tirant contre lui. Si, ils trahissaient ! Josiane Rovere trahissait son mari, Gavi trahissait sa femme...

« Tu vois, répondit Nathalie tout en se dégageant, en se hissant sur la pointe des pieds et en l'embrassant sur le coin de la bouche. C'est bien la manière dont ils baisent qui explique tout ! »

Jérôme voulut la repousser, mais elle s'accrocha, rieuse, disant qu'il ne voulait pas l'admettre, qu'il refusait de reconnaître à quel point il était heureux, mais que l'amour, ça existait, que les autres le savaient, qu'ils souffraient de ne pas l'avoir connu ou bien de l'avoir perdu. Les gens se débrouillaient ensuite avec ce qui leur restait. Il ne fallait pas en faire toute une histoire. Trahison ? Quel mot ! Les gens, son père, sa mère, essayaient de survivre en prenant un peu de plaisir comme ils pouvaient, entre eux. Fallait-il en faire une tragédie ?

Puis, reculant d'un pas, tenant Jérôme à distance, elle avait ajouté :

« Parle à ton père, je suis sûre qu'il est malheureux. »

Jérôme s'éloigna sur le chemin de crête à grandes enjambées.

Sa silhouette se détachait sur l'horizon et on eût dit, par un effet de perspective, qu'il se tenait en équilibre sur un fil tendu au-dessus de l'immense vide bleu.

7

Jérôme avait essayé de parler à son père.

Avant même que Nathalie Rovere, sur le chemin de crête du Mont-Boron, marchant derrière lui qui tentait de ne pas l'entendre, lui crie plusieurs fois : « Parle-lui ! Parle-lui donc ! », Jérôme avait désiré le faire.

La première fois, c'était il y avait près de trois ans, le jour des résultats du baccalauréat.

Lorsqu'il était rentré à la résidence des Oliviers, tard dans la nuit, après avoir fêté sa réussite et celle de Nathalie, des copains — François, Jo, Mouloud, Khofi, Sabine, Myriam —, il avait été surpris d'apercevoir, depuis le parking, les fenêtres de l'appartement éclairées.

Personne n'aurait dû l'attendre.

Il avait téléphoné dès le milieu de l'après-midi à l'hôpital pour annoncer la nouvelle à sa mère. Elle avait pleuré, puis elle avait ajouté qu'il fallait qu'il avertisse son père, lequel, à n'en pas douter, serait fou de joie. Bachelier, même maintenant avec tout ce qu'on entendait dire, qu'il fallait aller au-delà, etc., pour Lucien Gavi qui aurait lui-même tant voulu l'être, ce serait un choc.

« Appelle-le », avait-elle dit. Gavi était à l'atelier, sur le port.

Jérôme avait aussitôt imaginé les mots qu'il prononcerait et la réponse qu'il entendrait. Peut-être dîneraient-ils tous les deux comme ils le faisaient autrefois, quand Madeleine Gavi était de service à l'hôpital.

« Tu l'appelles, n'est-ce pas ? avait répété Madeleine. Tout de suite ! »

Jérôme avait pourtant murmuré :

« Toi, appelle papa, appelle-le, toi. »

Il avait raccroché, toute joie disparue, avec l'envie de sangloter, sans savoir pourquoi.

Il avait donné un violent coup de pied qui avait fait trembler la paroi de verre de la cabine téléphonique. Les deux personnes qui attendaient leur tour s'étaient écartées, le dévisageant avec hostilité. Quand il était sorti, l'une d'elles, un homme d'une quarantaine d'années, vigoureux, un polo blanc moulant ses pectoraux et ses biceps, l'avait insulté : que voulait-il, ce petit salaud ? Qu'on lui inflige une leçon ? Pourquoi s'en prenait-il à un matériel qui appartenait à tous, que tous payaient — mais pas lui, bien sûr, parce qu'il touchait sûrement une indemnité de chômage, des allocations, le RMI ?

Les poings serrés, le menton légèrement levé, l'homme était devenu menaçant.

Jérôme avait fait face, mais, avant qu'il eût pu se protéger, l'autre l'avait giflé violemment :

« Tu mérites pas mieux, petit con. »

Une vieille femme — l'autre personne qui attendait — s'était approchée et, s'interposant entre eux, avait protesté qu'il ne fallait pas se tuer pour ça. Elle avait ouvert les bras, posant une main sur la poitrine de chacun.

« Fous le camp ! avait dit l'homme. Sinon, je t'embarque et on te fait la fête. »

Jérôme avait filé. Il n'avait rejoint le reste de la bande à la terrasse d'un des cafés de la place Rossetti, dans la vieille ville, que près de trois heures plus tard.

Il avait marché seul vers le cap de Nice où il avait plongé, laissant ses vêtements roulés en boule dans l'anfractuosité d'un rocher et s'enfonçant, ne remontant vers la surface qu'au moment où il commençait à s'affoler dans ce bleu sombre, la lumière palpitant si loin en haut. Il avait repensé à son père qui avait essayé, une fois, de lui apprendre à plonger. Il s'était laissé flotter longuement, immobile, les bras en croix, la mer recouvrant son visage. Il avait pleuré à l'évocation de ce souvenir, de l'humiliation subie, de l'impossibilité où il s'était trouvé, alors, d'avertir son père de son succès à l'examen.

Il avait murmuré avec tendresse : « Pauvre con », et le mot « papa », ces sons anciens, « toute cette merde », songeait-il pour tenter de refouler son émotion, l'avaient envahi.

En nageant vers le rivage, il avait respiré difficilement, ne sachant plus si le souffle lui manquait parce qu'il nageait trop vite, à gestes désaccordés, ou bien parce qu'il sanglotait.

Quand il était apparu au coin de la place Rossetti, Nathalie s'était précipitée vers lui.

« Qu'est-ce que tu as, toi ? avait-elle demandé aussitôt. Qu'est-ce qu'on t'a fait ? »

Jérôme l'avait soulevée. Il avait lancé : « On se cuite ! »

Ils s'étaient bourrés ensemble : pizza, coca, bière, vin rouge, puis grappa, cet alcool qui arrachait les lèvres et qu'ils avaient bu, debout, dans le dernier bar ouvert, tout en se repassant un mégot fibreux qui leur faisait fermer les yeux.

Jérôme avait voulu rentrer seul, malgré les protestations de Nathalie.

« On se paie l'hôtel », avait-elle dit.

Elle avait déjà réglé toutes les additions. Elle montrait à Jérôme les billets qui lui restaient. Mais il l'avait repoussée. Qu'elle prenne un taxi et rentre chez elle, à Saint-Laurent. Lui, il devait, il voulait retourner chez lui pour cette nuit. Il l'avait promis.

A qui ? Quelle promesse ? s'était-il répété tout au long du trajet. Il avait marché au milieu de la chaussée, frôlé par des voitures, titubant. Arrivant sur le parking de la résidence des Oliviers, dégrisé, il avait vu les fenêtres de l'appartement éclairées.

Jérôme s'immobilisa entre les voitures. Toutes les pièces étaient illuminées. Même dans la salle de séjour où, lorsque son père somnolait devant le téléviseur, une seule petite lampe était allumée, le lustre brillait.

Jérôme s'élança. Un accident avait dû se produire. Il imagina son père mort, sa mère et des voisins en train de le veiller. Il vit le corps de Lucien Gavi couché sur le lit, les yeux clos, la bouche ouverte comme s'il voulait enfin parler.

La porte palière était entrebâillée. Jérôme entra. Il aperçut sur la table de séjour une dizaine de verres, ceux du service à champagne qu'on n'avait plus ressorti du buffet depuis des années. Il vit trois bouteilles vides.

Son père était assis, le menton entre les mains, les

yeux plissés. Une cigarette roulée dans du papier gris achevait de se consumer au coin de ses lèvres, et la fumée s'élevait, voilant son visage.

En voyant Jérôme, Gavi se leva, écrasa la cigarette, montra les bouteilles, hocha la tête, puis commença à rassembler les verres tout en murmurant, la tête baissée :

« On t'a attendu. Je l'ai dit aux voisins. Ils t'aiment bien. Ça leur a fait plaisir. On n'a pas si souvent l'occasion de faire la fête. »

Peut-être Jérôme aurait-il parlé, mais, lorsqu'il fit un pas, les mots encore au fond de sa gorge, son père avait déjà quitté la pièce. Il s'affairait à la cuisine, lavant sans doute les verres.

Jérôme rentra dans sa chambre, se jeta sur le lit, enfouit son visage dans l'oreiller.

8

A partir de cette nuit-là, entre Jérôme et Lucien Gavi, des bouts de phrases traversèrent le silence. Certains devinrent des mots de passe qu'ils échangeaient en même temps que des signes tout juste esquissés, suivis parfois par un sourire vite effacé, comme s'il s'était agi d'une confession impudique, et celui qui avait osé, d'instinct, se reprenait vite, honteux de s'être ainsi laissé aller devant l'autre qui baissait la tête, ne sachant trop que faire de cet aveu.

« Ça va ? » murmurait Gavi.

Jérôme répondait en utilisant les mêmes termes, presque sur le même ton.

Chacun d'eux savait que l'autre le guettait et qu'un mot de plus, un mouvement trop vif pouvaient les séparer à nouveau. Aussi prenaient-ils garde, avançant prudemment, craignant que l'autre, tout à coup, ne se mît à interroger brutalement, à énoncer des griefs, à accuser, et c'en serait alors fini, entre eux deux, de ce début de paix.

Quand il somnolait dans son fauteuil, devant le téléviseur, Gavi sentait la présence de son fils qui, appuyé au cadre de la porte, regardait lui aussi l'émission, parfois durant plusieurs dizaines de minutes. Mais Gavi ne bougeait pas. Il aurait suffi d'une invitation — « Assieds-toi, ne reste pas planté là, viens... » — pour que Jérôme se dérobe, rentre dans sa chambre ou bien quitte l'appartement. Ce risque, il ne voulait pas le prendre. Et pourtant, il était persuadé que son fils attendait quelque chose de lui. Mais que fallait-il lui dire ? C'était un homme. Gavi le devinait inquiet, fragile. Comment le rassurer ? Chacun des mots qu'il tournait dans sa tête pouvait se révéler à double sens. Lui parler de ses études ? Lui répéter que ça n'avait pas d'importance qu'il n'eût pas trouvé tout de suite de travail, que lui, Gavi, et Madeleine pouvaient continuer de... Gavi s'arrêtait même de penser. Dire « continuer de te loger, de te nourrir », n'était-ce pas le provoquer, ouvrir davantage la plaie, l'humilier, faire sentir à ce fils, à cet homme, déjà, qu'il n'était encore pour eux qu'un enfant à charge ? Se taire, alors. Ne parler de rien. Ni d'études, ni de drogue, ni de sida. Se contenter de savoir qu'il était là, debout, là derrière, silencieux.

Mais, de son côté, Jérôme s'interrogeait lui aussi. Il voyait devant l'écran la nuque de son père, son épaule, cette main levée sur l'accoudoir du fauteuil ; il entendait cette respiration qui, parfois, comme oppressée, s'accélérait. Il avait la tentation de s'avancer, de s'asseoir, de se mettre à parler. Il aurait pu expliquer qu'il ne se passait pas de jour qu'il ne cherchât un boulot qu'il aurait pu faire tout en continuant à suivre les cours à la faculté. Il avait déposé une demande pour un poste de surveillant dans un collège ou un lycée. Il espérait que Ferhat, le frère de Mouloud, son copain, l'embauche pour quelques heures par jour comme coursier dans l'entreprise de services urbains qu'il venait de créer. Il aurait voulu dire qu'il avait envie de poser sur la table de la cuisine un chèque, quelques billets, pour montrer qu'il était capable de prendre sa part des dépenses de la maison — la *maison* ! — puisqu'il y vivait encore, à plus de vingt ans ! Il n'allait pas, comme le lui proposait parfois Nathalie, s'installer chez les Rovere où il y avait de la place, ni même louer un studio pour lequel Nathalie assurait disposer de l'argent nécessaire. (Mais d'où venait-il, cet argent ?) Il aurait voulu se justifier, parler de ce qu'il apprenait à la faculté, de cette impression grisante d'avancer dans une vallée dont les versants s'écartaient, qui devenait ainsi de plus en plus large et qui s'ouvrait sur un horizon de hautes cimes. Il avait envie de partager avec son père ces connaissances qu'il acquérait, parce qu'il lui semblait qu'elles ne lui appartenaient pas, qu'il devait les enseigner à son tour. C'était un butin auquel, grâce à eux, ses parents, il avait accès et dont il devait à présent les faire profiter.

Mais, lorsque Gavi alors qu'ils se croisaient dans l'entrée s'était hasardé à lui demander une fois — une seule fois ! — si les études, ça allait — c'était l'histoire, non, qu'il apprenait ? —, Jérôme s'était borné à répondre par une grimace.

Madeleine, de la cuisine, avait lancé : « Bien sûr que c'est l'histoire que Jérôme étudie ! » Il était bien le fils de Gavi : toujours à choisir ce qui ne rapportait rien ! D'autres faisaient l'école hôtelière ou bien suivaient des cours de comptabilité, apprenaient en somme un métier. C'étaient des études qui justifiaient les sacrifices. Même sur plusieurs années. Mais l'histoire, la faculté des lettres !

Madeleine Gavi s'était avancée sur le pas de la porte. Elle avait dévisagé le père et le fils en soupirant. Qu'est-ce qu'il en ferait, Jérôme, de ce qu'il apprenait ? Il n'aurait guère d'autre issue que l'enseignement. Et dans combien d'années ?

« Les gosses, à ce moment-là, est-ce qu'ils en voudront, de l'histoire ? Ils ne regarderont plus que la télé. »

Elle avait haussé les épaules, répété : « A quoi ça sert ? »

Gavi avait murmuré : « Ça sert toujours d'apprendre, non ? »

Et il avait cligné de l'œil à son fils.

Jérôme avait quitté l'appartement, dévalé l'escalier, couru sur le parking avec l'envie de se taper la tête contre la carrosserie des voitures pour ne plus entendre cette question que sa mère lui envoyait en plein visage, de toutes ses forces : « A quoi ça sert ? »

Elle était habile, sa mère. Elle savait le harceler, elle avait trouvé les quatre petits mots qui faisaient mal. Elle disait à haute voix ce que, plusieurs fois par jour, quand son exaltation retombait, il se demandait à lui-même.

Lorsqu'il sortait de la bibliothèque surpeuplée de la faculté, la tête remplie de ce qu'il avait lu, des noms, des lieux, des événements dont il n'avait jusque-là même pas soupçonné l'existence et qui faisaient tout à coup partie de sa mémoire, s'incrustaient en lui comme des souvenirs personnels, qu'il aurait vécus, Jérôme était ébloui par le soleil. Il vivait quelques minutes encore cette année 1943 que Michèle Lugrand, un professeur d'histoire contemporaine, avait mise au programme de l'examen, la leur faisant analyser jour après jour. Jérôme avait l'impression de suivre pas à pas ces hommes qui se donnaient des rendez-vous clandestins, qui se promenaient sur les quais du Rhône, à Lyon, guettés par les agents de la Gestapo. Klaus Barbie, l'*obersturmführer*, était assis sur un banc, caché derrière un journal déplié, et guettait ces hommes têtus, héroïques, et tout à coup trahis, livrés.

Jérôme avait tout cela en tête quand il débouchait sur le parvis de la faculté, devant la bibliothèque. Les étudiants étaient assis sur les murets, agglutinés, nonchalants. La mer s'ouvrait au loin entre les blocs d'immeubles. Il descendait à pas lents vers le centre-ville, se faufilant entre les voitures arrêtées.

Qu'avait-il fait, durant toutes ces heures passées dans la pénombre de la bibliothèque ? A quoi cela servait-il ?

Et la question de sa mère le souffletait avec d'autant plus de force encore. « A quoi ça sert ? » répétait-elle.

Il semblait même à Jérôme qu'elle prenait plaisir à lui faire mal, qu'elle se vengeait ainsi du rapprochement qui s'était produit entre son père et lui, ou bien de sa liaison maintenant affichée avec Nathalie.

« Celle-là, murmurait parfois Madeleine Gavi, celle-là, elle peut étudier l'histoire ou n'importe quoi, elle s'en sortira toujours. Il suffit de la regarder. Comme sa mère ! Il y a des femmes comme ça, qui n'ont pas besoin de se faire du souci... »

Josiane ne travaillait plus. Son père, Marcel Tozzi, était mort, lui léguant la ferme de Caussols — « et une belle somme », avait confié Josiane. Elle n'avait qu'une vie, avait-elle dit : alors, puisqu'elle pouvait en profiter, à quoi cela rimait-il de continuer à courir tous les matins à sa boutique ? « Ça donne des varices, de rester debout, ajoutait-elle en riant. Je préfère garder mes jambes. Il y a tant de gens qui ont besoin de travailler... »

« Moi, je dois », objectait Madeleine Rovere.

Ce n'était pas avec ce que gagnait Gavi qu'elle pouvait cesser d'aller à l'hôpital, laver le cul des malades.

A quoi ça servait, de travailler ? A trouver l'argent pour payer tout ce qu'il y avait à payer.

Il ne restait à Jérôme qu'à claquer la porte pour ne plus l'entendre.

Mais elle rentrait dans la chambre de son fils et poursuivait, résolue : « Tu as commencé des études, tu as choisi ce que tu as voulu. Même si ça ne sert à rien, il faut que tu ailles jusqu'au bout. Sinon, à quoi ça servirait, qu'on se soit sacrifié ? »

Jérôme hurlait : qu'elle le laisse lire, qu'elle le laisse travailler !

Il avait repoussé sa table contre la fenêtre, si bien qu'il pouvait contempler, devant lui, l'horizon, la colline de l'Observatoire encore verdoyante et, au bout, le port dont il distinguait la jetée comme une flèche fichée dans l'étendue bleue. Il devinait plus qu'il ne discernait les mâts des voiliers amarrés au quai des Docks. Il se calmait peu à peu. Il rêvait. Il lui semblait qu'il retrouvait la trace des pas de Jean Moulin dont Michèle Lugrand analysait l'action dans ses cours. Moulin avait plusieurs fois séjourné à Nice, ouvrant même une galerie de peinture, rue de France ; Jérôme avait essayé de retrouver l'adresse précise de celui qu'en 1943 on appelait « Max ».

Il oubliait les récriminations de sa mère. Il était passionné par ce qu'il étudiait, cette action de quelques hommes traçant leur route dans la gluante et grise lâcheté de la plupart, tenant haut l'espoir et succombant à la trahison. Il s'indignait. Il souffrait. Il étouffait comme si on lui avait plongé la tête dans l'eau noirâtre d'une baignoire où d'autres prisonniers avaient vomi, pissé, saigné.

Il s'interrompait, levait la tête pour observer le vol des mouettes qui, depuis la baie des Anges, remontaient la vallée du Paillon et venaient parfois frôler les façades. Jérôme leur jetait des miettes. Les mouettes tournoyaient en piaillant comme des folles.

Puis il sortait, ne répondant pas à sa mère qui s'étonnait qu'il cessât déjà de travailler. Pourquoi ne déjeunait-il pas à la maison avec elle, puisque, pour une fois, elle n'était pas de service ? Elle le suivait dans l'entrée de l'appartement : où allait-il à cette heure ? les cours avaient-ils lieu à midi ? avec qui se proposait-il de déjeuner ? qui payait ? Nathalie ? Pas Jérôme, puisqu'il ne gagnait rien.

Madeleine Gavi retenait la porte que son fils avait eu l'intention de claquer. Dans la cage d'escalier, elle criait encore qu'elle était disposée à lui donner de l'argent, qu'elle préférait se priver plutôt que de le laisser les poches vides. « Jérôme ! lançait-elle. Jérôme ! »

Quelquefois, sur le palier, elle lui fourrait un billet de cent francs dans la poche. Il ne le défroissait que plus tard, quand il était loin de la *maison,* au-delà de l'avenue bordée de platanes, au moment où il traversait la place Garibaldi. Il s'arrêtait sous les arcades. Il prenait le billet, le lissait, le repliait en quatre, le glissait dans la poche de sa chemise. Il serrait les dents et les poings. En compagnie de Nathalie, il avait vu à la cinémathèque un vieux film italien, *Pugni in tasca* — « Poings dans les poches ». Il enfonçait ses ongles dans ses paumes. Parfois, il se mettait à courir le long de la colline du château, vers la mer où le vent qui battait le petit cap de Roba Capeu le frappait de face. Il ouvrait grand la bouche, s'accrochait à la rambarde comme s'il était à la proue d'un navire ; derrière lui il y avait la ville, sa mère, son père, sa vie. Il avait envie de s'arracher à tout cela, de s'élancer, de trancher les amarres. Parfois il descendait sur la plage de galets et il pouvait rester longtemps là accroupi avec le bruit du ressac qui peu à peu repoussait loin ses pensées, l'apaisait. Ou bien il lançait de toutes ses forces des galets vers le large, courant jusqu'à l'écume, regardant les pierres disparaître dans le soleil.

Puis il remontait sur la promenade, passait sous la voûte qui permettait d'accéder à cet espace abrité du vent. Le soleil d'hiver était emprisonné par l'ocre des vieilles façades. A la terrasse de l'un des cafés, à l'abri du vent, il retrouvait Nathalie, Mouloud, et bientôt arrivaient les autres, Sabine, Khofi, Myriam, Jo, François. On rajoutait des chaises autour des tables. Jérôme se tenait un peu à l'écart. Nathalie se penchait, lui prenait la main. Elle murmurait que la maison à Saint-Laurent-du-Var était vide, cet après-midi-là. Maurice Rovere était en tournée dans la haute vallée du Var, Josiane ne rentrait pas avant le milieu de la nuit : elle était à Caussols, précisait en ricanant sa fille. Si Jérôme voulait... Mais l'écoutait-il ? A qui, à quoi rêvait-il ?

« Je suis là, Jérôme, tu me vois, tu m'entends ? »

Elle le pinçait. Elle s'emportait contre lui, éloignait sa chaise, se mêlait à la conversation des autres.

Jérôme levait la tête. Aveuglé par le soleil, il fermait les yeux. Les voix qui l'entouraient paraissaient s'éloigner. Il se sentait seul. Il lui semblait que les autres ne voyaient pas ce que lui-même commençait à distinguer. Il avait l'impression de découvrir le lointain, comme dans l'un de ces tableaux italiens où les peintres, ivres de savoir enfin représenter la perspective, capables de montrer la profondeur du champ, multipliaient les plans et les arrière-plans : rues qui s'enfoncent jusqu'aux collines, personnages que l'on aperçoit au milieu d'une placette, silhouettes entrevues qui donnent la mesure de l'espace...

Jérôme pensait à ce grand-père docker, Joseph Gavi, qu'il n'avait pas connu et dont le père lui avait à peine parlé, homme silencieux à la maison, mais qui, dans sa jeunesse, pendant la guerre, avait sans doute été résistant. Peut-être même, imaginait Jérôme, avait-il croisé Moulin, qui sait ? « Joseph Gavi, une bête de somme, avait ajouté Lucien. Une bête morte au travail, usée. »

Pugni in tasca. Poings dans les poches.

Jérôme imaginait les autres pères, les autres fils, toutes ces vies enfouies, enterrées vivantes, comme les serviteurs du pharaon qu'on enfermait avec le corps du souverain dans la salle mortuaire, sous des mètres de sable.

Joseph était mort à moins de cinquante ans, avait confié le père de Jérôme. Lucien avait alors pourvu aux besoins de sa mère. Mais ça, c'était Madeleine Gavi qui l'avait rapporté à Jérôme.

Se mêlait ainsi en lui, cependant qu'il gardait les yeux fermés dans le soleil d'hiver, un sentiment d'humiliation, d'injustice et de révolte.

Que pouvait-il faire ?

Plus tard, quand Lucien Gavi se retira sur le balcon, qu'il passa toutes ses journées assis sur une chaise, se déplaçant avec l'ombre et le soleil, Jérôme n'osa même plus tourner la tête vers cette porte-fenêtre derrière laquelle il distinguait la silhouette penchée de son père.

Pugni in tasca.

Autour de lui, à la terrasse du café, les voix se faisaient plus fortes. Myriam riait. C'était une jeune rousse aux cheveux frisottés, aux hanches et à la croupe fortes, aux seins lourds qu'elle serrait sous des blouses de couleur vive, rouges ou bleu roi. Elle était hôtesse d'accueil dans un hôtel du centre-ville. Tous les jours, disait-elle, on lui faisait des propositions. Les clients qui descendaient à l'hôtel en famille s'attardaient pendant que leur femme et leurs enfants s'éloignaient ; ils lui chuchotaient des cochonneries, les salauds.

« Ils offrent combien ? » demandait Nathalie.

Nathalie était folle ! Elle, Myriam, ne les laissait jamais aller jusque-là. Elle tenait à garder sa place.

Mouloud expliquait que son frère Ferhat l'emmer-dait. Ce n'était plus un frère, mais un chef d'entre-prise, un patron qui contrôlait les horaires, la durée des courses : tant de minutes pour aller du port à l'aéroport. Il exigeait que Mouloud se débrouille pour téléphoner à la boîte chaque fois qu'il avait livré le paquet ou l'enveloppe. Mais les clients refusaient qu'on utilise leur téléphone. C'est à peine s'ils ouvraient leur porte. Ils avaient peur. « Avec ma gueule, disait Mouloud, ils croient que je vais les trucider. »

Jo, qui étudiait les mathématiques, se taisait. François, serveur chaque soir dans un restaurant de la vieille ville, somnolait. Tout en désignant Jérôme du regard, Sabine murmurait à Nathalie : « Qu'est-ce qu'il a ? » Tous notaient que Jérôme avait changé. Nathalie s'approchait de lui, lui prenait le bras comme si elle voulait le retenir, le défendre.

Il paraissait calme et impassible, mais elle le sentait tendu, refoulant une sourde colère. Elle tentait de desserrer ses doigts qu'il gardait repliés, les ongles creusant des traces rouges dans ses paumes. Elle l'interrogeait à mi-voix. Elle réussissait à l'entraîner à Saint-Laurent-du-Var où elle se déshabillait en hâte, se glissait dans son lit cependant qu'il tardait, vérifiant que la porte de la chambre de Nathalie était fermée à clé.

Lorsque enfin il la rejoignait, elle se collait contre lui, nue, le caressait, l'embrassait, le léchant à petits coups de langue. Il se rebellait, lui saisissait les poignets, la tenait sous lui, bras écartés, lui interdisait d'ouvrir les yeux ou même de parler.

Mais elle aimait sa brutalité, sa violence, son désir qu'il ne contrôlait plus, qui le forçait à jouir dans un grand cri.

Il devenait plus tendre, délivré pour quelques minutes, dégagé de tous ces liens qui l'emprisonnaient. Elle restait contre lui et il la caressait. Puis, trop vite, il s'écartait d'elle, la repoussait.

Il restait les mains croisées sous sa nuque, les yeux fixes. Nathalie l'observait avec une curiosité inquiète. Elle le questionnait.

Parfois il parlait de cette année 43 qu'elle étudiait elle aussi, puisqu'ils suivaient les mêmes cours. Elle soupirait. Quel ennui ! avouait-elle. Un autre temps. Tout était devenu si différent. Elle étudiait ça comme elle aurait étudié l'art du tricot ou du macramé. Qui se souciait de ces gens qui résistaient dans l'indifférence et qu'on trahissait ? Jérôme n'avait qu'à demander à Myriam, à Sabine, à Mouloud, à François ; qu'il interroge les autres autour de lui : il comprendrait que plus personne, hormis le professeur Lugrand, ne se passionnait pour cette époque révolue.

« Vous êtes cons ! » s'exclamait Jérôme.

Il fallait parfois plus d'une heure pour qu'elle fasse sa reconquête.

Un jour, en fin d'après-midi, il marmonna que lui aussi aurait été de ceux qui parlent par crainte de la torture, de ceux qui abandonnent, peut-être même de ceux qui trahissent.

« Ce type, l'autre jour, devant la cabine, j'aurais dû lui répondre, même si c'était un flic. »

Mais il avait accepté la baffe comme un lâche, un type déjà prêt à livrer ses amis, un type qui a peur.

Nathalie s'était dressée sur un coude. Elle le questionna jusqu'à ce qu'il lui racontât la scène. Le jour des résultats du bac, il y avait donc plus de deux ans de cela, un homme, devant une cabine téléphonique, l'avait giflé, et Jérôme s'était laissé faire sans résister. Il avait accepté ça. Alors, qu'elle imagine, en 1943, de quoi il aurait été capable pour sauver sa peau !

Depuis toujours, il y avait ceux qui se soumettaient, et les autres. C'était comme une chaîne tout au long du temps. Il s'était soumis lui aussi, comme la plupart. Il portait le collier des esclaves.

Elle murmura : « Tu es fou », puis, plus bas encore, elle répéta : « Je suis là. »

— Qu'est-ce que ça change ? demanda-t-il.

— Tout, répondit-elle.

— Rien », avait-il corrigé en se levant.

Nathalie le laissait dire. Qu'était-ce qu'un mot ? Si Jérôme avait besoin de croire qu'elle ne lui était d'aucun secours, peu importait qu'il le pensât. Si même il désirait la blesser ou l'humilier, qu'il le fasse. Et quand il l'aimait, s'il éprouvait l'envie de la frapper, parfois durement, elle l'acceptait. Ils étaient l'un dans l'autre depuis toujours, bien plus que s'ils avaient été frère et sœur ou simplement amants. Elle était sa bouche. Il était ses bras. Ils avaient la même peau mate. Elle savait ce qu'il allait dire avant même qu'il ne parlât. Lui aussi la devançait en tout.

Et pourtant, ils n'étaient pas égaux.

Elle, elle savait ce qui les unissait : une force indestructible, comme si un même sang coulait dans leurs corps. Lui l'ignorait tout en vivant d'elle. Il ne mesurait pas combien Nathalie lui était nécessaire. Il pouvait donc pérorer, répéter que leur union ne changeait rien à sa propre vie. Elle l'observait, avec tendresse et presque de la compassion. Elle avait parfois le sentiment qu'elle devait le guider comme on dirige un aveugle, en le tenant par la main, en le tirant alors même qu'il voulait s'écarter, croyant que sa route était ailleurs.

Dès leurs premiers jeux sur les rochers du cap Ferrat ou du Trayas, ou dans le jardin de la ferme du grand-père Tozzi, à Caussols, elle s'en était persuadée. Elle devait veiller sur lui, l'aider, parce qu'il tâtonnait et ignorait sa dépendance.

Elle le regardait tandis qu'il s'habillait prestement, debout devant la fenêtre, la tête tournée vers ces pointillés de lumière qui, dans la vallée du Var, en contrebas des collines, dessinaient le tracé des routes, puis, vers le sud, balisaient les pistes de l'aéroport de Nice.

Jérôme avait voulu enfiler sa chemise sans la déboutonner. Il s'énervait, jurait. Nathalie riait de sa maladresse. Elle aimait son torse maigre, ses bras longs, ses mains fines qui tentaient de saisir le col, puis les manches. Elle l'aidait à enfoncer la chemise dans son pantalon, et elle sentait le désir la gagner en touchant du bout des doigts la peau de son ventre, de ses hanches, de son dos.

Il la laissait faire, docile. Elle glissait la main vers son sexe. Elle s'en emparait et ils basculaient ensemble sur le lit, elle au-dessus de lui. Elle le déshabillait à nouveau, tirant sur ses pantalons de toile rêche, découvrant ses jambes maigres, puis ouvrant sa chemise sur son torse osseux.

Si Dieu existait, elle le remerciait de cette chance qu'il lui avait donnée de rencontrer Jérôme sans avoir à le chercher. Dès ses premiers pas, dès son premier souvenir, il avait été là comme un arbre, un repère qu'il suffit de ne pas quitter des yeux pour ne pas se perdre. Rien n'avait vraiment d'importance, hormis cela. Ni ce que Nathalie entreprenait elle-même, tout ce qu'elle faisait et que Jérôme ignorait, ni l'attitude de sa mère ou de son père ne comptaient. C'était lui, l'axe de sa vie, son point fixe.

Nathalie ne craignait ainsi personne. Elle n'était pas jalouse de Myriam ou de Sabine, non plus que de ces filles qui, à la faculté, s'approchaient de Jérôme après l'un de ses exposés, le félicitaient, lui demandaient sa bibliographie. Connasses, pouffiasses ! « Qu'il aille avec elles », pensait même Nathalie. Il comprendrait, alors. Mais il se détournait d'elles et la prenait par l'épaule, l'entraînait.

Elle ne lui parlait pas des idées qu'il avait énoncées, ni du commentaire de Michèle Lugrand, cette bonne femme un peu trop élégante, intelligente et souriante, qui s'était étonnée de l'érudition de Jérôme : « Mais vous avez tout lu, Gavi. La problématique de votre exposé est excellente... » Nathalie laissait Jérôme s'épancher, passer de l'exaltation à l'abattement, et répéter qu'au fond, tout ce qu'il faisait n'avait pas de sens.

« A quoi ça sert ? » murmurait-il.

Nathalie était sûre que cela ne servait à rien. Que rien d'autre n'existait que la relation qui les unissait. Mais elle savait qu'elle ne pouvait le lui avouer. Jérôme avait encore besoin de penser qu'il devait connaître et comprendre le passé, ne rien ignorer de cette année 1943 dont il songeait maintenant à faire un récit exhaustif. Michèle Lugrand l'y encourageait : Jérôme Gavi, conseillait le professeur, devait commencer par un mémoire de maîtrise relatant le séjour de Jean Moulin à Nice, décrivant ses contacts dans la région. Ce pourrait être une introduction fructueuse à un travail sur l'ensemble de l'année 43 et ses enjeux.

Nathalie aussi incitait Jérôme à se lancer dans cette entreprise qui, pour elle, n'avait pas plus de signification que l'un des jeux guerriers auxquels il l'avait contrainte, enfant.

« Tu seras... » commençait-il.

Elle serait ce qu'il voudrait. Elle le laisserait croire que leur union ne changeait rien à sa vie, que celle-ci se jouait ailleurs, dans son intérêt pour une année d'un lointain passé et pour des hommes qui y avaient combattu, dans sa révolte, ses tourments. Etait-il lui aussi un lâche ? Un homme marqué pour la servitude ?

Qu'il joue, s'il le voulait ; qu'il joue encore.

Elle lui prenait la main, l'entraînait.

Elle ne le lui avait pas encore dit, confiait-elle, mais elle avait acheté une voiture. Il s'immobilisait. Elle la montrait, toute blanche, garée sur le parking de la faculté. Elle avait ainsi dépensé la somme que lui avait léguée le grand-père Tozzi.

« Tu conduis ? » s'étonnait Jérôme.

Elle avait appris.

« Mais quand ? quand ? répétait-il.

— J'ai ma vie, disait-elle. Pas seulement avec toi. »

Puis elle se pendait à son cou.

9

Nathalie arrêta la voiture sur un terre-plein qui surplombait les rochers du cap d'Antibes. Le vent sifflait, balayant la chaussée, secouant les pins parasols et les buissons des haies, mais la mer à peine fripée paraissait presque noire, tant le ciel était délavé. A l'est, les cimes découpaient sur l'horizon une dentelure d'un blanc éblouissant.

Nathalie ouvrit la portière et le vent s'engouffra. Elle descendit tout en relevant le col de son blouson de cuir fourré. Jérôme hésita quelques secondes avant de la rejoindre.

Il la voyait de dos ; sa silhouette aux jambes musclées, moulées par un pantalon de toile dont le rebord se cassait sur ses bottines de cuir noir, faisait naître un frémissement dans sa poitrine. C'était une sorte de rire musculaire, comme si son estomac, ses poumons, ces organes qui semblaient ne concerner en rien les mécanismes du plaisir, se souvenaient d'avoir joui de cette fille dont les fesses rondes tendaient la toile du pantalon.

Jérôme descendit du véhicule, un peu las, comme si cette évocation de l'amour par son corps même l'avait fatigué, comme s'il venait en fait d'aimer Nathalie.

Il s'approcha d'elle, lui effleura les fesses, puis glissa une main sous son blouson, dans la chaleur moelleuse de la fourrure. Il ne lui avait jamais vu porter ce vêtement.

« Tu as acheté ça ? fit-il. Au moins deux mille francs, peut-être trois ? Plus ? »

Il retira sa main. Nathalie se tourna, posa ses doigts sur la poitrine de Jérôme, la frictionna. Elle aussi avait froid, dit-elle.

« Tu veux le même ? ajouta-t-elle. Je te l'achète. »

Elle enfonça sa main droite dans la poche de son pantalon. Le vêtement collait si bien à la peau qu'elle dut se dresser sur la pointe des pieds, rentrer le ventre, se cambrer. Elle parvint enfin à extraire de sa poche des billets froissés, serrés par une pince de métal doré. Elle les plaça devant les yeux de Jérôme qui, d'un geste brutal, lui frappa le poignet, l'obligeant à baisser le bras.

« Tu as toujours de l'argent », remarqua-t-il.

Elle fit la moue en haussant son épaule gauche dans un mouvement qui marquait l'indifférence.

« Ton grand-père Tozzi ? » reprit Jérôme.

Il ricana. Elle avait payé les déjeuners, les nuits d'hôtel, se souvenait-elle ? Mille francs pour deux nuits. Lui, n'avait jamais disposé d'une telle somme, jamais. Elle payait l'essence, l'assurance de la voiture. D'autres consommations encore. Maurice Rovere n'était pourtant qu'un agent d'EDF. Où Nathalie trouvait-elle tout cet argent ?

Il la prit par les deux bras, la força à lui faire face. Elle faisait la pute ? Elle racolait où ? Sur la promenade des Anglais ?

Elle se dégagea en riant.

Les putes, qu'est-ce qu'il avait contre ? Elles étaient libres d'en faire ce qu'elles voulaient, de leur cul. Ça valait bien les femmes mariées, non ? Et les mecs n'avaient qu'à renoncer à y aller, aux putes ! Mais que Jérôme se rassure : il y avait trop de concurrence. Les filles, des Polonaises, des Russes, des Hongroises, étaient plus belles qu'elle, et plus salopes. Même si Nathalie l'avait voulu, elle n'aurait pas trouvé de clients. C'était la crise, est-ce qu'il le savait ?

Jérôme gardait une expression morne. Elle le bouscula. C'était son grand-père Tozzi, répéta-t-elle. Il avait vendu ses terrains de Cabris, placé son argent, et, à sa mort, il avait tout légué à sa fille et à sa petite-fille. Comme disait Josiane Rovere, « on en profite ».

« Et ton père ? » interrogea Jérôme.

Maurice Rovere se désintéressait d'elles. Il ne pensait qu'à restaurer sa maison de Soccia, au-dessus d'Ajaccio, et à s'y retirer seul dès le lendemain de la mise à la retraite.

« Tu as froid », dit Nathalie en se serrant contre Jérôme.

Ils allaient s'arrêter à Cannes afin de lui acheter un blouson ou autre chose, pull ou veste, comme il voudrait.

Il fit non. Il refusait qu'on l'entretienne, qu'on lui donne de l'argent. Il voulait en gagner, seul. A sa manière.

Elle s'emporta tout à coup de façon inattendue, et la surprise le fit reculer d'un pas.

Qu'est-ce qu'il était con ! s'écriait-elle. Finalement, un type qui pensait comme tout le monde et se donnait des airs, alors qu'il raisonnait comme un mouton ! L'argent, ça ne sentait que l'argent, ça n'avait pas de mémoire, ça ne salissait pas les mains. Il fallait en avoir, c'est tout. Et le prendre là où il se trouvait.

« T'as pas encore compris ça ? Tu ne l'as pas vue, ta mère, se crever le cul pour quat'sous, et ton père, avec ses indemnités de chômage ?

— Ce n'est pas l'argent de ton grand-père, riposta Jérôme, j'en suis sûr ! »

Elle affronta son regard.

« C'est *mon* argent, lâcha-t-elle.

— Il vient d'où ?

— Il est à moi. »

Elle froissa les billets et en fit une boule qu'elle feignit de vouloir jeter à la mer. Jérôme lui saisit le poignet, la força à plier le bras.

« L'argent, dit-il, tu n'en trouves facilement qu'en fouillant dans la merde. J'aime pas la merde. »

Il bondit sur les rochers, marcha vers le rivage, bondissant de bloc en bloc.

Elle l'attendit. Il s'était accroupi, plongeant les deux mains dans la première vague. Puis il se redressa, revint à pas lents, franchissant les creux de la roche d'une enjambée, sans sauter.

« Plonge tes mains dans la mer, lui dit Nathalie, et laisse la merde aux autres. De l'argent, on en a.

— Tu l'as pris où ? répéta-t-il.

— Je l'ai gagné.

— Tu as montré ton cul ? »

Nathalie s'éloigna sur le terre-plein et, depuis la voiture, lui cria : « Viens, il fait froid ! »

Mais Jérôme se détourna vers la mer.

10

Ils arrivèrent en fin d'après-midi au sommet du col au-delà duquel s'étend le plateau de Caussols.

Nathalie ralentit. Depuis qu'ils avaient quitté le terre-plein au-dessus des rochers du cap d'Antibes, elle avait conduit vite, comme si elle avait voulu forcer Jérôme à rompre le silence. Elle l'avait interpellé tout au long du trajet, à coups de freins, d'accélérations brutales, de dépassements imprudents dans les lacets qui, après Grasse, permettent d'accéder au plateau. Sur la route humide, verglacée par endroits, elle avait plusieurs fois dérapé, la voiture glissant vers les arbres plantés serrés sur le bas-côté en pente raide. A chaque fois, elle avait jeté un coup d'œil à Jérôme, mais, tassé sur son siège, les yeux fermés, il lui avait paru indifférent, sourd aux appels indirects qu'elle lui lançait. Puis, tout à coup, alors que la route devenait cette longue ligne droite entre les mamelons herbeux du plateau, elle avait roulé au pas. La chaussée paraissait s'interrompre brutalement à l'extrémité du plateau, tranchée par un effondrement qui, à cette heure, suggérait un puits sombre, un gouffre. La ferme de Marcel Tozzi, déjà enfouie dans la pénombre, semblait une épave échouée. Quelques îlots éclairés surnageaient encore çà et là.

C'est eux qu'aperçut d'abord Jérôme quand il rouvrit les yeux, puis, levant la tête, regardant vers le nord-est, il fut saisi par cette couleur rougeâtre qui avait recouvert la falaise dressée au-dessus du plateau de Caussols et qui paraissait dévaler depuis le gradin supérieur comme une nappe de plus en plus sombre, lie-de-vin, bientôt noire.

Il serra le poignet de Nathalie : « Arrête-toi », lui dit-il.

Elle se gara sur le bas-côté, à proximité des derniers arbres, car le plateau n'était qu'une prairie faite de conques humides et de ressauts caillouteux. Elle laissa Jérôme s'éloigner seul, traverser la chaussée, monter sur un muret de pierres sèches et s'y tenir, jambes écartées, contemplant la falaise.

Dans l'éclat sanglant du crépuscule, il vit la route qui montait à flanc de rochers et, sur une sorte d'avancée, il distingua cette grande maison dont la terrasse sur pilotis ressemblait à un quai battu par une houle sombre. Dans la large baie vitrée qui fermait la terrasse, le reflet de l'incendie de fin d'après-midi l'aveugla.

Il se souvint.

C'était dans cette maison-là qu'il avait passé une partie de la nuit, après sa fugue. Depuis cette nuit-là, il n'était plus retourné à la ferme de Marcel Tozzi. Ses parents avaient toujours refusé de l'y renvoyer, malgré les supplications de Nathalie et les arguments de Josiane Rovere.

« Il a voulu voir, avait-elle remontré à plusieurs reprises, il a vu. Il s'est perdu, pourquoi voulez-vous qu'il recommence ? Ça lui a servi de leçon. »

Mais Madeleine Gavi s'était contentée de répéter :

« Je n'abandonne plus mon fils, c'est fini. Je ne veux pas crever d'inquiétude à chaque fois. »

Des yeux, Jérôme avait reparcouru la route : au fur

et à mesure que la nuit gagnait, elle semblait s'affaisser, ne laissant derrière elle que des éboulis engloutis par l'obscurité. La maison elle-même fut bientôt ensevelie, mais, brusquement, elle s'éclaira d'une lumière vive. Des lampes illuminaient la terrasse et le terrain alentour. Jérôme devina la pièce derrière la baie vitrée et se souvint de la grande cheminée rectangulaire, puis de la bibliothèque, de l'ordinateur dont l'homme aux cheveux blancs tapotait le clavier, puis de cette route du retour, vers Nice, avec son père qui conduisait, et ce goût acide dans sa bouche. Il avait vomi.

Il eut à nouveau envie de vomir.

Il sauta à bas du muret. Il faisait nuit. Nathalie avait allumé les phares. Elle venait vers lui.

Elle lui prit la taille et l'enveloppa de son bras.

« Je me souviens... » commença-t-il.

De sa main droite, Nathalie chercha la bouche de Jérôme comme si elle avait voulu l'empêcher de parler.

« C'était chez toi, dit-il, dehors, sous les arbres... »

Ils avaient fait l'amour pour la première fois sur un drap bleu.

« Après, tu as voulu que je te raconte la nuit que j'avais passée là-haut — il se tourna —, dans cette maison, chez ce type. Ton grand-père devait le connaître. Et toi ? »

Elle se détacha de Jérôme et se dirigea vers la voiture. Elle remit le moteur en marche.

« Je veux le revoir, s'il est encore vivant, dit-il dès qu'il l'eut rejointe.

— Il est vivant, répondit Nathalie en commençant à rouler. Il s'appelle Henri Missen. »

Ils s'enfoncèrent dans l'obscurité qui enserrait la chaussée entre deux hautes parois noires.

« Il faut que je le revoie », répéta Jérôme.

Il souleva la manche de son blouson, passa ses doigts sur la peau de son avant-bras. Il regarda, comme si ce léger frottement allait y faire surgir des chiffres bleus. Il avait eu ce geste, autrefois, pour toucher, sur la peau fripée de l'homme, son tatouage.

« Ancien déporté », murmura-t-il.

Il se tourna vers Nathalie. Elle conduisait, la tête portée en avant, comme si, de cette façon, elle avait pu mieux percer l'obscurité, voir plus loin.

« Tu le savais ? » interrogea Jérôme.

Elle eut un mouvement irrité de tout le buste. Elle se moquait bien, dit-elle, de ce qu'avaient fait les gens il y avait cinquante ans, soixante ans. Elle s'intéressait à ce qu'ils étaient devenus maintenant.

« Qu'est-ce qu'il est ? »

Nathalie s'engagea dans le petit chemin qui conduisait jusqu'à la ferme de Marcel Tozzi. Un panneau indiquait que la propriété était à vendre.

Elle se gara, ouvrit la porte de la ferme.

« Du bois, du feu ! » cria-t-elle.

La pièce était humide, figée par le froid comme une nécropole, mais, en quelques minutes, Nathalie l'anima. Les flammes jaillirent. De l'eau chauffa.

Adossé à la porte, Jérôme la regardait, puis, entraîné, il bourra le feu, le tisonna cependant qu'elle préparait un lit près de la cheminée.

Bientôt il fit chaud. Au milieu de la longue table étroite, elle plaça une bouteille de vin qu'il déboucha.

« Il est comment ?

— Goûte. »

Il reposa la bouteille.

« Il est comment, ce type, Henri Missen ? répéta Jérôme.

— Goûte », répéta Nathalie.

11

Il sortit de la ferme et fit quelques pas sur l'aire. Le martèlement de ses talons sur le sol gelé parut rebondir contre la falaise à l'aspect blanchâtre dans la lumière lunaire et l'atmosphère pétrifiée. Il était à peine six heures du matin.

Jérôme rentra. La chaleur l'enveloppa comme une buée rouge. Les braises éclairaient la pièce en désordre. Les bouteilles vides traînaient encore au centre de la table. Les vêtements de Nathalie s'amoncelaient sur le sol, près du matelas sur lequel ils avaient dormi, enfouis sous les couvertures, car l'humidité avait mis longtemps à disparaître.

Ils avaient dû boire, jeter dans le feu de grosses pièces de bois, des souches qui brûlaient difficilement. La chaleur avait gagné peu à peu, d'abord en eux, puis pénétrant le plancher et les murs.

A présent, Nathalie dormait, tout le haut de son corps découvert.

Elle avait les épaules rondes, la poitrine forte, les bras potelés, les doigts courts et les paumes larges. Jérôme s'assit au bord du matelas. Il repoussa les couvertures afin de la dénuder entièrement. Elle ne tressaillit même pas, tant il faisait chaud. Elle soupira d'aise, au contraire, écartant les bras, entrouvrant les cuisses qu'elles avait charnues. A la regarder ainsi, Jérôme éprouva un désir violent, qui l'effraya. Il avait envie de la fouailler, d'enfoncer sa tête dans son sexe, de mordre à l'intérieur de ce corps, de le retourner comme un vêtement dont on veut explorer toutes les coutures, les poches, les doublures, afin d'y découvrir ce qu'il cache. Car il avait beau serrer Nathalie contre lui, la ployer, la faire crier de plaisir, la frapper même, elle était insaisissable. Il n'en avait jamais fini avec elle. Elle était un puits sans fond qui n'étanchait pas sa soif et dans lequel il pouvait pourtant puiser autant qu'il voulait, car elle ne lui refusait rien, se pliait à tous ses désirs.

« Gifle-moi, si tu veux », disait-elle.

Il la giflait.

Elle geignait, mais murmurait : « Encore, si tu veux. »

Sa voix était reconnaissante et son corps s'ouvrait.

Une bûche s'effondra dans la cheminée, faisant jaillir une myriade d'étincelles. Nathalie se recroquevilla de côté et il ne vit plus que son dos en partie caché par ses cheveux longs et noirs. Il posa sa main sur la cambrure des reins. Dans un mouvement lascif, elle fit saillir ses fesses. Jérôme tira la couverture, couvrit le corps comme s'il avait craint que quelqu'un d'autre que lui ne vît Nathalie dans cette pose impudique, offerte. Un autre que lui, pensa-t-il, aurait pu poser sa main là, sur ce cul, et elle aurait eu la même réaction, ignorant qui la touchait, simplement mue par l'instinct.

Il se leva, se secoua comme s'il voulait se dégager d'un piège.

Il prit une canadienne devenue noirâtre à force d'avoir été portée par Marcel Tozzi, et l'enfila.

Il ressortit.

Il avait dû rester près de Nathalie plus qu'il n'avait cru.

La nuit commençait à s'entrouvrir. A présent, le bruit de ses pas ne réveillait plus aucun écho, comme si l'atmosphère avait fondu, absorbant les sons.

Jérôme se dirigea vers la route qu'il avait empruntée autrefois, lorsque, enfant, il s'était enfui de la ferme de Marcel Tozzi. La falaise n'était plus éclairée par la lune, mais par une aube bleutée.

Il marcha d'un pas vif, dépassant la maison d'Henri Missen, se retournant sur elle au fur et à mesure qu'il s'en éloignait, comme pour s'assurer qu'il s'agissait bien de ses souvenirs.

Il reconnaissait ce porche, cette allée qui donnait sur un garage, cette terrasse et la baie vitrée qui la fermait. Il avait l'impression de fuir désormais Josiane Rovere et son père, et tout à coup il s'arrêta.

Du point où il était parvenu, à quelques centaines de mètres au-dessus de la maison d'Henri Missen, il apercevait toute l'étendue du plateau de Caussols que la route tranchait par le mitan.

La ferme Tozzi se trouvait à équidistance du village de Caussols — un hameau, plutôt — et de celui de Gourdon, perché sur sa proue rocheuse. Au-delà, la mer commençait à s'éclairer et l'horizon flamboyait. Il se sentit physiquement pénétré par le paysage, comme si sa poitrine s'ouvrait à ce souffle tonique portant la lumière du jour.

On devait vivre ici comme si l'on était en mer, au vent et au large, et non pas resserré comme dans cette chambre exiguë de la résidence des Oliviers, dans la vallée caillouteuse du Paillon, parmi les buissons rabougris, couverts de la blanche poussière des cimenteries qui dépeçaient en amont les flancs des collines.

Au milieu de la nuit, Nathalie, alors qu'ils avaient encore froid, réchauffés seulement du vin qu'ils avaient bu, s'était écriée tout à coup : « Vivons ici, il faut vivre ici ! »

Elle avait expliqué que Josiane Rovere ne trouvait pas d'acheteur pour la ferme, qu'ils pourraient, en élevant quelques animaux, une ou deux chèvres, des lapins, des poules, subvenir à leurs besoins essentiels, et elle trouverait toujours l'argent nécessaire pour acheter l'indispensable : le pain, le vin, quelques vêtements.

« On serait libres », avait-elle répété.

Au fur et à mesure qu'elle parlait, Jérôme avait eu le sentiment qu'elle le poussait vers le bord d'une falaise. Il avait été tenté de s'élancer avec elle et ils auraient plané longtemps, heureux, dans le silence, libres comme Icare.

Et puis, la chute...

Il s'était écarté de Nathalie.

Il l'avait interrompue au moment où elle disait qu'il ne servait à rien de poursuivre des études qui ne menaient nulle part. Mais elle avait continué d'une voix aiguë :

« Au mieux, avait-elle dit, au mieux, si tu rêves, tu seras quoi ? Un professeur en fac, comme Mme Lugrand, et tu auras quoi, en face de toi, pour t'écouter ? Des connes comme moi, qui se foutent pas mal de l'année 43, qui sont là parce qu'elles ne savent pas où aller, ou parce qu'elles ne veulent pas lâcher leur mec. »

Elle l'avait enlacé.

Il s'était débattu, mais elle était forte, quand elle le voulait. Elle l'avait écrasé, étouffé entre ses cuisses, sous ses seins, et, à la fin, il l'avait pénétrée alors qu'elle battait des bras comme une noyée.

C'est après qu'ils avaient commencé à avoir chaud. Les flammes avaient bondi dans la cheminée, embrasant brusquement toutes les bûches. Nathalie et Jérôme étaient restés longuement à contempler l'âtre, leurs pensées emportées par les étincelles qui s'enfuyaient en essaim dans un souffle rauque.

« On serait heureux, ici », avait-elle murmuré.

Jérôme avait posé la main sur le ventre de Nathalie. En cherchant ses mots, en hésitant, en essayant de ne prononcer que ce dont il était sûr, il répondit qu'il ne voulait pas vivre terré, ou bien en l'air, loin de son époque, de la société dans laquelle on l'avait jeté par hasard, mais c'était ainsi.

« Tu es con », avait-elle conclu en secouant la tête.

L'époque, la société, elles se foutaient bien de lui, des uns et des autres. C'était chacun pour soi.

« Tu prends ton pied comme tu peux, avait-elle ajouté. C'est tout. »

Il avait commencé à enfouir ses doigts dans la toison du pubis, puis il était descendu plus bas et s'était mis à la caresser. Elle avait geint.

« J'ai besoin de savoir, avait-il dit. J'ai besoin de livres.

— Caresse-moi, caresse-moi. »

Il avait glissé le long de son corps, enveloppé ses cuisses dans ses bras. Il les avait soulevées, écartées, et il avait trouvé ses lèvres. Nathalie s'était cambrée.

Après, il avait repris sa place, assis face au feu, le dos appuyé au coussin.

« On trouve des livres partout », avait-elle objecté.

Puis elle avait ajouté au bout d'un silence : « Même ici. »

C'était comme si la mémoire de Jérôme s'était fendue, et de la plaie douloureuse avait jailli cette bibliothèque qui faisait face à la baie vitrée dans la maison d'Henri Missen.

« Tu es allée chez Missen », fit-il en s'écartant de Nathalie.

Elle tendit le bras pour le toucher. Il saisit son poignet et commença à le tordre.

« Tu es allée chez lui. Quand ? »

Elle cria, tourna à demi sur elle-même pour que la torsion de son bras devînt moins douloureuse.

« Quand ? » répéta Jérôme.

Elle hurla. Il la lâcha.

« Tu es con ! » grinça-t-elle en s'asseyant et en massant son épaule.

Il la regarda en silence et Nathalie baissa la tête. Elle savait qu'Henri Missen possédait des milliers de livres, des cassettes, un ordinateur. Son grand-père Tozzi lui en avait souvent parlé. Il se rendait chez Missen une ou deux fois par semaine. Il lui vendait des œufs, du fromage, des légumes. Ils parlaient. Tozzi affirmait que Missen était un des plus grands mathématiciens au monde. Il calculait toute la journée et communiquait avec des universités en Californie, en Allemagne, en Angleterre.

Nathalie posa sa tête sur les cuisses de Jérôme.

Missen, reprit-elle, était la preuve vivante qu'on pouvait bien vivre sur le plateau.

« On peut être intelligent partout, ajouta-t-elle. Il suffit de vouloir. Il faut inventer. Si tu imites, tu n'es rien. Tu veux devenir quoi ? »

Elle avait élevé la voix.

« Comme Michèle Lugrand ? Elle te plaît, hein ? Elle t'en impose, avec ses tailleurs Chanel, ses chemisiers, ses bouclettes ! "Gavi, vous avez tout lu. Gavi, j'aime la problématique de votre exposé..." Et ça — Nathalie avait saisi le sexe de Jérôme —, tu crois qu'elle l'aime ? »

Il l'avait brutalement repoussée. Tout se réduisait à une histoire de cul, avec elle, avait-il reproché.

Il s'était levé et avait arpenté la pièce, placé des bûches dans la cheminée, puis il s'était recouché.

« Ici, on a tout le temps de vivre, avait-elle chuchoté. On a même celui de se disputer. »

Il avait recommencé à lui caresser les cheveux.

« Il faut vivre vieux, poursuivait-elle. La vie, on n'a que ça, tu comprends ?

— C'est Missen qui pense comme ça ? C'est des idées de type qui se sent au bout du rouleau.

— Qu'est-ce que tu sais du bout de la vie ? »

C'est elle, à présent, qui s'était levée.

« On ne sait pas quand ça s'arrête, ni pour soi, ni pour les autres. »

Elle avait parlé sèchement.

« Si je le tue et si je me tue, je sais parfaitement quand ça finit, objecta Jérôme tout en commençant à se rhabiller.

— Tu es décidément le plus con », avait répondu Nathalie en se recouchant.

Puis Jérôme était sorti.

Vivre ici...

Il s'assit sur un rocher plat qui dominait la chaussée. Tout autour, l'herbe était blanche, ployée sous la glace.

C'était un curieux moment. La nuit se retirait en silence, la lumière avançait sans oser crier victoire. C'était l'entre-deux, le temps de l'hésitation, comme si le cours des choses pouvait encore s'inverser, la nuit dominer sans fin, le jour ne plus être qu'un souvenir qui s'estompe.

C'était donc l'heure de l'angoisse, entre espoir et trahison. Cet instant que, chaque matin, des milliards d'hommes depuis les origines avaient dû vivre, incertains de la suite des jours. Tous les hommes enchaînés qui avaient rêvé de liberté avaient eux aussi vécu cet instant.

La nuit, le jour.

Il pensa au cours de Michèle Lugrand, à ces prisonniers du fort Monluc, à Lyon, en 1943, à ceux dont on avait brisé la tête à coups de masse, dans leurs cellules, à ceux qu'on avait chargés dans des trains et qu'on avait marqués au bras avec des chiffres bleus.

Il fut tout à coup aveuglé.

Le soleil avait surgi et un relief inconnu, haut et noir sur l'horizon, se découpait dans la lumière, fermant la baie, comme une île poussée entre l'Estérel et les caps de l'Est.

Jérôme se souvint d'abord de Missen qui, tendant le bras vers la nuit, avait dit qu'on ne voyait pas seulement la mer, mais, en hiver, à l'aube, la Corse.

On était en hiver, c'était l'aube.

Il se souvint ensuite de son père. Lucien Gavi avait tant de fois évoqué comme un espoir ce voyage de vacances en Corse, avec la voiture. Ils auraient sillonné l'île. Ils auraient rendu visite à Maurice Rovere dans son village de Soccia, au-dessus d'Ajaccio. Ils auraient franchi le col San Bastiano par cette route dont Rovere, qui s'exprimait si rarement, parlait parfois. Ils auraient alors découvert les anses du golfe de Sagone, des rochers rouge sombre. Mais la vie avait trahi Lucien Gavi. Le soleil ne s'était pas levé sur la montagne corse, sur les anses de Sagone, sur Vico.

Et Jérôme pensa qu'il n'y avait pas d'espoir dérisoire ni de petite trahison.

C'étaient toujours, quels qu'ils fussent, l'âme de la vie et le visage de la mort.

Il sauta à bas du rocher et l'herbe craqua sous son poids.

Il commença à redescendre dans la lumière éblouissante.

Quand il fut à la hauteur de la maison d'Henri Missen, il vit l'homme debout sur la terrasse, torse nu. A chaque mouvement des bras qu'il levait puis abaissait en s'inclinant vers le sol, les côtes apparaissaient sous sa peau brune.

Jérôme s'arrêta et l'homme s'interrompit, le regarda, puis lui fit un signe.

« La Corse », fit-il en tendant le bras.

Jérôme se tourna vers l'horizon à l'instant précis où le relief était englouti par la lumière. En l'espace de quelques secondes, il disparut.

« Fini », constata Missen.

Il fit un geste rapide du bras, main ouverte, puis fermée.

« Il faut saisir les choses avant qu'elles meurent », conclut-il.

Il passa une chemise, puis un pull-over, et marcha vers le bord de la terrasse, s'accoudant à la balustrade.

Jérôme le dévisagea. Il paraissait moins âgé que dans son souvenir, mais il reconnut ces traits osseux, ces pommettes saillantes, ce visage allongé prolongé par des cheveux blancs, drus, coupés en brosse, aux tempes rasées. Il regarda fixement sa pomme d'Adam.

Missen parut étonné de la manière dont Jérôme le dévisageait.

« Vous étiez là-haut ? » demanda-t-il en désignant d'un mouvement du corps le plateau supérieur.

Jérôme fit non, montra le plateau de Caussols.

« Je vous connais », dit-il, regrettant aussitôt ces mots qu'il avait prononcés à mi-voix.

Missen pencha un peu la tête, plissa les yeux.

« La ferme de Marcel Tozzi », murmura Jérôme.

Missen sourit, laissant voir des dents longues, déchaussées, jaunâtres.

« Je vous offre un café brûlant ? » fit-il, et, avant que Jérôme eût pu répondre, il avait quitté la terrasse.

Il y eut un bruit de verrou, Missen ouvrit la porte et Jérôme aperçut les rayonnages surchargés de livres. Leurs reliures composaient une succession de couleurs claires ou foncées comme une suite de souvenirs bons ou mauvais.

12

Au moment d'entrer, Jérôme hésita.

La pièce dans laquelle Henri Missen l'avait précédé, l'invitant d'un geste à le suivre, était divisée en deux parties inégales par la lumière du soleil qui débordait de la terrasse et coulait, oblique, tranchant le canapé noir, éclairant quelques livres. Mais la cheminée rectangulaire, plus petite que dans le souvenir de Jérôme, et la majeure partie de la bibliothèque restaient dans la pénombre.

« Le soleil viendra plus tard », fit Missen.

Il ouvrit la baie vitrée, se tourna. Son visage se trouvait ainsi dans l'obscurité, mais la lumière découpait sa silhouette qui parut immense, masquant l'horizon. Jérôme se souvint de sa peur d'enfant.

« Vous n'avez pas froid ? » interrogea Missen.

Il montra la table sur la terrasse ensoleillée. La cafetière fusait.

Jérôme ne bougea pas. Il avait envie de fuir. Il fit un pas de côté, n'osant ni avancer, ni reculer. Il se trouva ainsi dans la lumière et ferma un instant les yeux. Quand il les rouvrit, Missen était près de lui.

« Venez, dit-il en lui saisissant le bras. Le froid, reprit-il en passant sur la terrasse, c'est d'abord une idée. J'ai eu très froid pendant des années. Il me semblait que mes os étaient devenus friables, cassants comme du bois mort. Je claquais des dents, même en été. J'étais gelé à l'intérieur, dans ma tête. Maintenant, un peu de sève est revenue. Je fais ma gymnastique torse nu, vous avez vu ? J'aime le froid. Il est net, propre, pur. »

Il entraîna Jérôme jusqu'à la balustrade, murmurant comme pour lui-même : « C'est ce qu'on pense qui compte, pas ce qui est. » Puis il tendit le bras :

« La ferme Tozzi... Vous me connaissez, disiez-vous ? »

Jérôme aperçut le toit de la ferme et, garée sur l'aire, la voiture blanche.

« Vous êtes monté avec Nathalie ? » demanda Missen d'une voix indifférente.

Il s'appuya à la balustrade et Jérôme regarda, au-delà du plateau de Caussols, la mer et le ciel fondus ensemble. Ils paraissaient s'étendre comme s'il n'existait ni vallées, ni collines, ni villes en contrebas. Le rebord rocheux semblait être un rivage, et le village de Gourdon le sommet d'une île à demi engloutie.

« Vous êtes donc l'ami de Nathalie », reprit Missen sur le même ton.

Il écarta les bras. Elle n'était pas fille à se confier ; d'ailleurs, il la voyait si rarement.

« Panorama exceptionnel, ajouta-t-il en décrivant de la main tout l'horizon. Nous flottons comme une vigie. La mer semble là, toute proche. Mensonge de ce qu'on voit, de ce qu'on croit. La Corse, tout à l'heure... »

Il fit signe à Jérôme de s'asseoir, commença à remplir les tasses.

« Pour certains, des physiciens, il ne s'agirait que du reflet de l'île sur la face interne des nuages. La vision directe serait impossible. Donc, illusion d'optique. Et pourtant, réalité ! Allez savoir... »

Il but d'un seul trait. Jérôme voulut l'imiter, mais le café était brûlant.

« Nathalie est intelligente », lâcha Missen tout en ôtant son pull-over.

Il en noua les manches autour de son cou et resta ainsi, les bras nus.

Jérôme détourna la tête. Il ne voulait pas voir la peau fripée, les chiffres bleus tatoués. Enfant, il avait imaginé que le vieil homme était l'un de ces monstres qui, sous leur peau, cachent des mécanismes de robot.

« Vous êtes qui ? » lui lança tout à coup Missen en se penchant au-dessus de la table.

Jérôme essaya de soutenir ce regard, mais il baissa la tête et, comme autrefois, déclina son nom et fut aussitôt honteux de l'avoir fait, comme s'il venait de livrer un secret, un ami.

« Gavi ! s'exclama Missen. Mais oui ! »

Il rit, se leva, fit quelques pas, tapota l'épaule de Jérôme.

« L'enfant fugueur, l'enfant qui ne voulait pas dire son nom, auquel son père avait promis des vacances en Corse. Votre père était l'ami de Josiane Rovere, n'est-ce pas ? »

Missen alla s'appuyer à la balustrade.

« Elle a mis la ferme en vente... Qui va acheter ça ? J'aimais Marcel Tozzi. Un paysan, un montagnard. Il me vendait des œufs et du lait chaque semaine. Hors de prix. Mais je le savais. Lui aussi. C'était un jeu entre nous. Nous bavardions. Il m'a parlé de vous, le petit garçon têtu, renfermé. Il vous aimait bien. Vous aimiez Nathalie, disait-il. Et comme il l'adorait... »

Il s'assit, reversa du café dans les deux tasses, croisa les bras.

« Il est mort », murmura-t-il.

Il se tassa sur son siège.

« Vous faites quoi ? » reprit-il au bout d'un instant.

Jérôme répondit d'une grimace. Missen ne parut pas le voir. Il avait fermé les yeux. Tout son corps exprimait l'accablement ou l'épuisement, comme s'il avait été las de donner le change.

« Nathalie n'est pas loquace, fit-il sans bouger. Elle ne parle jamais de sa vie. »

Jérôme éprouva un sentiment de malaise. Cet homme le gênait et l'apitoyait tout à la fois.

« Vous vivez avec elle », observa encore Missen sans que sa voix exprimât la moindre question.

Jérôme continua à se taire. Plusieurs minutes passèrent. Missen respira longuement, puis se redressa. Il évita le regard de Jérôme.

« On se retrouve toujours, reprit-il. Nous sommes les astres d'un même système. Si nos trajectoires se sont croisées une fois, cela se produira de nouveau. »

Il frappa dans ses mains.

« Ce peut être sous forme d'une collision : alors, débris éparpillés dans tout l'Univers, étoiles filantes, météorites, cratères, etc. , ou bien — il mit l'une de ses mains devant l'autre — d'une éclipse. Evidemment, la mort risque d'interrompre la course. Mais qui peut savoir ? »

Il prit sa tasse, but et la reposa bruyamment sur la soucoupe. Il s'ébroua et s'étira, bras tendus au-dessus de sa tête.

Jérôme remarqua les chiffres bleus tatoués, mais la peau du bras levé était lisse comme celle d'un homme jeune, et le poing fermé semblait un signe de défi.

13

Jérôme Gavi jura plusieurs fois, les dents serrées.

Les mots râclaient sa gorge. Le cri restait dans sa bouche, amer et âpre.

Il venait de glisser sur une plaque de verglas, dans la première courbe de la route que le soleil n'éclairait pas, à une centaine de mètres de la maison d'Henri Missen.

Il empoigna à pleines mains l'herbe glacée, coupante. Il s'étira, réussit à se redresser. Mais il se mit à boiter, la hanche et la cuisse gauches douloureuses, et il dut marcher lentement au milieu de la chaussée qui dévalait en pente raide vers le plateau de Caussols.

Il en prenait toujours plein la gueule. Une fois de plus, il avait accepté les coups, baissé la tête. Il s'était laissé humilier, ridiculiser.

« Revenez avec Nathalie, avait dit Missen, nous dînerons ensemble à Gourdon. Je vous invite ce soir. Téléphonez-moi ! »

Sûr de lui, Missen. Méprisant, ironique.

Parce qu'évidemment, comme un con, Jérôme avait raconté sa petite vie minable, sa passion, l'histoire de cette guerre, la Résistance, ce professeur extraordinaire, une femme, Michèle Lugrand. Et l'autre avait paru l'écouter avec intérêt.

« Ah oui, ah oui... »

Et Jérôme, comme on supplie, comme un esclave respectueux qui interroge son maître, avait enfin posé la question qui lui brûlait les lèvres :

« J'ai vu, vous... »

Missen ne l'avait même pas laissé poursuivre, il avait tourné son bras, exhibé les chiffres bleuâtres.

« Oui, avait-il répondu. J'ai été déporté, mais j'avais vingt ans à peine. Ma vie a heureusement continué. Je n'ai pas passé cinquante ans, comme certains, à me regarder dans un miroir. L'histoire, c'est le divertissement de ceux qui n'agissent pas, ne pensent pas, ne vivent pas. »

Et vlan, plein la gueule !

« Et puis, avait renchéri Missen, le passé, c'est comme la chiasse, ça suinte, ça coule, ça salit. Ce qui compte, c'est l'avenir. »

Puis, la bouche pincée, plein de compassion et d'amitié, il s'était étonné :

« Je ne comprends pas, Gavi, un homme jeune, en cette fin du XXᵉ siècle, avec l'explosion des sciences et des techniques, tout ce bouillonnement, qui envisage malgré ça de se consacrer à l'étude du passé ? Si encore il s'agissait de philosophie, d'étudier le sens de la vie, passe encore, mais recomposer le puzzle de quelques années ? Vous êtes sûr, Gavi, de ne pas faire fausse route ? »

Et, pour finir, ce coup de pied en plein dans les couilles :

« Je suis persuadé que Nathalie ne vous approuve pas. Du passé, je le sais, elle se moque. C'est une femme qui a de l'appétit, qui aime la vie, pas les cendres. Attention, Gavi : un homme ne doit jamais ennuyer une jolie femme. Surtout s'il désire la garder et si elle est jeune. Et Nathalie... »

Qu'est-ce qu'il voulait dire, ce salaud ? Qu'il l'avait eue dans son lit ?

Et lui, Jérôme, avait poliment, bassement, lâchement acquiescé de la tête. Oui, je suis un con, vous avez raison.

L'autre, cette ordure, avait renouvelé son invitation :

« Nathalie a sa voiture, on se retrouve là-bas, au restaurant des Deux-Coqs, excellente cuisine. En cette saison, nous serons les seuls clients. Tant mieux, il faut fuir les emmerdeurs, Gavi. Apprenez cela. Moi, je fais des mathématiques depuis cinquante ans, depuis mon retour de là-bas, de cet égout qui vous intéresse tant. Vous savez comment on appelait Auschwitz ? *Anus mundi.* Vous comprenez ?

Le trou du cul du monde... Et vous allez passer votre vie les doigts et le nez là-dedans ? Souvenez-vous de Shakespeare, Gavi, la phrase a été répétée mille fois, mais elle est inusable — vous voyez de quoi je veux parler ? »

Il avait même joué les examinateurs qui houspillent un cancre, se moquent de son ignorance.

« Comment, Gavi, vous ne connaissez pas cette définition de l'Histoire : *"A tale told by an idiot, full of sound and fury, signifying nothing"* ? Vous vous rendez compte, si j'avais crevé à dix-huit ou vingt ans — il avait ri d'un rire insupportable, montrant ses dents jaunes sous ses babines retroussées de chacal —, je ne me le serais pas pardonné. Ce qu'on peut être con, à vingt ans ! On y croit. Mais enfin, nous, nous avions quelques excuses : le Bien, le Mal... On n'avait même pas le choix, en France. Ailleurs, si j'avais été argentin ou suisse, j'aurais sûrement continué à jouer au polo ou au golf. Mais j'étais français, communiste, j'ai entassé les conneries, une équation dont tous les paramètres me conduisaient à l'*Anus mundi*. Gavi, vous, vous n'avez pas ce genre de prétexte. Ne vous laissez pas contaminer. Il n'y a plus rien qui justifie le sacrifice, l'illusion. Du passé, il ne me reste que ça, que je n'ai pas effacé. »

Il avait à nouveau levé le bras, montré ses chiffres tatoués, bleuâtres.

« Ça ne me démange pas. Je ne les vois même plus. »

Ce salaud avait souri, fermé à demi les yeux, mais il n'avait pas hésité à poursuivre !

« Je crois que Nathalie ne les a même jamais remarqués ! Mais les femmes ne s'intéressent pas à ce genre de choses... »

Jérôme avait gardé la tête baissée au lieu de se jeter sur ce type, de briser ses dents jaunes d'un coup de crâne. Il avait accepté que Missen lui crache dessus, lui fasse la leçon, lui répète qu'il était un con qui n'avait rien compris et ne connaissait même pas la femme avec qui il couchait.

Bravo, Jérôme !

Tout guilleret, Missen avait sautillé d'un coin de la terrasse à l'autre.

« Quelle belle journée ! Je vais marcher, trois ou quatre heures. Le plateau supérieur est un karst typique. La vue, de là-haut, est étonnante. On voit parfois le Mont-Blanc et la Corse en même temps. Extraordinaire ! Ou bien ce ne sont que leurs reflets, mais quelle importance ? »

Il s'était dirigé vers la bibliothèque et avait demandé, changeant de ton :

« Vous m'avez dit Michèle Lugrand ? »

Il avait retiré un livre et l'avait balancé à Jérôme, qui l'avait saisi comme un chien se précipite sur la balle qu'on lui jette.

Jérôme avait reconnu ce livre dont il avait annoté chaque page : *1943, Le Tournant de la Résistance française*.

« Votre Michèle Lugrand a voulu me faire parler, avait repris Missen. Il y a pas mal de temps, quand elle préparait ce livre. Elle est venue ici. Elle était prête à beaucoup de choses pour que je lui raconte ce qu'elle imaginait que je savais. J'ai hésité. Mais, Gavi, trop bourgeoise, trop propre, trop bien peignée, déjà trop vieille pour moi... »

Jérôme avait aussi écouté ça tout en feuilletant le livre et lisant la dédicace : « *A Henri Missen, le héros silencieux et mystérieux de cette histoire. Avec espoir et dans l'attente... Michèle.* »

Son prénom seulement.

Encore une claque.

Missen avait repris le livre, lu à voix haute la dédicace.

Peut-être, après tout, qu'entre Michèle Lugrand et lui, cela ne s'était pas du tout passé comme il venait de le laisser entendre. Il ne savait plus.

« Elle est comment, maintenant ? Dix ans de plus. Mais toujours proprette, j'imagine : permanente, ongles faits, des bas jamais filés. Elle avait de belles jambes, c'est sûr... Gardez le livre », avait-il ajouté à l'intention de Jérôme.

Mais ce dernier l'avait laissé sur la table.

« De toute façon, je passerai devant la ferme en fin d'après-midi, avait conclu Missen. Si jamais Nathalie a d'autres projets pour ce soir, qu'elle m'appelle. »

... Jérôme avait marché trop vite. La pente l'entraînait. Chaque pas sur le sol gelé résonnait comme un coup de poing dans son ventre, une claque en pleine gueule, oui, comme celle qu'il avait reçue le jour des résultats du bac.

Respectueux, servile, infidèle et traître à lui-même, il avait été incapable de répondre.

Mais qu'est-ce qu'il avait donc en lui qui le poussait à la soumission ? Pourquoi ne cherchait-il pas à imposer sa loi, sa personne, ses idées ? ce qu'il aimait ?

C'est dans la première courbe de la route, à l'ombre humide de la falaise, que Jérôme avait glissé sur le verglas. Il s'était relevé endolori, boitillant. Peu à peu, cependant, comme si la colère le portait, il s'était mis à courir, oubliant la gêne qu'il ressentait dans la hanche et la cuisse, entraîné par la pente vers le plateau de Caussols que la lumière solaire avait recouvert avec, çà et là, des éclats de miroir sur la glace des mares et des ruisseaux.

Jérôme s'arrêta devant la ferme Tozzi.

Nathalie était assise le dos contre la façade principale qui réfléchissait le soleil. Les pavés de l'aire l'absorbaient. La chaleur semblait prise dans la nasse de cette surface pierreuse entourée de murs.

Jérôme vit d'abord les jambes et les cuisses de Nathalie. Elle avait retroussé sa jupe jusqu'au pubis. Elle ne portait pas de culotte et Jérôme eut l'impression de voir les lèvres bouger, le sexe battre, respirer, s'ouvrir à la chaleur.

Nathalie était bras et épaules nus. Une chemise échancrée laissait apparaître le haut de ses seins. Son pull-over rouge vif gisait, posé sur le rebord de la pierre plate sur laquelle elle était assise, jambes allongées, cuisses entrouvertes.

Les yeux mi-clos, elle fit remarquer à Jérôme qu'il rentrait bien tard. Qu'elle aurait aimé marcher avec lui dans la montagne. Elle parlait sans bouger.

« Je t'emmerde », lui lança Jérôme en traversant l'aire.

Il boitait à nouveau.

Il répéta en criant d'une voix aiguë qui lui arrachait la gorge :

« Je t'emmerde ! »

Nathalie restait immobile, sans même ouvrir les yeux.

« Tu l'as vu ? » demanda-t-elle.

Il claqua la porte de la ferme, puis la rouvrit.

« Je veux savoir ! » hurla-t-il.

Elle ne répondit pas.

Il s'approcha, s'accroupit, la prit aux épaules, la secoua. Il prononça des mots dont il perdait le sens. Elle se laissa aller, moite de soleil.

Ils s'aimèrent là, sur les pierres chaudes. Le pull-over de Nathalie dessinait sur le sol une tache rouge.

14

Du bout du pied, Jérôme souleva le pull-over rouge de Nathalie et le fit voler haut vers le milieu de l'aire. Il courut, le rattrapa, le noua autour de son cou. Il ne ressentait plus aucune douleur. Il gesticula, esquissant un pas de danse, cependant que Nathalie, encore allongée sur les pierres, le regardait. Il brandit les poings, grimaça, mima l'homme en colère qu'il avait été quelques minutes auparavant, puis il tendit la main à Nathalie. Celle-ci se redressa, se colla à lui, et ils s'étreignirent si fort qu'ils durent s'écarter l'un de l'autre pour reprendre souffle.

« Quel ciel ! » murmura Nathalie.

Elle avait rejeté son corps en arrière, le buste et la tête presque à l'horizontale, ses cheveux longs et noirs tombant droit. Elle fit pivoter Jérôme auquel elle était restée accrochée, chevilles coincées, les mains tenant ses poignets. Il tourna lentement sur lui-même, comme un axe. Le bleu du ciel, qui s'estompait graduellement, donnait l'impression d'une profondeur sans limites, d'un immense lac vierge bordé à l'est par les cimes des Alpes, à l'ouest par les masses sombres des Maures. Tout à coup, Jérôme se trouva face à la falaise. La maison d'Henri Missen était construite à mi-pente. La baie vitrée formait une tache éblouissante, comme un grand feu dans la roche grise.

Il se secoua brutalement, contraignit Nathalie à le lâcher et à se redresser. Déséquilibré, il sentit la douleur se répandre de sa hanche au genou, comme s'il venait, par ce mouvement brusque, de raviver le mal qu'il avait cru disparu. Il jura.

Nathalie le regarda avec étonnement, puis commença à nouer ses cheveux.

Les bras ainsi levés, elle dévoila les toisons noires de ses aisselles. Elle capta le regard de Jérôme, caressa lentement ses seins, puis glissa ses mains l'une après l'autre sous ses bras.

Jérôme détourna les yeux.

C'était entre eux un jeu déjà ancien. Il ne voulait pas qu'elle se rasât. Elle répondait qu'elle avait ainsi l'impression de montrer son sexe. Au début de chaque été, elle passait outre au désir de Jérôme qui boudait une heure ou deux devant la peau blanche.

Elle chuchotait : « C'est un plaisir d'hiver, pour toi seulement... »

« Rase-toi ! » s'exclama-t-il en se mettant à traverser l'aire d'une démarche difficile.

Elle parut ne pas avoir entendu et le suivit. Avait-il fait une chute ? Elle voulut l'enlacer, mais il se déroba.

« Rase-toi », répéta-t-il.

Il s'appuya à un muret qui fermait l'aire du côté opposé à la ferme. Nathalie vint se placer près de lui et elle aperçut ce foyer incandescent qui cachait la maison d'Henri Missen.

« Qu'est-ce qu'il t'a raconté ? » demanda-t-elle en continuant de se coiffer.

Il bougonna tout en frictionnant sa cuisse douloureuse.

Missen les avait invités à dîner, pour le soir même à Gourdon, au restaurant des Deux-Coqs. Elle connaissait ?

Elle fit oui.

Il eut envie de la saisir par les aisselles, de lui mordiller les seins, de lui faire mal.

Croyait-elle, reprit-il, qu'il allait tenir la chandelle ?

Elle haussa les épaules.

Il déversa alors sa hargne. Ils se voyaient, elle et Missen. Souvent, très souvent. Voilà ce que l'autre lui avait dit. Il avait aussi prétendu avoir couché avec Michèle Lugrand.

Nathalie fit la moue. Pourquoi pas ? Celle-là...

Jérôme reprit d'une voix dure : Missen avait laissé entendre on ne peut plus clairement qu'il avait fait de même avec Nathalie, dont il paraissait connaître toute la vie. Qu'elle se rassure : Missen la trouvait belle, intelligente. Mais lui, Jérôme, était un crétin d'avoir choisi des études stupides. Nathalie, elle...

Elle plaqua la main sur la bouche de Jérôme.

« Que tu es con ! » murmura-t-elle.

Il l'empoigna, glissant ses mains sous ses bras.

« Lui aussi, il aime ça ? » interrogea-t-il.

Elle se dégagea, appuya de toutes ses forces sur la poitrine de Jérôme qui eut peur de basculer de l'autre côté du muret.

S'il n'avait pas compris qu'elle se moquait de ce que pensaient les autres, qu'ils ne comptaient pas pour elle, alors Jérôme était vraiment un con !

Elle lui tourna le dos et se dirigea vers la ferme.

Il cria qu'elle n'avait pas répondu à sa question. Il l'injuria. L'appela. S'excusa, la supplia, jurant qu'il plaisantait.

Mais elle rentra dans le bâtiment sans répondre.

Ils quittèrent le plateau de Caussols en début d'après-midi.

Elle avait dû téléphoner à Henri Missen, Jérôme en était sûr.

Il avait toujours mal.

15

Le lendemain matin, Jérôme ne se leva pas.

De son lit, il vit passer les nuages en longs chapelets gris au-dessus du dôme blanc de la coupole de l'Observatoire. Il se dressa sur ses avant-bras et eut la sensation que tout le bas de son corps était paralysé. Il ne ressentait aucune douleur, mais il n'eut pas la force de bouger. Il se laissa retomber. Les arbres du sommet de la colline étaient courbés par le vent. Les nuages se déchiraient, s'effilochaient, et, parfois, dans une échancrure, apparaissait une écharpe bleue que le vent déployait puis emportait.

Il n'avait pas répondu à Nathalie lorsque, la veille,

sur le parking, elle l'avait interrogé : où et quand se reverraient-ils ? Il avait fait un geste d'indifférence et ne s'était pas retourné quand elle avait klaxonné à plusieurs reprises. De la fenêtre de sa chambre, il l'avait aperçue qui stationnait à la sortie du parking, attendant qu'il redescendît. Mais il avait ostensiblement fermé les volets. Et quand, une dizaine de minutes plus tard, il les avait ouverts, la voiture blanche n'était plus là. Il s'était couché, enfoncé dans le sommeil ; et maintenant ses jambes et ses hanches restaient comme prisonnières, lourdes et engluées.

Pourquoi se lever ?

Il aurait pu, comme à son habitude, partir tôt, traverser à pied une bonne partie de la ville, se vider la tête à grands pas, s'élancer parfois sur une ligne droite et courir à perdre haleine, atteindre la mer puis, lavé par le vent, retrouver Mouloud ou François dans le bistrot de la place Rossetti. Le matin, ils passaient une heure ou deux devant une tasse de thé, silencieux, échangeant les pages du journal. Nathalie arrivait et il partait avec elle pour la fac ou bien pour la maison des Rovere à Saint-Laurent-du-Var.

Il aurait dû rencontrer Michèle Lugrand, ce matin précisément. Après le cours, elle devait arrêter définitivement avec lui le sujet de son mémoire de maîtrise. *Jean Moulin à Nice, 1941-1943*, ou bien une étude plus vaste : *L'année 1943 à Nice*. Mais il n'avait pas envie de la voir, comme si ce travail auquel il avait si souvent pensé avec passion — « ton obsession », disait même Nathalie — ne l'intéressait plus. Comme s'il l'avait déjà réalisé. A quoi bon, dès lors, l'entreprendre ? Consulter des semaines durant les journaux de l'année 43, respirer la poussière des cartons d'archives ; pour parvenir à quoi ? A ce qui ne serait même pas un livre. Et qui démontrerait quoi ? qui serait lu par qui ? Peut-être Michèle Lugrand elle-même ne ferait-elle que le feuilleter. Allait-elle perdre son temps pour un étudiant qui n'était pas

101

le héros silencieux et mystérieux de cette histoire ? Celui-là, c'était plutôt Henri Missen !

Jérôme entendit son père tousser dans la chambre voisine. Puis il y eut ces frottements alternés, ces bruits de porte, de chasse d'eau, à nouveau ces frottements sur les tomettes, dans l'entrée et la cuisine. Ils se rapprochèrent. C'était comme une reptation. Il lui sembla voir les traces laissées par ces pas sur le sol, comme celles d'un blessé se traînant vers quelque trou. Il perçut le grincement de la porte-fenêtre donnant sur le balcon. Son père buvait même son bol de café assis sur sa caisse, ses pieds osseux glissés dans des pantoufles.

Se lever tous les matins d'une vie, travailler tous les jours d'une vie, des milliers de matins, des milliers de jours, et finir là, sur le balcon d'un F3, résidence des Oliviers.

Jérôme se souvint de la silhouette maigre et brune d'Henri Missen, debout sur sa terrasse, dans la brise glaciale, avec le soleil en face, la mer au loin, et la Corse comme un mirage bouchant l'horizon ; il faisait en se déhanchant ses mouvements de gymnastique, lui, *le héros silencieux et mystérieux* aux chiffres tatoués sur l'avant-bras.

Il pensa qu'il aurait pu avoir cet homme-là pour père.

A peine cette idée lui vint-elle à l'esprit qu'il fut envahi par un sentiment de désespoir, de révolte et de rage : la certitude d'une injustice originelle, ineffaçable, d'un jeu truqué, perdu par son père, par lui aussi ; et il eut honte d'avoir trahi, abandonné son géniteur, imaginé qu'il aurait pu être le fils d'un autre, glorieux et odieux.

La porte s'ouvrit.

« Ça va ? » demanda Lucien Gavi.

Jérôme fit oui d'un hochement de tête.

Son père hésita, commençant à refermer la porte, puis la rouvrant.

« Ça va vraiment ? » répéta-t-il.

Jérôme se tourna de côté, le visage contre le mur.

Il entendit les frottements des pas qui s'éloignaient.

Il se mordit les poings pour ne pas hurler, puis se leva.

On sonna, un coup bref. Des voix se mêlèrent dans l'entrée, que Jérôme reconnut. Son père répéta : « Il est encore couché, mais ça va. » Sa mère s'exclama ; Jérôme devina qu'elle allait ouvrir bruyamment la porte de la chambre, traverser la pièce, regarder le lit défait, les livres posés par terre, les vêtements jetés en désordre sur une chaise.

Il préféra la devancer. Il se heurta à elle sur le seuil, et aperçut Nathalie debout dans la salle de séjour. Elle le fixa jusqu'à ce qu'il baissât les yeux.

« Je ne vois plus ta mère », dit Madeleine Gavi à Nathalie.

Madeleine s'affaira, préparant du café, poussant les portes, marmonnant que Josiane Rovere avait de la chance de ne plus travailler. Elle lança depuis la cuisine :

« Si tu peux, Nathalie, fais-toi entretenir, au lieu d'entretenir les autres ! »

Jérôme s'avança vers Nathalie qui recula et passa sur le balcon.

Lucien Gavi leva la tête, lui sourit.

« Ça va ? demanda-t-il.

— Je pars en Corse ce soir, dit-elle, tournée vers Jérôme.

— Autrefois, commença Gavi, j'avais rêvé de les amener là-bas, Jérôme et sa mère, l'été. On aurait fait le tour de l'île. Il y a dix, quinze ans... »

Madeleine l'interrompit :

« La Corse, la Corse, s'exclama-t-elle, c'est comme le reste. Ça n'arrive jamais ! »

Elle apporta le café, se laissa tomber sur une chaise, appuya son menton dans ses paumes, soupira. Elle était maintenant trop vieille pour ces nuits à l'hôpital, gémit-elle.

Elle resta quelques secondes ainsi, les yeux fixes, puis elle se redressa. Mais elle était encore plus courageuse que ces jeunes infirmières qui ne savaient rien et avaient peur de toucher les vieux.

« Ainsi, tu vas en Corse ? » demanda-t-elle.

Nathalie expliqua que son oncle José Rovere était mort. Ses parents à elle étaient à Soccia depuis quelques jours. Elle devait les y rejoindre. José Rovere lui avait légué une maison dans le village. Elle devait signer des papiers.

« Et voir la maison... ajouta-t-elle en regardant Jérôme.

— Une maison ! dit Madeleine Gavi en se levant. Ça vous en fait combien ? Trois ? Quatre ? Ton père a bien une maison dans son village ? »

Nathalie fit oui.

« Il y a un jardin, des pâturages, précisa-t-elle. C'est une grande maison, paraît-il, meublée. Je suis la seule héritière. »

Depuis la cuisine, Madeleine cria :

« Pauvre Jérôme, lui qui n'a rien !

— Il m'a, moi », lança Nathalie d'une voix forte.

Jérôme prit son blouson.

« On s'en va, murmura-t-il, on s'en va. »

Il empoigna le bras de Nathalie, la tira dans l'entrée.

« Vous partez ? » fit Madeleine Gavi en s'avançant.

Elle regarda Jérôme avec un air de commisération :

« Tu aurais pu accompagner Nathalie. La Corse, après ça, tu aurais pu en parler à ton père, lui qui en rêve depuis vingt ans ! »

Elle embrassa Nathalie tout en continuant à s'adresser à Jérôme. Voulait-il qu'elle lui donne l'argent du voyage ? Elle répéta : « Un peu plus, un peu moins... »

Nathalie murmura qu'elle était sûre du refus de

Jérôme. Elle pouvait aussi bien lui prêter, elle, le prix du billet.

Jérôme lui lâcha le bras et commença à dévaler l'escalier, mais sa jambe était si douloureuse qu'il fut contraint de se tenir à la rampe. Nathalie le rejoignit.

« Tu ne veux pas ? » demanda-t-elle.

Il ne lui répondit pas, se dirigeant en boitillant vers la voiture.

Quand ils démarrèrent, Jérôme aperçut à la fenêtre de sa chambre sa mère, puis, debout sur le balcon, son père.

Il ferma les yeux.

Ne plus voir. Ne plus savoir.

« Je serai absente cinq jours », murmura Nathalie.

Il ne bougea pas, gardant les yeux clos.

Quand il les rouvrit, ils roulaient déjà au bord de la mer, vers Saint-Laurent-du-Var.

« Je me suis rasée, dit Nathalie. C'est ce que tu voulais ? »

Il baissa la tête. Savait-il ce qu'il voulait ?

16

Au moment de tendre sa carte d'embarquement, Nathalie se retourna. Elle vit Jérôme immobile, loin, dans le hall de l'aéroport, derrière les vitres. Il avait les mains enfoncées dans les poches de son blouson et le corps un peu penché, prenant appui sur la jambe droite. Il avait donc encore mal. Elle s'affola.

Durant les deux heures qu'ils avaient passées ensemble chez elle, dans sa chambre, il avait plusieurs fois étouffé un cri. Lorsqu'elle l'avait interrogé, il avait répondu par des haussements d'épaules, des mouvements de tête, de petits mots qu'il lui jetait méchamment : « Fous-moi la paix », « Mais rien, je te dis... ». Elle avait voulu le masser. Il l'avait repoussée. Elle l'avait senti hostile, préoccupé, lointain, comme si, en effet, une vitre déjà les séparait.

« Viens », avait-elle insisté.

Elle avait voulu d'abord l'attirer sur le lit, puis le convaincre de partir avec elle pour la Corse.

« Cinq jours », avait-elle précisé.

Ils découvriraient ensemble la maison de Soccia. Celle dont elle avait hérité, qui était donc aussi la sienne, à lui, Jérôme ; ils pourraient y vivre, s'ils voulaient. José Rovere avait été autrefois maire du village. On l'avait estimé. Elle était sa nièce. S'ils s'installaient là-bas, on les aiderait. Jérôme serait corse par alliance. Elle avait essayé de le faire rire, nouant ses bras autour de son cou. Il avait rompu ce lien.

Il avait dit :

« Tu t'es rasée. Pourquoi ? Je ne t'ai rien demandé. »

Elle avait eu envie de pleurer, non parce qu'il la repoussait, disant, une expression butée fermant son visage, qu'il n'avait aucune envie de faire l'amour, qu'il s'en sentait d'ailleurs incapable, mais parce qu'elle l'avait senti angoissé, malheureux, comme s'il ne réussissait plus à être en lui-même.

Il s'était retourné : était-ce une vie, ça ?

« Qu'est-ce que tu as ? avait-elle demandé.

— Je m'emmerde », avait-il dit après qu'elle l'eut harcelé.

Il avait expliqué : « Je ne fais rien, je ne suis rien, ça ne m'intéresse plus. »

Elle avait crié qu'il était fou. Ils étaient ensemble. Ils étaient vivants. Ils possédaient des lieux où ils pouvaient vivre, à Saint-Laurent-du-Var, à Caussols, à Soccia. Elle avait de l'argent. Elle lui avait montré la liasse de billets qu'elle cachait dans l'un de ses tiroirs, sous ses maillots. Elle avait aussitôt regretté son geste et repoussé violemment le tiroir, craignant qu'il ne l'interrogeât sur la provenance de tout cet argent. Et, pour l'en empêcher, elle avait exagéré sa colère. Il n'avait pas le droit de pleurnicher ! avait-elle clamé. Il s'emmerdait ? Qu'il travaille. Ne voulait-il pas commencer un mémoire de maîtrise ? Qu'il voie Lugrand, qu'il la baise, même, si elle l'attirait, mais qu'il cesse de se comporter comme une larve.

« C'est quoi, la vie, pour toi ? avait-il questionné tout à coup.

— Je suis là, avait-elle répondu en frappant du talon. Je te vois. Je te respire. Je t'entends. Je te touche. Je voudrais que tu me caresses, que tu partes avec moi, qu'on vive cinq jours tous les deux, dans cette maison, à Soccia. Peut-être même qu'on s'y installe ; on descendrait deux ou trois fois par semaine à Ajaccio et je t'accompagnerais jusqu'à Corte. Tu suivrais tes cours là-bas.

— Tu te contentes de peu ! » avait-il murmuré.

Elle avait jeté sa valise sur le sol, l'avait ouverte.

« Viens, viens avec moi ! » avait-elle répété en y entassant ses pantalons, ses pulls.

Il avait lentement traversé la chambre et s'était campé devant la fenêtre. L'horizon, à l'ouest, commençait à se couvrir d'un lavis rouge qui enveloppait les masses violettes de l'Estérel.

« Je ne veux pas vivre comme ça, avait-il dit en appuyant son front à la vitre. Ça m'emmerde. C'est rien. Et, au bout, il y a quoi ? Un balcon, une caisse pour m'asseoir, et, au lieu de réparer des téléviseurs, je feuilletterais peut-être mes livres, je lirais les journaux, je m'endormirais devant la télé...

— Qu'est-ce que tu veux ? » avait-elle demandé.

Elle l'avait saisi par la taille, l'avait secoué. Voulait-il avoir le sida pour vivre une belle expérience ? C'était facile. Elle avait ouvert à nouveau le tiroir, lui avait jeté une poignée de billets. Avec ça, il n'avait qu'à se payer des putes, sur la Promenade. Ou peut-être désirait-il se droguer pour crever plus vite ? On pouvait aussi lui procurer ce qu'il fallait ! Qu'il demande à Mouloud ou à François.

Elle avait refermé sa valise. Il avait répété ces deux derniers noms d'une voix étonnée.

« Ça te réveille, hein, avait-elle dit. Est-ce que tu sais ce qui se passe vraiment autour de toi, ce que font les gens, comment ils vivent ? Ça t'intéresse ? On ne s'emmerde plus ? ... »

Elle ne comprenait pas, avait-il murmuré.

Elle l'avait aussitôt enlacé. Elle ne supportait pas qu'il fût malheureux. Elle se sentait responsable de lui. S'il s'emmerdait, c'est qu'il ne l'aimait pas.

Il avait eu un geste affectueux, en lui caressant les cheveux. Il ne se passait plus rien de grand, d'héroïque, avait-il expliqué. Les gens se traînaient dans la vie, comme en savates. Et il ne supportait pas d'être comme eux.

« Tu voudrais quoi ? Une bonne guerre ?

— Qu'on sache pourquoi on vit, avait-il répondu. Qu'on s'élance vers quelque chose, même si on doit en crever. »

Elle l'avait fait tomber sur le lit, mais, insensible, distant à nouveau, il lui avait fait remarquer qu'ils avaient tout juste le temps de se rendre à l'aéroport.

Ils n'avaient donc pas fait l'amour et, ainsi, elle n'avait pas réussi à le forcer à jouir.

Il était resté silencieux durant tout le trajet, regardant, droit devant lui, la mer qui s'enfonçait dans l'obscurité.

Dans le hall de l'aérogare, elle avait glissé au fond de sa poche, en se serrant contre lui, quatre billets de cinq cents francs. S'en était-il rendu compte et avait-il feint de ne rien remarquer ? Elle avait eu un doute.

« Prends un taxi pour rentrer », avait-elle dit.

Il n'avait pas répondu et elle s'était éloignée, le laissant derrière les vitres.

Il était encore là.

Elle quitta la file des passagers, se haussa sur la pointe des pieds, agita sa carte d'embarquement, bras tendu.

Il ne répondit pas, bien qu'il regardât dans sa direction.

On la bouscula, la poussa. Elle le vit qui se dirigeait vers les escaliers. Elle présenta sa carte que la machine à enregistrer avala.

A cet instant, Nathalie pensa qu'elle ne retrouverait plus Jérôme, qu'il allait être englouti.

17

C'est le deuxième jour après le départ de Nathalie que Jérôme aperçut Michèle Lugrand dans la salle de lecture des Archives départementales.

Il entendit un pas. Il leva la tête. Il la vit qui passait lentement devant la baie vitrée donnant sur le parc. Elle paraissait ainsi marcher entre la cime des palmiers, que le vent ployait, et le rivage de la mer, déjà éclairé par les lueurs des lampadaires. Jérôme repoussa brutalement sa chaise, se dressa. Elle tourna la tête vers lui.

Il regretta aussitôt l'élan qu'il avait eu et fut pris de panique, baissant la tête, espérant qu'elle ne s'avancerait pas. Mais il devina qu'elle se dirigeait vers lui à travers la salle déserte. Il dut la regarder.

Derrière elle, l'horizon, comme chaque soir depuis plusieurs jours, était rouge, mais zébré de longs éclairs bleuâtres. Elle balançait sa sacoche au bout de son bras droit ; c'était un geste désinvolte et conquérant qui inquiéta Jérôme. Il s'appuya de sa hanche à la table, s'efforçant de balbutier quelques mots. Elle se pencha, sans paraître l'entendre, vers l'écran de la visionneuse, puis fit glisser les livres qu'il lisait de manière à découvrir leurs titres, et elle sourit quand elle reconnut l'ouvrage qu'elle avait écrit.

« Bonnes lectures », sourit-elle.

Il ne l'avait jamais vue si grande et altière. Sous un long imperméable noir, elle portait un tailleur de laine de même teinte au buste très ajusté, à la jupe courte s'arrêtant à mi-cuisse. Les jambes étaient fines dans leur collant noir, les chevilles serrées dans des bottillons à bouts carrés.

Elle ramena les pans de son imperméable devant elle, gardant la sacoche plaquée sur ses cuisses, et ce geste donna de l'audace à Jérôme. C'était aussi une femme inquiète. Il songea à la manière dont Missen avait parlé d'elle.

Jérôme prit le livre consacré par Michèle Lugrand à l'année 43 et dit qu'il y avait recherché des détails sur la vie d'Henri Missen, mais n'avait rien trouvé. Michèle Lugrand ne mentionnait Missen qu'une seule fois, pour signaler son arrestation par Klaus Barbie à la frontière franco-suisse, en mai 1943.

« *Héros silencieux et mystérieux de cette histoire...* murmura Jérôme.

— Vous connaissez Missen ? » lâcha-t-elle en s'asseyant sur le rebord de la table.

Il n'avait jamais été aussi près d'elle. Il vit la peau de son visage parcourue de fines ridules qui, quand elle baissa la tête — comme si elle n'avait osé affronter son regard —, se rassemblèrent pour former autour de la bouche des strates de peau superposées, qui entourèrent le visage d'une sorte de dentelle froissée.

Jérôme éprouva un sentiment de dégoût, voire de mépris, dont la violence l'étonna, le gêna.

« J'ai en effet rencontré Missen, répondit-il. C'est l'ami d'une amie.

— Méfiez-vous pour votre amie, reprit Michèle Lugrand en se redressant. Il adore les femmes. Les toutes jeunes, surtout. »

L'imperméable s'était entrouvert et Jérôme aperçut les cuisses moulées dans le collant brillant.

« Vous travaillez encore ? s'enquit Michèle Lugrand. C'est la fermeture. »

Il éteignit la visionneuse, prit la chemise dans laquelle il classait les articles de journaux de l'année 43 et marcha près de Michèle Lugrand qui se mit à balancer sa sacoche.

« *Héros mystérieux et silencieux de cette histoire...* », reprit-elle.

Elle s'arrêta, considéra Jérôme.

« C'est ma dédicace à Missen, n'est-ce pas ? Il vous a montré le livre, ce vieux salaud ! » ajouta-t-elle, mais d'un ton plutôt amusé.

Ils restèrent silencieux dans l'ascenseur, s'abstenant de se regarder, debout dans des angles opposés de la cabine.

« Et vous en avez pensé quoi, de cette dédicace ? » demanda Michèle Lugrand sur le perron du bâtiment.

Le vent soufflait en rafales, et, par moments, des gouttes de pluie isolées éclataient avec un bruit mat sur les dalles et les marches.

Jérôme ne répondit pas. Il marchait à côté de Michèle Lugrand, mais un peu en retrait.

« J'espérais obtenir ses confidences, peut-être même ses aveux, continua-t-elle. Ma thèse aurait alors constitué un événement. Mais je n'y ai jamais vraiment cru. Pourquoi aurait-il révélé ses secrets à une jeune universitaire, sachant que cela aurait déclenché une enquête et peut-être même, si on avait pu l'accuser de complicité de crimes contre l'humanité, une arrestation et un procès ? Lui et moi, nous avons joué pendant des mois au chat et à la souris. Il m'a livré quelques renseignements secondaires, pas plus. Je lui ai fait une dédicace aimable. C'est un homme singulier... »

Elle avait appuyé ses bras au toit de sa voiture, y

posant sa sacoche. Jérôme se trouvait de l'autre côté du véhicule.

« C'était il y a huit ans, dit-elle. Il a vieilli. Klaus Barbie est mort. La situation a changé. On accuse ouvertement Moulin d'avoir été un agent soviétique. Tout cela peut décider Missen à parler. Essayez. Vous avez là un excellent sujet de mémoire. Je le dirigerai sans hésiter ! »

Elle se pencha, ouvrit la portière : « Essayez, essayez », répéta-t-elle à nouveau.

Jérôme s'écarta de la voiture au moment où l'averse commença à marteler le sol. Des grêlons rebondirent sur la carrosserie. En quelques secondes, il fut trempé. Michèle Lugrand lui fit signe de monter. Il s'installa près d'elle. La buée les enfermait. Le bruit les empêchait de parler. Le vent faisait osciller le véhicule que la pluie et la grêle heurtaient obliquement.

« Il faut attendre », murmura Michèle Lugrand.

Elle se tourna pour déposer sa sacoche sur le siège arrière, et, dans cette rotation du corps, son bras, passant au-dessus du siège, effleura le visage de Jérôme en même temps que ses seins gonflaient sa veste.

« Où en êtes-vous ? » demanda Michèle Lugrand.

L'orage ne faiblissait pas. C'était l'une de ces bourrasques méditerranéennes qui, en quelques minutes, enflent les torrents, arrachent les arbres, emportent les voitures. Jérôme pensa au Paillon qui, au pied de la résidence des Oliviers, devait avoir rempli son lit. Il regarda Michèle Lugrand et sans doute son visage exprima-t-il de l'incompréhension, car, en haussant les épaules, elle répéta sa question. Où en était-il, oui, de ses projets, de sa vie ? Continuait-il d'habiter chez ses parents ? Vivait-il avec...

Elle s'interrompit. Elle était indiscrète, expliqua-t-elle, mais elle ne s'était jamais contentée de ces rapports faux et glacés, superficiels, entre un professeur en chaire, comme un lointain pontife, et les étudiants qui prenaient des notes, soumis et anonymes.

La familiarité ne devait pas être sans règle, dit-elle encore, mais les étudiants étaient déjà des adultes.

« Où en êtes-vous ? » demanda-t-elle à nouveau.

Jérôme fit une grimace. Il se sentait ridicule.

« Pas facile de commencer à vivre aujourd'hui, de trouver sa place, reprit Michèle Lugrand. Vous croyez à quelque chose ? Tout est décombres, et pourtant il faut s'accrocher. Restent la connaissance et le travail... »

Il la regarda.

Le profil, jusqu'au menton, était régulier, le front bombé, le nez droit, les lèvres bien dessinées, mais la peau, flasque, formait sous le menton un voile blanchâtre qui alourdissait tout le visage. Il sembla à Jérôme que la voix de Michèle Lugrand se fendillait au fur et à mesure qu'elle parlait, assurant qu'il fallait se donner des perspectives, faire comme si... Poser des questions au passé, insistait-elle, était une manière de croire à un projet, une façon de ne pas abdiquer. Comprenait-il ce qu'elle voulait dire ?

« Il ne pleut plus », murmura seulement Jérôme en ouvrant la portière.

Elle lui proposa de le conduire jusqu'au centre-ville, mais il refusa. Elle le fixa longuement, les lèvres entrouvertes, puis, d'un geste nerveux, elle lança le moteur.

« Voyez Missen, dit-elle. Un très bon sujet de mémoire. Je vous en parlerai, téléphonez-moi. »

Elle se pencha et lui donna son numéro en détachant chaque chiffre.

« Il a été déporté, indiqua Jérôme. J'ai vu... »

Elle eut un mouvement d'impatience. Ce qu'on voyait, dit-elle, le visible, n'était pas nécessairement une preuve.

« Vous avez vu quoi ? demanda-t-elle, le buste en avant. Le tatouage de Missen ? Pour sûr, il le montre, oui ! »

Elle regarda Jérôme, puis le cadran de l'horloge sur le tableau de bord.

« Vous avez un moment ? »

Elle lui fit signe de remonter. Elle allait lui prêter quelques livres, des thèses traitant du cas Missen. Gavi y trouverait l'essentiel de ce qu'on savait et peut-être de quoi l'accuser.

Sans répondre, il reprit place dans la voiture et Michèle Lugrand démarra brutalement, faisant jaillir des gerbes d'eau boueuse.

18

Sans ouvrir les yeux, Jérôme se redressa, appuyant son dos aux oreillers. Les draps collaient à sa peau, l'irritaient. Il lui sembla que les plis du tissu faisaient partie de son corps sali, poisseux. Il repoussa ses cheveux en arrière ; ils étaient trempés de sueur, peut-être encore collés par la pluie.

L'averse n'avait pas cessé durant le trajet et quand Michèle Lugrand avait arrêté la voiture sur le parking, elle avait même redoublé, à nouveau mêlée de grêlons.

Michèle Lugrand avait couru jusqu'à l'auvent en verre bleuté qui protégeait le perron de l'immeuble, mais Jérôme était resté debout sous l'averse. Les gouttes glissaient sur ses tempes, ses joues, son cou, imprégnant sa chemise et son blouson déjà gorgés d'eau.

Il avait levé la tête et vu d'abord ces cariatides qui, sur toute la façade, à chaque étage, soutenaient de larges balcons aux balustrades décorées d'amphores. Une pergola courait le long du rez-de-chaussée. La glycine et la vigne vierge qui la recouvraient, soulevées par le vent, battaient les pilastres de ciment. Les palmiers oscillaient, à ce point ployés que leurs cimes balayaient l'auvent.

Michèle Lugrand avait crié : « Prenez ma sacoche et venez ! »

Jérôme n'avait pas bougé.

La façade commençait à être éclairée par les lampadaires qui s'allumaient en contrebas, sur le boulevard. Elle ressemblait à un décor baroque. Parfois, dans un grand froissement d'ailes, des pigeons surgissaient, quittant les niches où ils se tenaient à l'abri de la pluie pour voleter quelques secondes avant de disparaître, comme aspirés par les bouches des statues.

« Mais qu'est-ce que vous attendez, Gavi ? avait à nouveau crié Michèle Lugrand. Prenez ma sacoche et venez ! »

Il avait hésité.

« Vous n'allez pas rester planté là ! » avait-elle lancé.

Il s'était lentement dirigé vers elle, ne cherchant pas à éviter les flaques.

A chacun de ses pas, il s'était enfoncé dans une matière spongieuse. Ses chaussures avaient pris l'eau. L'étoffe de son pantalon collait à ses mollets, à ses cuisses.

Il s'était immobilisé devant Michèle Lugrand, mais, malgré l'auvent, la pluie le frappait encore.

Michèle l'avait pris par la manche, tiré à elle. Puis elle s'était écartée, reculant pour mieux le considérer. Ses yeux s'étaient attardés sur chaque détail, chaque partie de son corps.

Il avait semblé à Jérôme qu'elle hésitait, sa bouche pincée exprimant à la fois le désir et l'ironie. Il avait baissé les yeux.

Le silence entre eux deux avait duré quelques minutes. Il s'était senti mal à l'aise, comme si elle lui faisait subir un examen.

115

Tout à coup, elle lui avait saisi le bras. Elle avait eu un rire de gorge, une sorte de roucoulement montant de tout son corps, du bas-ventre et des cuisses. Du moins l'avait-il entendu ainsi.

« Vous êtes dans un état ! avait-elle lancé, le rire déformant ses mots. Un pauvre petit chien trempé jusqu'à l'os. Quelle idée, aussi, de rester sous l'averse. Mais qu'est-ce qui vous a pris ? Vous aviez peur ? Je vous intimide ? »

Elle avait poussé les portes vitrées de l'ascenseur à la cabine minuscule. Bien que Jérôme eût essayé de reculer, ils étaient presque l'un contre l'autre. Les portes à battants qui s'ouvraient vers l'intérieur de la cabine contraignaient à se tenir au fond, là où s'était placée Michèle Lugrand.

« Vous avez quel âge ? » avait-elle demandé.

Elle était si proche qu'il avait senti sa hanche contre lui.

Au sixième étage, elle s'était glissée la première pour sortir de la cabine et s'était immobilisée à dessein, tenant les battants ouverts. Son imperméable ouvert, elle avait appuyé ses cuisses un instant contre celles de Jérôme.

L'entrée de l'appartement avait la forme d'un hexagone. Face à la porte palière, un miroir au cadre de bois doré avait permis à Jérôme de se voir. Tout son corps semblait comme du pain mouillé ! Ses cheveux collaient à son front et à ses joues. Le blouson alourdi et son pantalon étaient informes.

Michèle Lugrand avait lancé : « Mais fermez donc la porte ! », puis elle l'avait laissé, disparaissant dans un couloir sombre, lançant un nom dont Jérôme n'avait compris que les dernières syllabes : « ... mano ».

Elle était revenue, expliquant que la femme de ménage était partie, puis elle l'avait à nouveau regardé, et ç'avait été le même rire qui faisait trembler tout son corps.

« Il faut vous déshabiller, vous ne pouvez pas rester comme ça. Cocasse, non, inattendue, notre petite aventure ? »

Elle avait parlé du fond d'une pièce, disant qu'elle aimait bien le piquant de la vie, l'improbable. C'était pour cela qu'elle n'avait jamais été vraiment convaincue par les historiens des structures. Elle, elle avait toujours cru à l'irruption de l'événement. L'histoire était une suite de surprises : le surgissement de l'imprévisible, le rôle de l'homme comme acteur historique, la folie qui le saisissait et qui pesait bien plus que toutes les forces anonymes, les mouvements de longue durée, etc.

« Venez ici, Gavi. Par là. »

Il s'était avancé.

Il l'avait vue dans l'entrebâillement de la porte de la salle de bains. Elle se tenait le dos à la lumière, brandissant une robe de chambre. Il ne distinguait pas son visage.

« Allons, vous ne pouvez pas rester ainsi, séchez-vous. »

Quand il s'était approché d'elle, elle n'avait pas bougé, si bien qu'il s'était trouvé tout contre elle.

« Vous sentez le chien mouillé », avait-elle dit d'une voix grave, en restant immobile et en étouffant un rire.

Jérôme avait pensé à Nathalie, si petite, alors que Michèle Lugrand avait presque la même taille que lui.

D'un geste lent, elle avait posé la robe de chambre sur le rebord de la baignoire qui se trouvait à sa droite, mais, durant cet instant, elle n'avait tourné ni les yeux ni le buste.

« Il faut qu'on vous aide, avait-elle dit. Je suis sûre que vous êtes trop maladroit. »

Il avait gardé les bras le long du corps tandis qu'elle commençait à déboutonner son blouson, puis l'avait fait glisser en arrière, si bien qu'il était à présent prisonnier de cette camisole. Elle l'avait fait légèrement basculer contre elle, le touchant de ses seins.

Le blouson avait enfin glissé.

« Vous êtes trempé », avait-elle murmuré sans presque remuer les lèvres.

Elle avait ouvert sa chemise et posé sa paume, doigts écartés, sur le torse de Jérôme. Recourbant ses doigts, elle l'avait griffé dans un lent mouvement de va-et-vient.

Puis elle s'était employée à défaire sa ceinture. Elle avait passé ses mains à plat sur ses hanches, et, en se baissant, sur ses cuisses. Puis elle avait appuyé sa paume sur le sexe de Jérôme.

Elle avait inspiré longuement et dit : « La toile, le cuir, tout est raide. »

Puis, à mi-voix, elle avait ajouté : « On va voir, on va voir. »

Jérôme rouvrit les yeux. Dans le miroir à trois faces de la coiffeuse placée au pied du lit, il aperçut son torse, ses cheveux dont certaines mèches étaient restées collées à son front. Il repoussa le drap d'une détente nerveuse et eut, l'espace de quelques secondes, la sensation de s'être libéré. Mais l'illusion ne dura pas.

Il vit entre ses cuisses cette forme rose qui pendait encore à son sexe. Il l'arracha et eut les doigts couverts d'une gélatine blanche et collante.

Il se leva.

La porte de la salle de bains était ouverte. Il vit ses vêtements posés sur un radiateur. Son slip était resté par terre. Il l'enfila, revint dans la chambre.

Il n'avait pas remarqué que la fenêtre donnait sur l'un de ces balcons encadrés par des cariatides drapées dans un voile de pierre. Il s'approcha et ouvrit.

La pluie tombait parallèlement à la façade qui dominait toute la ville. L'immeuble était un de ces palais construits sur la colline de Cimiez au temps où se croisaient les calèches de la reine Victoria et du Tsarévitch.

Jérôme grelotta, mais s'avança sur le balcon. C'était presque une terrasse de trois mètres de large et longue d'une dizaine de mètres. On devait aussi y avoir accès à partir des autres pièces de l'appartement.

Au-delà du boulevard, la ville s'étendait, éclairée par les jeux des enseignes lumineuses et le sillage des phares qui serpentaient et se croisaient sur les routes en corniches. A l'horizon, le pointillé rouge et vert des balises dessinait la géométrie des pistes de l'aéroport.

Il pensa à Nathalie.

Elle avait sûrement téléphoné. Elle l'avait sans doute déjà fait dès son arrivée à Soccia.

Avant de quitter son balcon, le père de Jérôme avait dû laisser la sonnerie retentir longtemps, puis il s'était levé, traînant ses savates, répondant à Nathalie que Jérôme n'était pas rentré depuis qu'il était parti avec elle, il y avait donc deux jours de cela. Ils avaient même pensé qu'il avait finalement décidé d'accompagner Nathalie en Corse, et ils en avaient été heureux.

« La Corse... » avait-il répété.

Il avait essayé de rassurer Nathalie :

« Ça va, j'en suis sûr », avait-il dû répondre.

Mais, lorsque Madeleine Gavi était rentrée, il l'avait harcelée de sa propre angoisse.

« Nathalie a téléphoné, elle ne sait pas où il est. »

Madeleine avait crié qu'elle en avait marre d'eux tous, de la vie.

« S'il lui était arrivé quelque chose, avait ajouté Lucien Gavi, on t'aurait prévenue, toi, à l'hôpital. »

Madeleine n'avait d'abord pas répondu, puis elle avait murmuré : « Il y en a qu'on retrouve des semaines après, et d'autres, jamais. »

Gavi était retourné sur son balcon dont les deux mètres carrés donnaient sur la vallée du Paillon et qu'aucune cariatide ne soutenait.

« Voulez-vous fermer, Gavi ? » fit Michèle Lugrand.

Jérôme se retourna. Elle avait changé de tailleur, vêtue maintenant d'une veste pied-de-poule et d'une jupe plus longue. Elle avait gardé ses collants noirs, mais ses chaussures étaient effilées.

« Ne traînez pas, dit-elle, j'ai un dîner. »

Elle regarda le lit, puis arracha les draps d'un mouvement rapide et quitta la chambre.

Elle cria : « Je prépare vos livres sur Missen, il y a une thèse inédite intéressante. Je vous prête tout ça. »

Elle réapparut, tenant quatre ou cinq livres contre sa poitrine. Elle s'exclama en voyant que Jérôme était encore en slip.

Qu'attendait-il ? Elle était pressée. Elle allait partir. Il n'était pas question qu'il reste là.

Jérôme traversa la chambre sans la regarder. Michèle Lugrand s'éloigna.

Il vit le préservatif par terre, le ramassa, le jeta par la fenêtre qu'il avait laissée ouverte.

« J'appelle un taxi dès que vous êtes prêt », lança Michèle Lugrand.

Jérôme s'habilla, mais ni ses vêtements, ni ses chaussures n'étaient secs.

En enfilant son blouson, il sentit les billets que Nathalie avait enfouis dans l'une de ses poches.

Il l'avait laissée faire. Il allait se servir de cet argent pour payer le taxi.

« J'appelle ? » interrogea Michèle Lugrand.

Elle n'attendit pas sa réponse.

« Cinq minutes », précisa-t-elle en s'avançant et en lui tendant un sac dans lequel elle avait placé les livres.

Elle lui ouvrit la porte palière :

« Vous avez mon téléphone. »

Elle sourit. Il fallait bien qu'il lui rapporte les livres, n'est-ce pas ?

Elle s'étonna qu'il ne prît pas l'ascenseur, puis elle haussa les épaules et referma la porte.

19

Le chauffeur de taxi s'étonna : « Ici ? » répéta-t-il en s'arrêtant dans le tournant. Jérôme tendit un billet. L'homme le prit, le froissa entre le pouce et l'index, sans quitter son passager des yeux.

En rendant la monnaie, il marmonna que ce n'était pas la destination indiquée. Jérôme ouvrit la portière tout en lui laissant une poignée de pièces. L'homme se pencha.

« Ça va ? demanda-t-il. Vous êtes blanc comme un mort. »

Jérôme ne put répondre.

Dès qu'il s'était assis dans le taxi, sur le parking de l'immeuble de Michèle Lugrand, il avait été pris de nausées.

Il traversa la chaussée, puis le terre-plein. Le vent, au bout de ce cap séparant les quartiers du port de l'anse de la baie des Anges, soufflait en permanence. Roba Capeu, ou « vole-chapeau », disait-on, tant les bourrasques étaient rageuses et fantasques, soulevant des paquets de mer qui, les jours d'équinoxe, s'abattaient sur la chaussée, plusieurs mètres au-dessus des rochers.

Jérôme s'appuya à la rambarde, coinçant le sac rempli de livres entre ses jambes.

La pluie avait cessé, mais les embruns le frappèrent au visage, et l'aller et retour de la houle lui donna l'impression qu'il se balançait sur une nacelle suspendue. Les lueurs de la ville qui oscillaient, s'enfonçant dans le creux des vagues, puis surgissant sur les crêtes, éclairant l'écume qui déferlait sur la longue plage arquée, accentuèrent cette sensation. Il hoqueta avec le désir de vider son corps et sa bouche de toute cette mélasse onctueuse qui virait à l'aigre.

Mais il n'avait rien à vomir. Il était comme après avoir aspiré trop goulûment l'une de ces cigarettes que Mouloud ou François faisaient circuler sous la table, leurs paumes fermées sur le mégot rougeoyant.

Jérôme se pencha, les yeux clos, avalant à pleine bouche le vent froid et chargé de sel.

Et ce fut tout à coup l'étouffement, ce goût âcre sur ses lèvres, le souvenir de ces cuisses fortes qui s'étaient refermées sur son visage, de ces lèvres humides posées sur les siennes. Il avait léché, mordu. Il s'était gorgé de ce suc. Il avait toussé, déjà en butte à une irrépressible envie de vomir, et puis Michèle Lugrand s'était cambrée, cassée, ses cuisses s'étaient écartées, il avait pu respirer cependant qu'allongée près de lui, elle murmurait : « Eh bien, eh bien... »

Il était resté immobile quand elle avait entrepris de le caresser.

« Ne bougez pas, avait-elle dit. C'est moi qui ordonne, je suis votre professeur, n'est-ce pas ? Votre maître ! »

Elle avait une voix qui lui venait du ventre. Elle parlait si bas que les mots se confondaient avec sa respiration rauque.

« Il faut que je m'occupe de vous. Vous en valez la peine. Eh bien, eh bien... »

Il s'était un peu débattu, mais elle avait pesé sur lui.

« Laissez-vous faire. On ne vous demande que ça. Laissez-vous aller. Voilà. Voilà... »

Il revivait ces scènes avec le désir de se soumettre à nouveau à la maîtresse du jeu.

Tout son visage, nez, bouche, menton, éprouvait le besoin de s'enfoncer comme un groin dans la tiédeur humide et âcre du sexe de cette femme.

Jérôme avait aimé l'acidité, la vigueur nerveuse, les muscles fermes, les formes tendues de Nathalie. Elle et lui étaient de la même terre, de la même moisson. Il la domptait. Elle le renversait. L'amour entre eux deux était un jeu commencé dans l'enfance, comme si, peu à peu, grandissant ensemble, ils avaient l'un par l'autre, l'un avec l'autre, découvert insensiblement de nouvelles règles.

Avec Michèle Lugrand, ça n'avait pas été un jeu, mais un affrontement grave et violent, sombre, comme si, pour la première fois, Jérôme avait accédé à la vraie vie adulte, loin des enfantillages, en ayant terminé avec l'apprentissage, passant là sa première épreuve, découvrant l'inégalité entre les êtres dans leurs corps mêmes.

Elle, Michèle Lugrand, chargée d'expérience et d'années ; lui, qui devait accepter cette domination, se soumettre.

Elle savait. Il ignorait.

Il possédait un bien qu'elle avait perdu : des années encore inaccomplies, ce qu'on appelle la jeunesse.

Elle détenait le privilège de les avoir déjà vécues mais de pouvoir encore ouvrir son sexe sur la bouche d'un homme jeune qu'elle étouffait, dont elle exigeait qu'il lui donnât du plaisir, cavalière montant à cru, impérieuse, cravachant sa monture — « Oui, oui, lèche-moi, comme ça, encore, encore ! » —, impudique parce que libre, ayant compris que le temps lui était compté et qu'il fallait chevaucher vite, à brides abattues.

Il chercha une nouvelle fois à vomir.

Il avait les lèvres et le bord de la bouche brûlants comme ces gosses qui, dans leur gloutonnerie, ont barbouillé leur visage de douceurs volées qui ont séché en traces toutes craquelées.

Et qui titubent, submergés de crainte et de dégoût, coupables et honteux, gavés de plaisir.

20

Jérôme ne les entendit pas venir.

Tout à coup, il fut soulevé, basculé, maintenu par les bras et les épaules au-dessus des rochers situés à une trentaine de mètres en contrebas. On le tint par les chevilles et on plongea sa tête dans le vide, vers cette écume rageuse et grondante qui éclatait en gerbes froides et salées.

On le tira en arrière, on le retourna en l'appuyant à la rambarde.

Le type qui se tenait en face de lui s'était mis à feuilleter les livres qu'il avait pris dans le sac.

Jérôme remarqua d'abord cette balafre renflée qui partageait sa lèvre supérieure, puis il remarqua la boucle dorée accrochée au lobe de son oreille gauche.

Un deuxième homme, plus petit, portant un blouson de cuir, souriait, gardant la tête penchée. Il avait lui aussi les cheveux ras. Il dit :

« Tu veux sauter ? On t'aide ! »

Souvent, dans les rues de la vieille ville, Jérôme avait aperçu ces jeunes qui ne sortaient que la nuit et marchaient au milieu de la chaussée, balançant leurs paquets de cannettes de bière à bout de bras. Il les avait toujours évités, s'enfonçant dans les ruelles, accélérant le pas, courant même, fuyant. Mouloud, qui avait eu affaire à eux, les craignait. Des dingues, des nazis, des tueurs, des ordures.

« D'où tu sors, toi ? Qu'est-ce que tu cherches, tout seul, comme ça ? demanda le type à la boucle. Tu étudies ça ? »

Il tenait le livre entre le pouce et l'index.

« Qu'est-ce que tu sais de ça ? »

Il écrasa la couverture du livre sur le visage de Jérôme. Puis il se tourna vers l'autre en ricanant. Monsieur, énonça-t-il, lisait un livre sur les nazis et la Résistance ! Il ânonna : « Répression et pénétration. »

« Tu veux que je t'encule ? » dit-il en laissant retomber le livre dans le sac.

Il entreprit de fouiller Jérôme, trouva les billets dans la poche de son blouson, siffla, lui tapota doucement la joue, puis lui asséna une claque violente.

« Traîne plus dehors, connard ! Va faire dodo ! »

Il donna un coup de pied dans le sac. Les livres se dispersèrent sur le terre-plein.

« Ramasse, amuse-toi ! »

Il frappa à nouveau Jérôme du revers de la main, en plein sur les lèvres, puis s'éloigna tandis que l'autre crachait en disant : « Tu pues, tu vaux même pas la peine qu'on te balance, t'es rien, même pas arabe, rien, une merde. »

Ils s'éloignèrent sans même se retourner, lentement, d'une démarche souple.

Jérôme ramassa les livres, les replaça dans le sac.

Sa lèvre était douloureuse, un peu de sang avait coulé ; il en sentit la saveur douceâtre.

Il regarda les silhouettes des deux types se détacher sur la longue promenade et, tout à coup, il se mit à hurler, laissant tomber le sac sur le sol, brandissant les poings, agitant ses bras, les mâchoires serrées, son cri de gorge lui arrachant la poitrine.

Il était au bout d'un cap, au milieu d'un vaste espace balayé par les bourrasques, debout avec pour seul obstacle l'horizon, et il avait pourtant le sentiment d'être entravé, étouffé, enfermé sous bonne garde dans une cellule.

Les autres décidaient pour lui.

On avait le droit de le frapper. Il ne savait que fermer sa gueule, baisser son froc, fuir.

Son père, assis sur son petit balcon, avait réussi à garder pour lui deux mètres carrés pour finir sa vie. Les aurait-il ?

Les autres disposaient de lui.

Même Nathalie. Elle lui fourrait les billets — gagnés comment ? avec son cul ? — dans la poche. Il acceptait le pourboire.

Il s'était laissé pousser dans un lit par cette femme qui l'avait choisi pour un instant, sans être même capable de la renverser, de lui indiquer ce qu'il attendait d'elle.

C'est elle qui avait dit : « Ne bougez pas, c'est moi qui ordonne. »

Et il avait aimé cette soumission.

Quand pourrait-il donner enfin un coup de tête dans toutes ces gueules ? Est-ce qu'il allait un jour renverser ces murs ? Faire sauter la prison ?

« Ça va bien ? cria le flic sans descendre de la voiture de police qui s'était arrêtée dans la courbe.

— Ça va, répondit Jérôme. Ça va. »

Il ramassa le sac et longea la mer.

21

A plusieurs reprises, Jérôme frappa de son poing la porte. Puis il s'appuya contre elle, reprenant son souffle. Il avait monté en courant les cinq étages, butant sur le rebord des marches en ardoise, avec le sentiment que, plus il s'élevait, plus l'escalier devenait étroit. Sur le dernier palier, éclairé par une lucarne au verre brisé, il n'y avait qu'une seule porte, celle de Mouloud.

Il frappa à nouveau et, quand la porte s'ouvrit, il resta le bras levé.

Après avoir tiré le battant, Mouloud s'était reculé et se tenait les pieds écartés, sa main droite brandissant un couteau qu'il lança sur une table ronde poussée contre la fenêtre.

« Merde, merde, qu'est-ce que t'as ? » répéta Mouloud en le tirant à l'intérieur de la pièce.

Jérôme laissa tomber le sac de livres qu'il tenait serré avec son bras gauche, sous son blouson. Le fond se déchira, les livres glissèrent. Mouloud les repoussa du pied et dévisagea son ami, l'interrogeant du regard, s'arrêtant à cette croûte de sang séché qui dessinait au-dessus de la lèvre une ombre rougeâtre.

« D'où tu sors ? » lui demanda-t-il.

Jérôme paraissait harassé. Ses cheveux trempés couvraient son front, ses joues.

Il avait marché depuis plus d'une heure dans les ruelles de la vieille ville, quittant le bord de mer pour ne plus être exposé au vent et à la pluie qui s'était remise à tomber, pour ne plus attirer les rôdeurs ou les patrouilles de police.

Au début, il avait été rassuré. Le vent ne s'engouffrait que dans certaines ruelles, celles qui débouchent sur le rivage. Une fois qu'il les avait franchies, il se retrouvait à l'abri. La pluie semblait faiblir, se perdre le long des façades, n'atteignant le sol qu'amortie. Le ciel n'était plus que cette étroite rayure entre les toits.

Mais, au bout de quelques dizaines de minutes, l'angoisse était revenue, plus forte.

Des clochards se tenaient accroupis entre les amoncellements de détritus débordant des poubelles. Des rats aux yeux rouges avaient traversé à quelques pas, s'immobilisant pour le fixer. Il avait été affolé par ce grouillement qu'il devinait tout à coup.

Il crut même reconnaître au bout d'une ruelle ces deux silhouettes qui se dandinaient en se tenant par les épaules. Il se cacha, attendit. Elles passèrent près de lui et il distingua, au lobe de l'oreille gauche du plus grand, la boucle dorée du type qui l'avait frappé sur le front de mer.

Il se terra dans une entrée, mais des rats ou des chats le frôlèrent, et il s'enfuit en courant.

Il se retrouva ainsi sous les voûtes qui permettaient d'accéder à la Promenade. Le vent y tournoyait, chargé d'embruns, poussant devant lui la rumeur de la houle qui montait à l'assaut des galets, les soulevait, les projetait sur le trottoir et la chaussée.

Il aperçut une nouvelle fois les deux hommes qui jouaient avec les paquets de mer. Ils s'approchaient de la plage à grandes enjambées, gesticulaient, paraissant défier les vagues. Le plus grand brandissait le poing ou bien se figeait, bras levé, dans un salut de parade nazi. Tout à coup, dans un grondement rauque, l'écume se dressait avant de déferler, lourde de galets et de graviers, et les deux hommes bondissaient en arrière, cherchant à demeurer au plus près de la vague jusqu'au dernier instant. Ils reculaient pourtant, mais avec des poses pseudo-héroïques, le corps tendu, cambré, les hanches en avant, les jambes légèrement ployées, comme s'ils menaçaient la vague de leur sexe bandé.

Caché derrière l'un des piliers de la voûte, Jérôme les avait observés, paralysé et fasciné par ce ballet guerrier, gagné peu à peu par une fureur qui, chaque fois qu'une vague s'abattait, surprenant l'un des deux types avant qu'il ait eu le temps de l'esquiver, explosait en lui, le faisant sortir de son abri, sauter, marmonner entre ses dents : « Crève-les, noie-les ! »

Il avait posé son sac contre le mur. Il s'était peu à peu avancé. La chaussée de la Promenade était couverte de galets, la circulation interrompue. Vers Roba Capeu, à l'est, et à la hauteur du quai des Etats-Unis, à l'ouest, il avait aperçu les feux clignotants des barrages mis en place au cours de la nuit. Durant plusieurs minutes, il y avait eu une accalmie et les deux hommes s'étaient rapprochés du rivage, puis, tout à coup, dans un grondement, des vagues déferlantes, hautes de plusieurs mètres, avaient roulé sur la plage, si vite que dans sa reculade le plus grand des deux types, celui qui portait une boucle dorée au lobe de son oreille gauche, avait trébuché, frappé par le paquet de mer. Il était resté allongé cependant que son camarade riait, sautait, hurlait à quelques mètres de Jérôme.

Ce dernier avait ramassé un galet qui avait rempli sa main, alourdi son bras.

Il se lança en avant et frappa plusieurs fois la nuque de l'homme, levant haut la pierre au-dessus de cette tête qui basculait en avant et qu'il continua de cogner.

Puis, courbé, il prit le sac de livres et courut loin de la mer.

Mouloud habitait la montée du Château, au cinquième étage d'un des plus anciens immeubles de la vieille ville. La façade du bâtiment ressemblait à un corps difforme menacé d'éventration, près de répandre ses entrailles. Des gravats s'entassaient déjà au pied des poutres qui renforçaient les murs porteurs. Les fenêtres étaient condamnées par des étais croisés.

Dans sa fuite, Jérôme avait reconnu l'immeuble et s'était précipité dans l'entrée.

Il avait toujours refusé de visiter les trois pièces où avait logé des années durant la famille de Mouloud.

Madeleine Gavi n'avait jamais voulu que son fils répondît à ses invitations : « Laisse ces gens-là, avait-elle l'habitude de dire. Ils sont ce qu'ils sont, on est ce qu'on est. Chacun chez soi, c'est mieux comme ça. S'ils étaient restés chez eux, et nous, chez nous, ça irait mieux, crois-moi. Alors, fais-moi plaisir, va chez qui tu veux, mais pas chez ces gens-là. »

Jérôme avait eu honte des propos de sa mère, mais il avait obéi, surtout parce qu'il ne désirait ni voir, ni même savoir où vivait la famille de Mouloud, comment ils colmataient les fissures des cloisons avec des journaux mouillés sur lesquels ils déposaient ensuite une couche de plâtre.

Les parents de Mouloud avaient quitté la montée du Château lorsque leur fils aîné, Ferhat, s'était installé dans une maison située au flanc d'un des vallons qui séparent les collines de l'ouest de la ville. Mouloud avait refusé de les suivre et avait clamé avec fierté qu'il disposait désormais d'un appartement à lui, trois pièces. Il y était le maître. On pouvait y écouter toute la musique qu'on voulait. Personne n'habitait plus au troisième ni au quatrième étage. L'électricité avait été coupée, mais il s'était branché sur la ligne de l'immeuble voisin. Il consommait ce qu'il voulait. Gratuit ! On pouvait baiser tranquille. Il prêtait son lit aux amis.

« Tu veux ? avait-il plusieurs fois proposé à Jérôme. Tu préfères te faire enculer par les voyeurs ? C'est pourtant mieux qu'une cave dans ta résidence de merde, non ? »

Jérôme avait été tenté de lui marteler le visage à coups de poing, mais Nathalie, à chaque fois, s'était contentée de répondre qu'ils avaient ce qu'il fallait : la maison, des draps frais, et même l'hôtel quand ça leur chantait.

« Toi, bien sûr, la Reine... », avait répondu Mouloud en levant les bras au ciel.

Il avait réussi à sous-louer à la journée l'une des pièces à François qui travaillait toutes les nuits à la *Baie des Démons*, la « BDD », une boîte-restaurant, music-box, qui ne fermait qu'à l'aube au moment où Mouloud quittait la montée du Château pour commencer ses tournées de coursier.

« On se défend, on s'organise », disait-il en se frottant les mains.

Les quelques locataires qui s'accrochaient encore à l'immeuble moribond avaient obtenu qu'on rétablisse l'eau dans les logements. Ils en avaient chassé les rats à coups de planches enflammées, et à coups de poing les « videurs » qui forçaient les portes, brisaient les meubles, les éviers, les conduites, arrachaient les tuyaux et les fils pour convaincre les plus obstinés d'avoir à quitter les lieux.

« Je m'accroche avec les dents, avait répété Mouloud. S'ils me cherchent, je les tue. »

« Ils m'ont frappé, raconta Jérôme. J'en ai tué un. »

Il s'assit sur le bord du lit. Mouloud referma la porte, écarta la table de la fenêtre dont les battants s'écartèrent aussitôt, laissant entrer le vent et la pluie. L'immeuble était le plus élevé de la montée du Château.

Jérôme vit l'enchevêtrement de toits dont les tuiles luisaient. Mouloud s'était penché et, quand il se redressa, son visage était trempé par la pluie.

« Personne, dit-il. Qu'est-ce que tu racontes, comme connerie ? »

Il bloqua à nouveau la fenêtre, s'affaira, disparut, puis revint avec un vieux radiateur électrique dont la résistance formait une spirale rouge vif.

« Chauffe-toi. »

Il rit :

« Je paie rien, c'est les autres. »

Il palpa le blouson de Jérôme.

« Enlève tout ça. »

Jérôme commença à se déshabiller. Son blouson et sa chemise étaient lourds, imbibés d'eau. Il les tint devant le radiateur.

« Explique-moi, dit Mouloud en s'asseyant en face de lui.

— Rien, fit Jérôme en secouant la tête. J'ai bu puis je crois bien que j'ai... »

Il hésita.

« Tu t'es raconté une histoire », décréta Mouloud.

Il se leva et mit un disque :

« Ecoute plutôt ça. »

Les voix hurlées, les sons rythmés, le sourd et l'aigu, les mots déchiquetés résonnèrent dans la tête de Jérôme, en arrachant toute pensée, projetant les souvenirs au loin comme des galets.

22

Dès que sa mère aperçut Jérôme, elle cria.

Le parking de la résidence était désert. La voix aiguë bondit et se déchira.

Jérôme ferma les yeux. Il eut la tentation de fuir, mais sa mère le rattraperait. Alors il s'immobilisa et attendit qu'elle le rejoignît.

Il imagina qu'elle allait le gifler. Il le désira. Mais, quand il rouvrit les yeux, il la vit près de lui, le visage creusé par l'angoisse, les rides si profondes autour de sa bouche qu'elles lui déformaient les traits. Il eut envie de se jeter contre elle, de lui dire : « J'avais le droit, maman, j'avais le droit, ils m'ont frappé. »

Mais c'est elle qui parla.

D'où venait-il ? Pourquoi les laissait-il crever

d'inquiétude ? Nathalie avait téléphoné trois, quatre fois. Eux, qu'est-ce qu'ils pouvaient lui répondre, puisqu'ils ne savaient pas où il était, ce qu'il faisait ? Fallait-il aussi qu'ils supportent ça ? Ils étaient fatigués. Son père était fatigué, elle était fatiguée. Ils en avaient marre. Où avait-il traîné depuis deux jours, trois ? Où avait-il dormi ? Qui avait-il vu ?

Jérôme, tête baissée, avait montré ses livres.

Elle avait ricané : « C'est ça, c'est ça... » Qu'il raconte ces histoires-là à son père, pas à elle.

Il sut tout à coup ce qu'il aurait voulu lui dire : « C'est la nuit de ma vie, maman. »

Mais elle s'était mise à hurler :

« Je ne peux plus, tu comprends, c'est trop ! L'autre, là-haut — elle montrait le balcon —, et toi, toi... Et moi qui dois... »

Elle laissa tomber sa tête sur sa poitrine. Jérôme ouvrit les bras.

Elle se redressa, fit un pas en arrière.

« Après tout, dit-elle, je suis trop conne. Fais ce que tu veux ! »

Elle haussa les épaules :

« C'est d'ailleurs ce que tu fais. »

Elle s'éloigna de quelques pas encore, puis se retourna :

« Mais ne me dis rien, ne me demande rien. Je ne veux plus rien savoir. »

Elle eut un geste comme pour se boucher les oreilles, puis lança avec mépris :

« Tu as vu ta tête, l'allure que tu as ? Tu as vu ? Et toute ma vie... »

Elle claqua la portière et redémarra.

Il murmura : « C'est la nuit de ma vie », puis se dirigea lentement vers le muret qui entourait le parking. Il posa ses livres, s'assit.

La colline de l'Observatoire fermait l'horizon, mais la luminosité était déjà si forte que la ligne de crête tranchait le ciel d'un liséré brillant. Le vent était tombé.

Le temps avait changé au milieu de la nuit. La lune éclairait la pièce où Jérôme s'était assoupi. Il avait eu froid, s'était réveillé, avait aperçu sur la table ronde poussée contre la fenêtre deux rats qui se dandinaient. Ils allaient d'un bord à l'autre, cherchant sans doute des miettes, puis l'un d'eux avait disparu, se laissant glisser le long du pied ; l'autre avait paru égaré, tournant sur lui-même, puis tombant sur les tomettes avec un bruit mat, couinant. Jérôme l'avait vu trottiner contre la cloison et se diriger vers la chambre où dormait Mouloud.

« Ils sont là, avait dit ce dernier. Tu les chasses, ils reviennent. Ils passent. Si tu les emmerdes pas, ils t'ignorent. Faut s'habituer. En prison, ils te marchent sur la gueule. Mais les types dorment quand même. »

Jérôme sut qu'il ne s'habituerait pas aux rats.

Il s'était assis sur le bord du lit, tenant ses jambes repliées afin que ses pieds ne touchent pas le sol. Le reflet de la lune sur les tuiles vernissées d'un clocher voisin avait fait surgir de l'ombre la porte d'un placard. Elle était entrouverte. Jérôme vit trois rats s'y faufiler l'un après l'autre. Il y eut des bruits de métal et de porcelaine, des heurts.

Jérôme se mit à grelotter. Il tendit le bras, sans bouger le reste de son corps, afin de saisir ses vêtements posés sur le dossier d'une chaise. Le radiateur les éclairait de sa lueur rouge.

Jérôme s'était rhabillé, veillant à ne jamais effleurer les tomettes, mais il avait bien fallu qu'il ramasse ses chaussures. En passant la main sous le lit pour les trouver, il avait heurté une masse soyeuse qui s'était enfuie aussitôt. Il avait poussé un cri d'effroi.

Mouloud s'était levé et, le voyant raidi sur le lit, il avait rigolé :

« Mais tu vis où ? C'est le *Négresco*, ta résidence ?

134

Des rats, ici, dans la vieille ville, si tu comptes bien, y en a plus que des hommes. »

Il s'était étiré. Quant aux hommes, c'était souvent « pire que des rats », avait-il ajouté en s'asseyant près de Jérôme et en le prenant par l'épaule.

Qu'avait-il raconté, la veille au soir ? Qu'il avait zigouillé un mec ou bien un rat ? Qu'est-ce que c'était que cette histoire ?

« J'avais bu, répéta Jérôme sans hésiter.

— Avec qui ? »

Tout en parlant, Mouloud avait tenu à préparer du café ; l'atmosphère dans la pièce était aussitôt devenue irrespirable, alourdie par l'odeur douceâtre du gaz. Jérôme avait ouvert la fenêtre et s'était penché. La ruelle brillait. Des chats se poursuivaient au milieu des détritus répandus au milieu de la chaussée.

« T'as profité ? » avait commencé Mouloud.

Jérôme s'était retourné.

« Nathalie est en Corse, non ? Avec qui t'as fait ça ? Je la connais ? Sabine ? Myriam ? Celle-là, elle te suce avec les yeux. »

Mouloud lui avait tendu une tasse.

Pourquoi Jérôme ne faisait-il jamais confiance ? Il avait peur de qui ? C'était quoi, la vie, si on vivait comme un rat ? Au reste, les rats, ils vivaient en bandes. Les solitaires, ça crevait toujours mal.

Ça l'étonnait sûrement, Jérôme, que Mouloud sache que Nathalie, la reine Nathalie, passait cinq jours en Corse, qu'elle avait hérité d'une maison. Il était surpris, non ?

Jérôme s'était levé pour rassembler ses livres. Mouloud l'avait empoigné aux épaules et l'avait secoué.

Nathalie, elle, savait toujours ce qu'elle faisait. Et Mouloud, avec elle, n'avait jamais cherché des histoires de cul. Il n'était pas le type qu'il fallait à la Reine. Mais Jérôme, est-ce qu'il la connaissait sa

Nathalie ? Il avait la tête plongée dans les bouquins, il ne parlait à personne, il ne regardait pas autour de lui ! Qu'est-ce qu'il pouvait comprendre ?

« Qui t'as baisé, cette nuit ? interrogea encore Mouloud au moment où Jérôme ouvrait la porte. Ça valait la peine ? »

Puis il s'était lancé :

« Si t'as baisé, c'est bien ! Les femmes, c'est comme ça qu'on les tient. Sinon, si tu te réserves pour une seule, elle s'emmerde. Baise-les toutes, Jérôme. T'en fais pas pour la reine : elle te lâchera pas. Tu es à elle. C'est une propriétaire. Elle accumule. Elle garde. »

Jérôme avait tâtonné sur le palier. La cage d'escalier était obscure, la lune ne dévoilant que quelques marches. Il eut l'impression que des rats le précédaient. Il frappa dans ses mains, tapa du talon pour qu'ils s'enfuient.

Dehors, c'était déjà le fracas de l'aube urbaine. Un train de bennes à ordures cahotait parmi les paysans qui, sur la place de la Préfecture, ouvraient leurs cageots.

Jérôme marcha jusqu'aux voûtes, traversa la chaussée déblayée, rendue à la circulation. Il descendit sur la grève et regarda la mer.

La houle déferlait avec l'indifférence d'un gros animal paresseux, las d'avoir poursuivi sa proie et qui, maintenant, jouait avec elle. Les vagues retombaient, grises, frappant le rivage sans même soulever d'écume. Parfois, le rugissement d'une crête plus haute troublait leur répétition cadencée, lourde et tranquille.

La tempête était passée.

Qu'avait-il fait, lui, de sa nuit ?

Il aurait pu en reconstituer chaque seconde depuis le moment où, dans la salle de lecture des Archives départementales, il avait aperçu Michèle Lugrand balançant sa sacoche à bout de bras.

Il aurait pu.

Mais il lui sembla qu'il ne se souvenait que de cette forme chaude, fuyante, qu'il avait touchée sous le lit : un rat.

Et il eut à nouveau envie de crier.

Il tourna le dos à la mer, s'enfonça à nouveau dans les ruelles de la vieille ville, puis remonta la vallée du Paillon.

Sa mère sortait du bâtiment A et s'engageait d'un pas décidé sur le parking quand elle l'avait vu.

Elle avait crié.

Et il n'avait pu que lui dire : « C'est la nuit de ma vie. »

23

Après que la voiture de sa mère eut disparu entre les platanes, Jérôme Gavi demeura assis sur le muret, la main gauche posée sur ses livres, la droite accrochée au rebord des pierres comme s'il avait craint de basculer sur le ciment, déséquilibré par cette fatigue qui tendait les muscles de son cou et de ses épaules, glissait le long de ses jambes, faisant parfois trembler ses mollets, et il devait appuyer la pointe de ses pieds sur le sol pour que cesse cette crampe douloureuse, si violente qu'il devait se mordre les joues pour ne pas hurler. Alors la plaie de sa lèvre supérieure se rouvrait et il avait à nouveau le goût du sang dans sa bouche.

Il n'osa pas relever la tête vers le balcon. Il craignait d'y apercevoir la silhouette de son père qui avait dû assister à la scène, entendre le cri de Madeleine Gavi, et qui, peut-être, ne s'était pas rassis sur sa caisse, mais observait, debout, appuyé à la rambarde, attendant un geste, un regard de son fils.

Cette idée, cette image furent si insupportables à Jérôme qu'il se leva et marcha vers l'extrémité du parking, là où des buissons, des haies de lauriers, quelques oliviers malingres pouvaient le dissimuler. Il chercha un espace sec pour s'asseoir à nouveau, mais la terre semblait avoir été retournée par l'averse.

Des flaques boueuses l'obligèrent à sauter pour rejoindre un parking supérieur. Il se heurta aux feuilles des arbres, brillantes, lustrées. Il fut couvert de gouttelettes. Quand il s'installa entre deux voitures, loin du bâtiment A, le soleil commençait à éclairer les façades.

Les traces de la tempête apparurent alors. Des sèche-linge pendaient hors des balcons. Sur le crépi ocre, les traînées brunâtres dessinaient des plaies dont l'origine paraissait mystérieuse, tant l'aube était limpide. Le ciel, au-dessus de la colline de l'Observatoire, passait insensiblement au blanc ; le soleil naissait avec une vivacité éclatante, rendant encore plus noir tout ce qui se trouvait sous l'ombre portée de la colline.

En se tournant, Jérôme aperçut les eaux brunâtres du Paillon. Elles emplissaient toute la largeur du lit, roulant tumultueusement, chargées de branches mortes que les remous projetaient contre les berges.

Il ferma les yeux, entendit le grondement sourd du fleuve, puis distingua les gargouillis des trop-pleins qui se vidaient, pareils à des cris isolés au-dessus de la rumeur d'une foule.

L'homme qu'il avait frappé n'avait pas crié. Il riait et hurlait quelques secondes avant que Jérôme n'abaisse son poing armé d'une pierre sur sa nuque.

Il n'y avait plus eu, après, que le choc sourd des vagues, de plus en plus lointain au fur et à mesure que Jérôme s'était enfoncé en courant dans les ruelles de la vieille ville.

Il essaya de reconstituer chacune de ses enjambées, de retrouver le souvenir des bruits qu'il avait entendus, des images entrevues dans sa fuite.

Pas une voix ne l'avait interpellé, pas un regard ne l'avait croisé. Personne ne l'avait vu pénétrer dans l'immeuble de Mouloud.

L'autre type, celui à la boucle dorée passée dans le lobe de son oreille gauche, était celui qui l'avait giflé, qui avait pris dans la poche de son blouson l'argent de Nathalie...

Nathalie que Mouloud avait appelée « la Reine ». Lui non plus ne semblait rien ignorer de sa vie, tout comme Henri Missen. Nathalie dont ils étaient complices, alors que Jérôme avait cru qu'elle lui appartenait à lui seul. Nathalie dont il apprenait successivement qu'elle se confiait à Missen, à Mouloud.

Jérôme se souvenait de la première phrase qu'il avait prononcée en entrant chez Mouloud : « Ils m'ont frappé, j'en ai tué un. »

Il la répéta, et tout son corps se couvrit de sueur. On lui écrasait les couilles. Il bandait de panique. Un rat lui mordit la pointe du sexe, puis s'introduisit en lui comme dans l'un de ces supplices insoutenables, et commençait à lui déchirer le ventre, à lacérer tous ses organes, à atteindre sa gorge.

Appuyé sur ses paumes, les coudes sur les genoux, Jérôme vomit, le front trempé de sueur.

Il avait avoué à Mouloud et celui-ci, le matin venu, s'en était souvenu.

Il essaya de retrouver les expressions du visage de Mouloud, de reconstituer toute leur conversation.

Mouloud avait paru croire, à la fin, qu'il ne s'agissait que d'une histoire inventée.

Il se leva, s'écarta de ses glaires qui formaient une tache blanche sur le sol.

Il traversa la cité jusqu'au petit centre commercial adossé à la colline. Les murs en étaient barbouillés d'inscriptions noirâtres. De nombreux rideaux de fer étaient tirés. Des boutiques béaient, vidées, saccagées. La boue couvrait le sol. Mais le débit de tabac était ouvert. Jérôme acheta le journal et retourna sur le parking, derrière les buissons. Une photo montrant les vagues qui déferlaient sur Roba Capeu occupait la moitié de la première page. « Tempête sur la baie des Anges », titrait-on.

Il découvrit la chaussée envahie par les galets. Il tourna les pages, revint à la première.

Aucune trace.

L'autre homme, celui à la boucle dorée, avait sans doute emporté le corps de son camarade.

Blessé, seulement blessé.

On ne tue pas un homme comme ça, avec un galet.

Rien. Ça n'était rien, ça n'existait pas.

Pas de mort.

Pas de nuit.

Pas de nuit de sa vie.

Jérôme redescendit vers le parking du bâtiment A. Il leva la tête.

Son père, accoudé au balcon, lui faisait un signe, remuant à peine la main.

24

Lucien Gavi était adossé au mur, les mains posées sur le radiateur. Le vestibule de l'appartement était si exigu qu'on ne pouvait y tenir à deux sans que l'un dût s'effacer pour laisser passer l'autre. Mais quand Jérôme, la porte palière refermée, fit un pas, Gavi ne bougea pas. Et le père et le fils se trouvèrent ainsi l'un contre l'autre. Cette rance odeur de tabac et de caoutchouc brûlé — celui des gaines des fils que Gavi soudait — bouleversa Jérôme. Tout son corps s'inclinait vers celui de son père avec l'envie de s'appuyer contre cette poitrine, d'entendre une voix murmurer : « Dodo Géromino », et de pouvoir répondre par ces deux syllabes qui battaient de plus en plus vite dans sa gorge : « Papa, papa, papa. »

Mais Jérôme se raidit, recula.

« Tu saignes », constata Gavi d'une voix douce.

Jérôme renifla, essuya sa lèvre du revers de la main.

« Viens », dit son père.

Il prit Jérôme par le poignet, le conduisit jusqu'à la petite salle d'eau.

Jérôme se vit dans le miroir de l'armoire à pharmacie. Le sang avait coulé sur son menton, le vif couvrant le sombre, déjà séché. Le visage de son père à côté du sien, la ressemblance entre eux deux — même maigreur, mêmes yeux — lui furent insupportables.

Il se dégagea, bouscula son père, sortit en lançant que ça n'était rien, qu'il ne demandait rien, rien. Il cria : « Rien ! »

Il claqua la porte de sa chambre si fort qu'elle vibra longuement. Il lança les livres sur son lit. Est-ce que Michèle Lugrand imaginait ce qu'était sa chambre ? Trois pas pour atteindre la fenêtre, trois pas pour aller d'une cloison à l'autre. La coiffeuse de Michèle Lugrand n'aurait pas pu passer la porte de cette chambre-là !

Une chambre ? Un trou. Une cellule.

Il se laissa tomber sur le lit, le visage enfermé dans ses mains.

Il avait lu tant de récits à propos de ces résistants jetés ensanglantés dans les cachots du fort Monluc, à Lyon. Il se souvint de *L'Armée des ombres,* ce film qu'il avait vu plusieurs fois, avec toujours la même angoisse, le même froid qui le laissaient paralysé, comme si la mort et la trahison avaient envahi peu à peu tout l'écran.

Il imagina qu'on allait l'arrêter, le pousser dans

une cellule, que les rats courraient alors sur son visage.

Il fut pris de tremblements et se redressa. Il vit son père appuyé contre l'encadrement de la porte. Gavi était entré dans la chambre sans qu'il l'entendît.

Jérôme ramassa les livres sur le lit, les posa en pile sur la table, devant la fenêtre.

« Tu dois lire tout ça ? » demanda son père.

Il restait sur le seuil. Voilà des années qu'il ne pénétrait plus dans la chambre de son fils. Jérôme secoua tout le haut de son corps comme s'il voulait se débarrasser d'un poids. Il s'assit à la table, restant ainsi le dos tourné à son père.

« Tu sais, reprit Gavi, je ne t'ai jamais raconté la connerie que j'avais faite... J'étais monteur-électricien, à ce moment-là... »

Il s'interrompit, murmura que, bien sûr, Jérôme avait autre chose à faire qu'à écouter ce genre d'histoire.

« Les conneries, ajouta-t-il, ça s'efface, comme le reste. »

Il ferma la porte, la rouvrit, dit que Nathalie avait téléphoné plusieurs fois. Elle avait laissé son numéro à Soccia. La maison, avait-elle dit, était grande, meublée. On pouvait y habiter quand on voulait.

« Elle nous a même invités là-bas, ta mère et moi. »

Il hésita.

« Chez elle... »

Il y avait de l'étonnement et de l'admiration dans sa voix.

« La Corse, tu sais, j'en ai toujours rêvé.

— Vas-y, fit Jérôme sans se retourner.

— Toi, murmura Gavi. Toi ! »

Il fallait, insista-t-il, que Jérôme rappelle Nathalie à Soccia. Là-bas, il pourrait travailler dans la pièce qu'elle lui avait préparée. De la fenêtre on voyait les montagnes, une nature sauvage. Pour écrire, avait-elle dit, c'étaient les conditions idéales.

« Tu dois écrire ? » interrogea Gavi.

Jérôme se leva si vivement qu'il renversa la chaise. Il prit les livres, les entassa dans un sac qu'il accrocha à son épaule.

« Vous m'emmerdez tous ! » lança-t-il.

Il voulut passer, mais son père avait tendu le bras, barrant la porte.

« Vas-y, dit-il d'une voix ferme. Prends ça, pour l'avion. »

Il fourra des billets dans la poche du blouson de son fils.

« Merde ! cria Jérôme. Merde ! »

Il se souvenait du geste de Nathalie, de l'homme à la boucle dorée, de cet argent dont « la Reine » disposait, de l'admiration qu'on lui vouait pour ça — Mouloud, et maintenant son père. Il répéta en grimaçant d'une voix déformée, sarcastique :

« Elle nous a même invités là-bas, chez elle, chez elle, chez elle ! »

Gavi baissa le bras, laissa Jérôme franchir le seuil de la porte. Il eut la tentation de le saisir par le col du blouson, de le secouer, de crier : « Qu'est-ce que tu crois, mais qu'est-ce que tu imagines de la vie ? Qu'est-ce que tu attends ? Tu veux quoi ? » Mais Jérôme n'aurait sans doute pas pu répondre. Et Lucien Gavi, qu'est-ce qu'il aurait dit si on l'avait questionné de la sorte ? Que, même dans ses plus beaux rêves, il n'aurait pas osé imaginer qu'une femme, un jour, l'invitât en Corse, chez elle, dans une maison ?

Il fallait prendre les gens comme ils étaient, même quand il s'agissait de son fils.

Jérôme claqua la porte palière.

Lucien Gavi se précipita sur le balcon. Il vit Jérôme s'avancer, les pouces passés sous les bretelles de son sac. Il semblait voûté, la démarche plus lente qu'à l'ordinaire.

Il le suivit des yeux aussi longtemps qu'il put. Il

l'aperçut qui longeait la rive battue par les eaux terreuses du Paillon. Puis Jérôme disparut là où la rivière s'enfonce sous la dalle de béton.

Gavi s'assit, chercha ses outils, commença à dévisser des condensateurs, puis laissa tout à coup tomber le tournevis dans l'appareil.

A quoi ça servait, tout ça, puisque Jérôme était cet enfant muré, hostile, malheureux, surtout ? Quel était le sens de la vie d'un homme si son fils ne savait même pas pourquoi il devait vivre ?

Gavi entreprit de rouler une cigarette, mais ses doigts tremblaient.

« Maintenant, ça aussi », marmonna-t-il.

25

Jérôme Gavi savait que, passé cet arbre, au-delà des arches où s'enfouissaient les tourbillons boueux de la rivière, son père ne pourrait l'apercevoir de son balcon, même en se penchant.

Il se retourna.

L'horizon, au-dessus de la colline de l'Observatoire, était incandescent. Les vitres de tous les immeubles de la rive droite du Paillon reflétaient le soleil, élevant ainsi un mur de flammes aveuglantes que seules les eaux brunes de la rivière en crue semblaient arrêter. L'air était immobile. Il faisait déjà chaud. Les flaques achevaient de sécher sur la chaussée. Sur les façades des immeubles, les traînées humides commençaient à se résorber.

Qui se souviendrait de la tempête, de cette nuit ? Dans quelques heures, le Paillon redeviendrait ce lacis de ruisselets perdus dans le large lit caillouteux et sableux. La boue de la rivière aurait été entraînée au large, se déposant sur le fond de la baie ou bien tapissant les voûtes qui canalisaient le flot dans sa traversée souterraine de la ville.

Aucune trace visible. L'oubli.

Jérôme plongea ses doigts dans la poche de son blouson, palpa les billets. Il eut une bouffée d'émotion. Il se sentit coupable.

Revenir auprès de son père, le surprendre, s'asseoir en face de lui, sur le balcon. Dire...

Quoi ?

Rien. Rien. Tout garder enfoui, toujours. Ne jamais raconter, ne jamais avouer. Oublier cette nuit-là.

Il se remit en marche.

A l'entrée de la vieille ville, il aperçut un groupe d'hommes affalés sur les marches d'un des escaliers conduisant aux ruelles.

Le rat bondit dans son ventre, lui mordit le sexe, puis la gorge, lui déchira les entrailles.

Parmi ces types aux blousons couturés par des fermetures Eclair qui brillaient au soleil, il crut reconnaître l'homme à la boucle d'oreille. Il somnolait, ses bras écartés passés autour des piliers de la rambarde. Trois autres étaient à demi allongés sur les marches. Un chien-loup, le cou attaché à une chaîne de métal, dormait, le museau sur ses pattes.

On eût dit un poste de garde, un groupe noir détenteur de la force, et Jérôme, en avançant vers eux, se sentit clandestin, suspect, comme un homme traqué qui doit affronter un contrôle.

Il obliqua afin de passer sur l'autre bord de l'escalier et ne tourna la tête vers le groupe qu'après avoir atteint le coin d'une des ruelles.

Aucun des hommes n'avait bougé. Ils paraissaient ne rien voir de ce qui les entourait et les passants les contournaient sans leur accorder un regard, comme s'ils constituaient un bloc compact de cuir, de métal et de chair, statue de groupe menaçante et maléfique qu'il valait mieux ignorer.

Jérôme ne reconnut pas, parmi eux, celui qu'il avait frappé. Mais la présence du type à la boucle dorée lui sembla prouver qu'il ne s'était rien produit de tragique, cette nuit-là. Cet homme aurait-il été affalé là, nonchalant, si son camarade avait été tué ? Jérôme l'avait-il même frappé ?

Il s'était enfui si vite. Peut-être avait-il seulement levé le bras, effleuré la nuque. Il ne s'était pas retourné dans sa course. L'homme n'avait même pas dû tomber.

Rien n'avait eu lieu.

Rien.

Il s'assit à la terrasse du café entre Myriam et François. Le soleil flambait sur la grande façade ocre fermant le cours Saleya où la foule se pressait autour des étals des vendeurs de fruits et légumes.

« Elle est en Corse ? » s'enquit Myriam en se penchant vers Jérôme.

Elle avait ôté sa veste bleue et son chemisier jaune était ouvert jusqu'à la naissance des seins.

Jérôme regarda ses lèvres charnues, rouge sombre.

« Tu vas la rejoindre ? » chuchota-t-elle.

Il étendit ses jambes, ferma les yeux.

Il se souvint de la voix de Michèle Lugrand quand elle avait répété, couchée nue près de lui : « Eh bien, eh bien. » Il éprouva une brûlante sensation de confiance en soi. Qu'il était con, avec ses histoires de rats, sa peur panique ! Rien, il n'y avait rien eu. Il avait seulement baisé Michèle Lugrand, et elle avait joui.

« Qu'est-ce que tu fais ? » dit Myriam en s'approchant encore.

Ses cheveux frisés vinrent frôler la joue de Jérôme.

Il ne bougea pas.

« Je passe chez moi », fit-elle encore.

Elle se leva lentement, expliquant qu'elle prenait son service à l'hôtel à partir de treize heures.

Sa cuisse s'appuya au genou de Jérôme.

Il se redressa en s'aidant des accoudoirs du fauteuil. Il ouvrit les yeux. En face de lui, au-delà des tables, puis de la chaussée, s'ouvrait le passage voûté conduisant à la Promenade. Il aperçut la mer d'un bleu pâle. Une houle longue, sans une crête d'écume, venait mourir sur la grève.

Sur ces ondulations qui se fondaient avec le ciel, il vit se découper les silhouettes des quatre hommes qu'il avait remarqués sur l'escalier, à la lisière de la vieille ville. Le chien tirait si fort sur sa chaîne que celui qui la tenait avait le corps incliné, les jambes raidies, les talons calés sur le sol.

La morsure du rat, plus profonde dans son bas-ventre.

Myriam lui demanda s'il désirait l'accompagner.

Il ne put répondre que d'un hochement de tête en s'enfonçant davantage dans le fauteuil d'osier. Les silhouettes avaient disparu. Plus sombre, la mer semblait avoir changé de couleur. Un nuage en forme de poing fermé passait devant le soleil.

« Tu vas la rejoindre ? » redemanda Myriam en s'écartant.

Jérôme fit oui.

DEUXIÈME PARTIE

L'île de Beauté

26

Couchée sur le ventre, ses cheveux noirs répandus sur le revers du drap blanc, Nathalie dormait encore, bras écartés, les mains posées à plat sur l'oreiller, au-dessus de sa tête.

Jérôme resta plusieurs minutes, debout au pied du lit, à la regarder. Le corps de Nathalie, l'édredon bleu, la cloison jaune faisant face à la fenêtre étaient striés par les rais de lumière que les volets fermés dessinaient dans la chambre. La pénombre se trouvait ainsi fragmentée. Des parties du corps apparaissaient dans une lueur vive, d'autres se laissaient à peine deviner. Mais Jérôme connaissait ce corps. Il lui suffisait de ces épaules nues, dodues, blanches dans cette étroite bande de clarté matinale, pour imaginer les seins, la rondeur moelleuse du ventre, la force des cuisses.

Il eut envie de se glisser à nouveau près d'elle, sous les draps, de se laisser presser contre ses seins. Il aurait à nouveau la sensation que tout son corps se réduisait à son visage et qu'il était entièrement englouti par Nathalie. Il s'appuya au rebord du lit pour se retenir.

Elle soupira, sans bouger, comme si elle avait partagé le désir de Jérôme.

Il recula sans la quitter des yeux, ramassa ses vêtements roulés en boule sur une chaise paillée, puis quitta la chambre. Il attendit, collé contre la porte, se demandant si elle allait l'appeler. Il l'espérait et le redoutait tout à la fois. Puis il descendit rapidement l'escalier de la maison et s'habilla dans l'entrée, s'immobilisant parfois pour écouter.

Dehors, c'était déjà le jour. Le soleil battait contre la façade, mais il faisait encore froid. En contrebas, le village de Soccia demeurait plongé dans la nuit, de même que la route et la vallée. La maison de José Rovere, située à l'écart, sur une hauteur, se dressait comme un phare tourné vers l'est, renvoyant la lumière vers les tours les plus proches.

Jérôme respira fortement, les yeux mi-clos. Pour la première fois depuis son arrivée en Corse, il était seul et il en éprouva un certain soulagement, comme s'il pouvait enfin laisser son corps aller, se voûter, sa tête retomber sur sa poitrine.

Il s'éloigna de la maison à pas lents, les bras ballants, gravissant le sentier qui conduisait à un point de vue où Nathalie avait voulu qu'ils se rendissent avant même de pénétrer dans la maison.

« Tu dois voir », lui avait-elle dit.

Elle l'avait tiré par la main, enthousiaste, disant qu'on ne vivait plus de la même façon quand on pouvait ainsi découvrir la mer lovée dans les anses du golfe de Sagone, alanguie dans le crépuscule, prise dans le « V » du col de Vico.

Ils arrivaient d'Ajaccio où Nathalie avait souhaité qu'ils passent leur première nuit à l'hôtel du Campo dell' Oro, sur la route de l'aéroport. Jérôme avait tenté de résister, de poser des questions, mais elle l'avait devancé. La voiture lui avait été léguée, avec la maison, par son oncle José Rovere. Et elle avait de l'argent.

« On ne va pas mourir avec, non ? » avait-elle répliqué.

Jérôme était là avec elle, avait-elle ajouté. Ils étaient seuls. Josiane et Maurice Rovere étaient rentrés à Nice le matin même.

« Je n'espérais plus te voir ici », avait-elle tout à coup murmuré en se garant sur le parking de l'hôtel.

Elle s'était penchée et il avait reculé d'instinct, comme s'il avait eu peur d'elle et refusait de la toucher.

Ce premier mouvement, alors qu'ils venaient à peine de se retrouver, il avait fallu toute une nuit pour l'effacer. Mais Jérôme ne l'avait pas oublié et Nathalie, il en était sûr, s'en souvenait aussi ; elle allait le questionner jusqu'à ce qu'il s'explique, lui dise tout.

L'interrogatoire avait commencé dans la chambre d'hôtel. Elle lui avait entouré la taille et ils étaient tombés sur le lit. Elle avait attendu qu'il la prît par les poignets, qu'il écartât ses bras, qu'il l'embrassât dans le cou, puis qu'il l'aimât avec violence. Mais il était demeuré immobile, raidi, insensible, comme si la conscience qu'il avait du désir de Nathalie, de ce qu'elle voulait de lui, le paralysait. C'était la première fois, entre eux deux.

Elle s'était assise sur lui, appuyant ses paumes sur ses épaules.

« Qu'est-ce que tu as ? » avait-elle demandé.

Ses cheveux tombaient de part et d'autre de son visage. Il avait pensé aux boucles de Michèle Lugrand et avait été incapable de chasser les souvenirs de cette nuit, la « nuit de sa vie ». Il allait fermer les yeux ; il allait enfin pouvoir parler, se confesser. Il savait que Nathalie lui pardonnerait, qu'à la fin elle le prendrait contre lui ; peut-être même pleurerait-il. Il aurait l'impression qu'à chaque sanglot une partie de cette nuit serait entraînée, disparaîtrait comme les eaux boueuses d'une rivière en crue.

« Donc, tu n'as pas envie de faire l'amour », avait dit Nathalie en se redressant.

Elle avait tiré les rideaux, était restée un long moment devant la fenêtre donnant sur le golfe.

Couché sur le dos en travers du lit, Jérôme n'avait pas bougé. Le sac contenant les livres se trouvait au milieu de la chambre. Nathalie l'avait pris, ouvert, et, assise dans l'un des fauteuils, elle avait commencé à feuilleter l'un des ouvrages, puis, sans lever la tête, elle avait demandé :

« Tu as vu Michèle Lugrand ? C'est elle qui t'a prêté ces livres ? Tu l'as rencontrée où ? A la fac ? »

Il s'agissait de livres personnels de Michèle Lugrand, dont elle avait signé la page de garde.

Nathalie n'avait pas attendu que Jérôme répondît. Elle avait continué à poser des questions qu'il avait paru ne pas entendre. Elle ne s'en était pas irritée. Mais elle l'avait interrogé d'une voix calme, obstinée :

« Pourquoi tu ne me réponds pas ? »

S'il avait couché avec Michèle Lugrand... avait-elle repris, mais elle s'était interrompue... Il n'aurait pas été le premier, avait-elle complété. Mais, si ça l'empêchait de faire l'amour, alors...

Nathalie avait replacé les livres un à un dans le sac qu'elle avait reposé au pied de l'armoire.

Jérôme avait enfin ouvert les yeux, la suivant tandis qu'elle allait d'un bout à l'autre de la chambre, la tête un peu penchée, les bras croisés. Puis elle s'était accroupie devant le mini-bar.

« Il faut boire », avait-elle dit en sortant deux petites bouteilles de champagne.

Elle s'était installée sur le rebord du lit.

S'il avait baisé Michèle Lugrand, ils devaient fêter ça ! avait-elle murmuré.

Elle avait rempli deux verres, bu d'un trait le sien, puis, tout à coup, elle avait jeté le contenu de l'autre au visage de Jérôme avant de lancer le verre sur la moquette où il avait roulé sans se briser.

Elle avait pris Jérôme par le col de la chemise, s'était penchée sur lui. Allait-il répondre ?

« Salaud ! » avait-elle répété plusieurs fois.

Durant ces jours de séparation, elle l'avait imaginé désespéré, errant en ville, ou bien enfermé chez lui avec ses bouquins. Mais non, rien de cela : ce salaud avait sauté Michèle Lugrand !

« C'est ça, n'est-ce pas ? Ça lui a plu ? »

Il avait nié d'un vif mouvement de tête, et, à sa grande surprise, il l'avait aussitôt sentie hésitante, doutant de son intuition, répétant d'une voix angoissée : « Mais qu'est-ce que tu as, qu'est-ce que tu as ? »

Il n'avait pas répondu, étonné de sa crédulité, sachant pourtant qu'elle ne se contenterait pas d'une dénégation muette, qu'elle recommencerait plus tard à le questionner, qu'il ne lui échapperait pas, et qu'il portait désormais en lui le mensonge.

« C'est Myriam, alors ? avait-elle repris en lâchant Jérôme. Raconte-moi. Celle-là, elle n'attendait que ça depuis des mois, des années, même ! Elle t'a eu ? C'était comment ? »

Là, il avait pu nier avec franchise, appuyé sur ses coudes, jurant qu'il n'avait pas cédé aux avances de Myriam. Nathalie devait comprendre qu'il se passait quelque chose en lui dont il ne saisissait pas les causes. Mais, il l'admettait, il n'était pas dans son état normal. Comme s'il ne se trouvait pas dans son corps, mais à côté ; des images, des pensées se glissaient dans cet intervalle, le paralysaient.

Il s'était rendu compte qu'il avait trop parlé, que seul le silence protège le mensonge.

Il avait détourné les yeux pour ne pas affronter le regard de Nathalie, à nouveau soupçonneux.

Quelles images, quelles pensées ? avait-elle demandé. En dehors de son corps ? C'était bien la première fois, depuis qu'ils s'aimaient, qu'il se comportait de la sorte.

« Qu'est-ce que tu as ? »

Cette question, toujours la même, il ne pouvait plus l'entendre.

Il avait hurlé : « Rien ! », comme il le faisait lorsque son père ou sa mère le harcelaient.

Il s'était levé, avait voulu quitter la chambre, mais elle s'était accrochée à lui.

Après tout, avait-elle dit, elle se moquait bien de ce qu'il pensait, de ce qu'il avait fait. Il était venu. Ils étaient ensemble. Voilà ce qui comptait !

Il s'était laissé reconduire vers le lit, puis caresser. Elle n'était plus celle qui désirait, mais celle qui consolait et berçait, murmurant : « Repose-toi, mon amour, on a la vie, toute la vie devant nous. Je suis folle. On peut rester à Soccia des mois, si on veut. Cela fait moins d'une heure que tu es arrivé. C'est l'avion, l'atterrissage. Ça n'a aucune importance. On va dîner à Ajaccio, repose-toi. »

Elle disait qu'elle était heureuse, et chaque mot qu'elle prononçait, rassurant, tendre, accablait Jérôme.

Il aurait dû lui raconter. Il fallait qu'il le fasse.

Elle l'avait pris contre elle. Il avait placé son visage entre ses seins. Il était un enfant. Il avait besoin de cette chaleur. Il avait besoin de se confier.

Il s'était mis à parler de son père, répétant : « Pauvre homme, pauvre homme », et il avait imaginé Lucien Gavi rangeant ses outils dans sa caisse, s'appuyant quelques instants au mur du balcon, regardant l'avenue, cherchant entre les ombres des platanes l'ombre de son fils.

Jérôme avait murmuré que son père, toute sa vie, Nathalie le savait, avait désiré prendre le bateau pour se rendre en Corse, mais qu'il n'avait jamais pu réaliser ce rêve.

« Il viendra dans notre maison », avait chuchoté Nathalie.

Jérôme avait eu sur les lèvres l'aveu, le récit de cette scène : l'homme à la boucle dorée passée dans le lobe de l'oreille gauche, qui le frappait face à la mer, qui lui volait l'argent de Nathalie. C'était grâce aux billets de son père qu'il avait pu payer son voyage.

Mais il s'était contenté de dire : « Pauvre homme, pauvre homme », pour ne pas commencer à parler et se laisser entraîner par les mots comme par un

156

engrenage le contraignant à tout dire de cette « nuit de sa vie ». Pourquoi se trouvait-il si tard, seul, au bord de la mer ? aurait-elle demandé. D'où venait-il ? Qu'avait-il fait avant ? Après, où avait-il dormi ?

Il aurait fallu décrire les vagues, la pluie, parler du galet et de son poids, de la nuque de l'homme aux cheveux ras, de son bras qui se levait, de la tête de l'homme qui s'inclinait, de sa course, de Mouloud et des rats.

« Pauvre homme, pauvre homme ! »

C'était plus simple de répéter ces deux mots, de les sangloter, de les hoqueter, et de sentir contre ses joues, contre ses lèvres, les seins de Nathalie, et, peu à peu, de réintégrer ainsi son corps, de faire disparaître l'intervalle entre soi et soi, de n'être plus à nouveau que ce désir, cette rage des lèvres, de la langue, des doigts, ce mouvement des hanches qui emportait tout le corps et faisait naître un cri.

Nathalie était restée collée à lui.

« Tu vois, tu vois », avait-elle murmuré tout en riant.

Il avait caché son visage dans ses cheveux, à nouveau l'envie d'avouer, si forte que, pour s'interdire de tout dire, il s'était mis à raconter que son père avait glissé de l'argent dans la poche de son blouson.

Il n'avait pas soufflé mot de l'argent de Nathalie.

Il l'avait sentie hésiter, prête à l'interroger, mais elle s'était contentée de bondir joyeusement, de l'entraîner.

Ils avaient dîner quai L'Herminier, en face de la gare maritime. Elle avait parlé tout au long du repas, décrivant la maison de Soccia, la pièce qu'elle y avait aménagée pour que Jérôme pût y travailler. Elle avait ébauché leur avenir.

« On peut vivre », disait-elle.

Elle était propriétaire de la maison. Elle mettrait en vente les terrains de pacage. Elle avait droit à une part sur la maison de Marcel Tozzi à Caussols.

« On peut vivre. »

Jérôme étudierait, écrirait : mémoire de maîtrise, thèse, etc. Il serait professeur à Nice, à Aix ou à Corte, pourquoi pas ?

Il ne l'avait ni approuvée ni contestée. Il était resté le menton dans les paumes, les coudes sur la table, le regard un peu fixe, comme s'il regardait ces lointains.

A plusieurs reprises, Nathalie s'était interrompue. Il avait alors vu son visage se contracter tout à coup ; elle cillait. Elle gardait un instant la bouche entrouverte et il devinait qu'elle avait un flot de questions à lui poser, mais qu'elle s'interdisait encore de le faire par sagesse et prudence, parce que le temps ne lui paraissait pas encore venu ; mais il avait su dès ce soir-là qu'elle n'avait rien oublié et qu'elle reprendrait l'interrogatoire.

Il avait essayé de paraître impassible, de jouer le rôle de celui qui, après un moment de fatigue, est redevenu égal à lui-même.

Ils avaient à nouveau fait l'amour dans la nuit, puis le lendemain matin, et ils étaient partis pour Soccia.

Nathalie avait conduit lentement, arborant une expression grave, le front plissé, une moue dessinant des rides autour de sa bouche ; cette attitude et son silence avaient contrasté avec l'exubérance bavarde et l'optimisme de la veille.

Il avait eu peur des mots qu'elle pourrait tout à coup prononcer et c'est lui qui, tout en lui entourant les épaules de son bras gauche posé sur le dossier du siège, avait parlé, s'exclamant quand ils découvraient après un tournant le golfe de Sagone dont les criques et les récifs semblaient ourlés d'un fil d'or.

Il avait demandé à Nathalie de s'arrêter pour s'avancer sur le sentier qui serpente entre les blocs rouges au bord de la mer. Elle avait obéi, mais elle n'était descendue de voiture que longtemps après lui, et tout en la prenant par la taille, il avait prononcé ces mots : « Qu'est-ce que tu as ? », qu'elle-même avait tant de fois répétés dans la chambre de l'hôtel Campo dell'Oro. Elle l'avait longuement regardé et il avait de nouveau craint qu'elle ne lui retournât la question. Mais elle s'était blottie contre lui et elle avait murmuré : « Sauvons-nous, Jérôme, sauvons-nous ! »

Il avait été saisi de panique. Il l'avait serrée contre lui pour dissimuler son angoisse. Que savait-elle pour évoquer ainsi leur fuite ? Tout en se dirigeant vers l'un des phares, il avait, à chaque pas, échafaudé une hypothèse. Peut-être avait-il parlé durant son sommeil ? Ou bien Mouloud avait-il rapporté les propos qu'il avait tenus en débarquant chez lui, et on le recherchait partout ? « J'ai tué un homme », avait-il dit. Ces mots qu'il avait prononcés lui brûlaient à nouveau les lèvres. Ils étaient dans sa gorge, ils le mordaient comme l'aurait fait une bande de rats répandus sur tout son corps, arrachant des lambeaux de sa peau, de son sexe. Il avait mal. Il n'aurait pu se soulager qu'en avouant comment il avait levé le bras au-dessus de la nuque de l'homme aux cheveux ras, mais aussi comment Michèle Lugrand s'était approchée de lui, aux Archives. Tout dire. Tout.

Jérôme avait balbutié, mais Nathalie s'était écartée de lui, s'ébrouant, disant qu'elle se sentait mieux, qu'il avait eu raison de vouloir faire halte, qu'ils allaient repartir et s'arrêteraient au col de Vico.

Jérôme l'avait observée. Elle s'était efforcée de mimer l'insouciance, chantonnant tout en conduisant. Mais elle n'avait pu s'empêcher de l'interroger d'une voix si faussement indifférente qu'elle en devenait pathétique : Ces livres, avait-elle demandé, il devait tous les lire ? Pour préparer son mémoire sur les séjours de Jean Moulin à Nice de 1941 à 1943 ? Avait-il déjà commencé à écrire ? Michèle Lugrand avait-elle accepté ce sujet ?

Elle avait continué de le questionner ainsi par petites touches, tandis que la route s'élevait et que l'horizon s'élargissait à toute une succession de caps, d'îlots, de golfes, comme si elle n'avait montré que la curiosité précise d'une camarade d'études.

Jérôme avait répondu, jouant le jeu, disert, évoquant le livre de Michèle Lugrand, *1943, le Tournant de la Résistance française*, dont il avait vu un exemplaire dédicacé chez Henri Missen — le lui avait-il déjà dit ?

Nathalie avait lancé un regard à Jérôme, puis s'était écriée avec un enthousiasme exagéré : « Voici Vico ! » Elle s'était garée devant une auberge dont elle avait répété le nom : *U Paradiso*, tout en se penchant sur Jérôme.

Ils avaient marché jusqu'au col de Vico, enlacés, trébuchant souvent, car le sentier était étroit et caillouteux, bordé de buissons d'épineux. Ils étaient demeurés silencieux, mais, parfois, l'un ou l'autre, griffé par une branche, s'exclamait, et ils se serraient alors davantage comme pour se protéger en ne faisant plus qu'un.

Lorsqu'ils étaient parvenus en haut du col, le vent les avait surpris et ils s'étaient immobilisés. D'un côté de la crête, la mer s'ouvrait, écrin scintillant sur lequel reposaient des pierres noires, îlots sertis d'un collier d'écume, et, de l'autre, la route qui sinuait entre des sommets couverts d'une végétation confuse. Soccia apparaissait au loin comme un refuge inaccessible, séparé de la mer par une série de lignes de défense, de massifs et de fossés.

Nathalie s'était détachée de Jérôme pour s'avancer jusqu'à un à-pic et il l'avait suivie, quelques pas en arrière, la voyant ainsi comme un élément de l'horizon. Il avait regardé de part et d'autre de la crête, et, pour la première fois de la « nuit de sa vie », il s'était senti rassuré. Qui viendrait le chercher ici, si loin ? Qui s'enfoncerait dans ces vallées, pénétrerait dans ces défilés ?

Nathalie s'était retournée et ils avaient marché l'un vers l'autre, s'enlaçant avec fougue, puis ne bougeant plus, dressés sur ce sol entre la montagne et la mer.

Ils étaient redescendus, entraînés par la pente, dévalant vers le village de Vico tout en riant ; en retrouvant la voiture, ils avaient décidé de déjeuner là, dans cette auberge *U Paradiso* où le patron avait accepté de les servir dans le jardin, au soleil.

« Je suis de Soccia », avait dit Nathalie.

Qui était-elle ? La fille de Maurice Rovere ? La nièce de José, alors ? On l'avait vue, pas plus grande que ça. Elle revenait au village, alors ?

Le patron avait dévisagé Jérôme, demandé : « Vous allez vivre là-haut ? »

Nathalie avait serré le poignet de son compagnon.

« C'est grandiose. Sauvage et grandiose ! » avait répété le patron.

A la fin du déjeuner, il avait déposé sur la table un panier couvert d'une serviette à carreaux rouges et blancs.

Ils arrivaient, avait-il dit, ils n'avaient rien pour dîner, il leur avait préparé ça : « Vous ne mourrez pas de faim. »

Lorsque Nathalie avait voulu le payer, sortant une liasse de billets froissés de la poche de son pantalon, le patron, levant la main, tournant la tête, avait refusé, et il y avait tant de pudeur et de dignité dans son geste, de détermination, aussi, que Jérôme en avait été ému.

« Revenez », avait dit l'aubergiste en les raccompagnant jusqu'à la voiture.

Ils avaient eu du mal à quitter ce lieu, cet homme

fier et tendre que Nathalie avait embrassé et qui avait
murmuré en leur mettant la main sur l'épaule :

« Protégez-vous, restez comme vous êtes. On
devient si vite vieux ! »

Mais il avait ajouté :

« Même vieux, croyez-moi, il vaut mieux être
vivant et amoureux. »

Longtemps, presque jusqu'à Soccia, ils avaient ri,
imitant l'accent du patron, puis, tout à coup, Jérôme
s'était interrompu et avait dit : « J'aime ce pays,
j'aime cet homme », et il avait entouré le cou de
Nathalie qui avait crié qu'elle allait perdre le contrôle
de la voiture, mais il avait continué de l'embrasser
dans le cou, sous les cheveux.

Puis il avait posé sa tête sur l'épaule de Nathalie,
sa main sur sa cuisse, et il s'était abandonné aux
mouvements de la voiture. Il se répétait qu'il était
loin, inaccessible, et pourtant, au fur et à mesure
qu'il s'efforçait de se persuader que rien de ce qu'il
avait vécu n'était advenu, il perdait de son assurance,
cette quiétude qui l'avait enveloppé durant quelques
heures, depuis le col de Vico.

Il avait tout à coup pensé : « Illusion : on me
retrouvera ! » et il s'était redressé.

Ils étaient arrivés à Soccia. Nathalie avait voulu lui
montrer aussitôt ce point de vue dont elle avait parlé,
pleine d'élan. Prenant Jérôme par la main, le tirant,
elle répétait : « Tu dois voir ! »

Il avait vu la mer dans une encoche de la montagne ; ç'avait été la preuve qu'il n'était séparé de
rien, que Soccia ne serait pas la forteresse de l'oubli
qu'il avait un moment cru trouver, mais un lieu semblable aux autres, battu par le passé, entouré par les
souvenirs.

« Tes livres... » avait commencé Nathalie. Puis elle
avait ajouté plus bas, d'une voix ironique : « ... ceux

de Michèle Lugrand, tu vas pouvoir les lire en paix, ici. Tu vas pouvoir suivre les conseils qu'elle t'a sûrement donnés ! »

Ce n'était qu'une espièglerie que Nathalie avait paru oublier sur-le-champ tout en faisant visiter à Jérôme la grande maison de José Rovere — « notre maison », avait-elle répété —, la pièce où il pourrait travailler, face à la montagne, celle dont le lit matrimonial occupait la plus grande partie.

Et c'est ainsi, alors que la pénombre couvrait encore le village de Soccia, que Jérôme montait lentement dans le soleil vers ce point de vue d'où l'on découvrait la mer.

27

Jérôme Gavi resta longtemps assis en boule, la tête entre les genoux, les bras serrés autour de ses jambes repliées. Quand il leva les yeux, le soleil embrassait tout l'horizon et dans le « V » du col de Vico, la mer étincelait.

Il eut froid.

Il devait bouger, mais il ne sut que se recroqueviller davantage.

Il commença à grelotter.

« Ils me retrouveront, pensa-t-il. Ils passeront par cette brèche. Ils vont venir ! »

Il imagina leurs questions. Peut-être le frapperaient-ils ?

Il nierait. D'ailleurs, qui l'avait vu ? Il leur résisterait. Mais il songea qu'il devait se comporter habilement, avouer ainsi qu'il avait passé la nuit avec Michèle Lugrand. Ça les étonnerait. On le respecterait. Lugrand ne pourrait que confirmer ses dires. Si elle les contestait, il décrirait l'appartement, il montrerait les livres qu'elle lui avait prêtés. Après, dirait-il, il était rentré chez lui à pied.

On interrogerait sa mère, son père.

Il s'affola, toucha sa lèvre supérieure encore enflée. Ce n'était rien qu'une écorchure. Elle aurait disparu avant qu'ils n'arrivent jusqu'ici.

Puis, tout à coup, il y eut cette morsure à la pointe de son sexe, cette douleur lui tordant les parties, s'enfonçant en lui comme un museau de rat.

Mouloud pouvait parler.

Jérôme inspira longuement. Il pensa à tous les récits d'interrogatoires qu'il avait lus. Il nierait. Personne ne pourrait témoigner qu'il avait passé une partie de la nuit chez Mouloud. Personne n'avait entendu la confidence qu'il lui avait faite. Personne.

Pourquoi croirait-on Mouloud ? Ce serait l'un contre l'autre. Mais ce serait lui qu'on écouterait, pas l'autre qui s'accrochait illégalement à son taudis. Pas Mouloud.

Il eut la nausée.

C'était si simple, si léger de mentir, de tuer : des mots, des gestes parmi d'autres, qui s'effaçaient au point que lui-même ne savait plus au juste s'il avait vu le corps tomber, s'il avait entendu un cri. La seule preuve de l'acte accompli était cette peur obstinée, cette douleur dans son bas-ventre, cette angoisse qui lui donnait envie de crier comme pour rejeter hors de lui sa panique.

Il ne voulait pas coucher au milieu des rats, faire ses besoins devant les autres dans une cellule surpeuplée. Combien seraient-ils dans six mètres carrés ? Quatre, cinq ? Il songea aux cachots, à la torture, aux baraques des camps. Il se souvint de tout ce qu'il avait appris sur les prisons. Il échapperait aux rats.

Ce n'était pas ce qu'il avait fait qui comptait. Est-ce que ça existait encore ? C'était un acte clos sur lui-même, comme une nuit qui s'est terminée. Ce qui existait, c'était la peur et ce qu'on allait lui faire à lui, alors que le passé s'était dissous, n'avait plus de réalité.

Une nouvelle fois, il eut envie de hurler.

Il claqua des dents, eut l'impression qu'il ne pourrait plus jamais déplier ses membres ankylosés.

La voix de Nathalie, tout à coup : « Jérôme ! Jérôme ! »

Il se leva, fit quelques pas.

Elle se tenait devant la maison, les mains en porte-voix.

Quand elle le vit, elle fit de grands gestes des deux bras pour l'exhorter à la rejoindre vite ; mais il ne bougea pas.

Elle cria : « Jérôme, ton père ! »

Il descendit d'abord lentement, puis, sans même en prendre conscience, il se mit à courir.

« Téléphone », indiqua Nathalie.

Elle montra l'appareil posé sur une console au plateau de marbre noir et aux pieds en forme de pattes de griffon. Une statuette de bois sculpté représentait saint Georges terrassant le monstre, lequel se débattait cependant que le chevalier lui enfonçait sa lance dans le flanc.

Un trait de douleur perça la poitrine de Jérôme comme s'il avait couru trop vite.

« Réponds, enfin ! » s'écria Nathalie.

Il prit l'appareil. Il reconnut la respiration de son père, mais ne put prononcer un mot ; il toussota. Son père parla.

Il avait eu la visite de Mouloud qui voulait absolument joindre Jérôme, mais, s'excusait Lucien Gavi, il ne lui avait pas donné le numéro de téléphone de la maison de Nathalie. « Je ne sais même pas pourquoi, répéta-t-il. Il est sympathique, Mouloud, mais... »

Jérôme imagina son père haussant les épaules, faisant la moue.

« Je n'ai pas bien compris ce qu'il te voulait, poursuivit-il. On ne l'a pas vu depuis des années, et voilà que... »

Mouloud avait laissé un numéro afin que Jérôme puisse le rappeler. C'était urgent. Il avait même ajouté : « De toute façon, je trouverai où il est. »

« Il a dit ça et ça ne m'a pas plu, ajouta Lucien Gavi. Tu as quelque chose à... ? »

Son père ne termina pas sa phrase, mais Jérôme devina les mots qu'il aurait dû prononcer, ceux que lui-même avait tant de fois entendus dans son enfance : « Tu n'as rien à te reprocher ? »

« Enfin, avait conclu Lucien Gavi, tu fais comme tu veux. »

Puis il avait soupiré :

« Et la Corse ? » avait-il demandé d'une voix hésitante.

Jérôme avait tendu l'appareil à Nathalie qui l'avait regardé avec étonnement. Elle avait pourtant parlé gaiement du temps splendide, froid mais sec, de la maison qui attendait Lucien quand il voudrait : « Venez, venez donc avec votre femme », insistat-elle. Elle mettrait la voiture à leur disposition.

Jérôme ressortit. Il continua d'entendre la voix de Nathalie, mais, sous la vivacité et l'insouciance de la conversation, il lui sembla deviner de l'inquiétude.

« Je pense qu'il va travailler, disait-elle maintenant d'un ton plus grave. Il a tous ses livres. »

Long silence. Que disait le père ?

« Je le lui rappellerai, dit Nathalie, je prends un crayon. »

Elle devait noter le numéro de téléphone où joindre Mouloud.

Nouveau silence. Nathalie parut sur le seuil, n'imaginant sans doute pas que Jérôme était là, devant la porte, à la guetter. Elle avait la tête baissée, ses cheveux masquaient son visage comme pour dissimuler ce qu'elle éprouvait.

Elle vit Jérôme.

« Qu'est-ce qu'il te veut, Mouloud ? » demanda-t-elle. Il ne répondit pas. Il rentra dans la maison. Il devait travailler, cria-t-il en gravissant l'escalier. Qu'on lui fiche la paix !

28

Jérôme Gavi voulut s'enfermer.

Il tira la porte de la pièce où il devait travailler, essaya vainement de faire jouer le loquet, mais dut y renoncer. La poignée était faussée ; la porte demeura entrebâillée.

Il entendit Nathalie qui allait et venait au rez-de-chaussée. Elle s'arrêta. Il lui sembla qu'elle chuchotait. Peut-être appelait-elle Mouloud, ou bien cet Henri Missen. Les deux hommes paraissaient si bien la connaître ! L'un comme l'autre, d'ailleurs, devaient posséder le numéro de téléphone de la maison de Soccia. Mouloud allait donc téléphoner. Il comprendrait que, puisque Jérôme était absent de Nice, il ne pouvait qu'avoir rejoint Nathalie.

Il s'avança sur le palier. La cage d'escalier était claire, les murs crépis à la chaux blanche ; les tomettes hexagonales n'en paraissaient que plus rouges. Il se pencha et fut surpris de voir Nathalie qui, la tête levée, l'observait.

« Qu'est-ce que tu fais ? » demanda-t-elle.

Il balbutia, se retira dans la pièce, tentant à nouveau de fermer la porte. A la fin, il la claqua et le battant revint, la porte restant largement ouverte. Nathalie lui cria qu'elle préparait du café : en désirait-il une tasse ? Puis elle irait au village : voulait-il descendre avec elle ou bien rester à travailler ?

Il hurla qu'il avait deux cents pages à écrire.

Il fut surpris et déçu qu'elle ne le questionnât pas davantage. Il fit le tour de la pièce aux murs blanchis comme ceux de la cage d'escalier. Un coffre en bois noir était placé contre l'une des cloisons. Il l'ouvrit, aperçut la veste et le pantalon d'une tenue de camouflage, ainsi que des bottes. Il laissa retomber le couvercle.

Il avait besoin de ce bruit, de la violence des sons et des gestes. Il poussa brutalement la table contre la fenêtre.

La croisée était étroite mais haute. Elle donnait sur un panorama de cimes tourmentées aux pentes couvertes de broussailles avec, ici et là, quelques bouquets d'arbres. Au premier plan, Jérôme aperçut la route qui descendait vers Soccia, à quelques centaines de mètres en contrebas de la maison. Le village ressemblait plutôt à un gros bourg avec ses maisons à plusieurs étages dont la plupart, avec leurs volets clos, paraissaient inhabitées.

Il lança ses livres sur la table comme on le fait de cartes à jouer.

Comment pourrait-il travailler ici ? Est-ce que Nathalie savait seulement ce que cela signifiait, lire ? Elle traînait à la faculté parce qu'il lui fallait bien être quelque part. Mais elle ne manifestait aucune passion pour ce qu'on y enseignait, pas même du dégoût, plutôt une sorte d'indifférence méprisante, comme si elle avait voulu faire comprendre à Jérôme, à Michèle Lugrand, qu'elle vivait autre chose que ce qu'elle appelait leurs enfantillages, ces petites histoires dont tout le monde se foutait. Elle préférait les faits divers, les polars. Au moins, ce qu'on y racontait se passait maintenant, dans le monde où elle vivait, pas il y avait cinquante ans.

Jérôme jeta le dernier livre.

Mais lui, c'était ça qu'il voulait : changer de mémoire, bourrer sa tête d'autres mots, d'autres images, d'autres noms que ceux qui le hantaient.

Assez de soi. Assez de cette nuit qui l'obsédait !

« Assez ! cria-t-il. Assez ! »

Nathalie avait ouvert la radio et la musique avait envahi la cage d'escalier, la pièce. Dès qu'il eut crié, elle la coupa brusquement et Jérôme l'entendit fermer la porte de la maison avec brutalité, comme une réponse irritée.

Il la vit suivre la route en direction du village. Ses cheveux noirs, dénoués, couvraient ses épaules. Elle portait une veste fourrée qu'il ne lui avait jamais vue et qui appartenait sans doute à José Rovere. Elle avait enfoncé l'extrémité de ses pantalons de toile noire dans des chaussures montantes.

Elle se retourna. Elle vit Jérôme, s'immobilisa quelques secondes, puis, sans un geste, reprit sa marche à longues enjambées viriles.

« La reine Nathalie », avait dit Mouloud.

Jérôme se laissa tomber sur la chaise, rangea ses livres, ses feuilles de papier. Il voulut commencer à lire le premier ouvrage de la pile, mais, dès les premières pages, devant le style prudent et contrôlé du texte, il éprouva un sentiment d'inutilité.

Il se dressa pour tenter d'apercevoir encore Nathalie.

Elle avait presque atteint le village et semblait même avancer plus vite. Il eut envie de se précipiter, de la rejoindre, non seulement pour la toucher, la prendre par la taille, mais pour qu'elle l'entraînât là où elle était : dans ce monde qui l'ignorait parce qu'il avait toujours refusé de l'interroger, elle.

Dix fois, cent fois, il avait vu Nathalie sortir des liasses de billets des pantalons qui lui moulaient les cuisses. Elle lui en avait même fourré dans les poches de son blouson. Elle avait payé l'hôtel Campo dell'Oro, laissant sur le comptoir les billets froissés de cinq cents francs.

Elle avait toujours répété que, de l'argent, « elle en

avait ». Lorsqu'elle parlait ainsi, tapotant du plat de la main sa cuisse droite, Jérôme pensait à Mouloud qui plaçait souvent sa paume ouverte sous son sexe, et, le corps un peu cambré, disait en se déhanchant : « J'en ai, là ! »

L'argent, en somme, c'était les couilles de Nathalie. C'était pour ça qu'ils l'appelaient « la Reine ».

Lorsqu'il avait voulu savoir d'où elle le sortait, cet argent, si elle le gagnait avec son cul, comme une pute, elle n'avait jamais vraiment répondu. Provocante, elle plaçait Jérôme devant l'obligation d'aller plus loin dans l'interrogatoire, ou bien d'accepter ses dérobades, et de se contenter de profiter des billets qu'elle dilapidait pour eux deux.

« On ne va pas mourir avec, non ? » avait-elle encore dit lorsqu'elle avait annoncé à Jérôme qu'ils passeraient leur première nuit en Corse à l'hôtel Campo dell'Oro.

Une reine, Nathalie !

Jérôme se sentit médiocre, mesquin. Il habitait chez elle. Elle payait. Elle l'aimait. Et il était là à essayer de savoir, comme un espion, un traître.

Il pensa à ce que lui-même lui cachait, à cette « nuit de sa vie » dont il ne lui avait rien dit, et il imagina tout ce qu'elle pouvait dissimuler de son côté. Il s'était comporté avec elle comme elle agissait avec lui : questions qu'on étouffe pour ne pas savoir, réponses qui sonnent faux mais dont on se contente.

Mais est-ce que c'était ça, vivre ?

Jérôme asséna un coup de pied dans le coffre, quitta la pièce, descendit l'escalier.

Elle avait laissé sur la console, près de la statuette de saint Georges, son carnet-répertoire ouvert à la lettre M. Il remarqua aussitôt deux noms proches l'un de l'autre : Missen, Mouloud, suivis de numéros de téléphone.

Il ne s'était donc pas trompé. Elle avait sans doute téléphoné à l'un et à l'autre. Mouloud lui avait-il raconté qu'il avait accueilli Jérôme chez lui en pleine

nuit, la bouche ensanglantée, cet aveu sur les lèvres :
« J'ai tué un homme » ? Qu'allait-elle dire ?

Il s'appuya au plateau de marbre noir, hésita, puis
composa le numéro de Mouloud. La sonnerie reten-
tit longuement, mais personne ne décrocha. Il essaya
une seconde fois. Attendre en vain qu'on répondît
accentua son angoisse. Il ne savait trop ce qu'il voulait dire à Mouloud. Peut-être même n'aurait-il pas
parlé.

Il appela le second numéro ; Henri Missen répondit aussitôt d'une voix un peu essoufflée, mais rapidement irritée. Il attendit encore en silence quelques
secondes, puis raccrocha.

Jérôme resta accoudé à la console, feuilletant le
répertoire. Nathalie connaissait le numéro de téléphone de gens dont il ignorait tout.

Tout à coup, elle rentra et s'immobilisa sur le seuil.
Jérôme se retourna, le carnet à la main.

« Qu'est-ce que tu cherches ? demanda-t-elle.
Qu'est-ce que tu veux savoir ?

— Rien, rien, répéta-t-il.

— Si tu veux savoir, reprit-elle en s'emparant du
carnet et en faisant tourner les pages, pose des questions ! »

Elle s'éloigna, posa sur la table de la cuisine les
paquets qu'elle avait rapportés de Soccia.

« Je répondrai, moi, dit-elle. Mais... »

Elle revint vers Jérôme :

« C'est donnant donnant. Toi aussi, tu parleras ! »

Jérôme recula, puis cria qu'il ne pouvait pas travailler dans cette bicoque, cette île où il n'aurait
jamais dû venir se perdre.

Et il remonta l'escalier en courant.

29

Il sursauta. Il voulut se retourner, mais Nathalie, qu'il n'avait pas entendue pénétrer dans la pièce, l'emprisonna de ses bras et le contraignit à rester assis. Elle appuya ses seins contre la nuque de Jérôme. Ses cheveux, en tombant devant le visage du garçon, cachèrent le livre qu'il lisait.

« Je ne peux pas », murmurait-elle.

Elle lui parla à l'oreille tout en lui mordillant le lobe. Puis elle lui embrassa la joue, lui lécha le cou.

Elle ne pouvait pas, répéta-t-elle, être séparée de lui. Cela faisait près de quatre heures qu'il s'était installé dans cette pièce avec ces maudits livres.

Elle ferma de la main gauche celui qui était ouvert.

Elle était en bas comme une lionne en cage. Est-ce qu'il l'avait entendue tourner ? Pourquoi n'était-il pas descendu quand elle l'avait appelé pour déjeuner ? Il voulait quoi ? Qu'elle le supplie ? Elle le suppliait.

Toujours collée au dossier de la chaise, les seins écrasés contre la nuque de Jérôme, elle commença à lui caresser la poitrine.

Ne savait-il pas que ceux qui s'étaient aimés avec passion ne devenaient jamais indifférents l'un à l'autre, mais se haïssaient avec une force plus grande encore que celle qui les avait unis ? Etait-ce ce qu'il désirait ? Et pourquoi donc ? Qu'avait-elle fait ? Que lui reprochait-il ?

Elle essaya de faire pivoter la chaise, de l'écarter de la table.

D'abord Jérôme ne l'aida pas, restant tassé, tête baissée sur la poitrine, mais tout à coup vidé de ce qui l'obsédait, ayant le sentiment de ne plus avoir de décision à prendre ; il lui suffisait de se laisser faire, il n'avait plus à penser. Nathalie s'affairait, faisait entrer à petits coups de langue des mots dans la tête.

Elle l'aimait plus qu'il ne l'imaginait, expliquait-elle, et plus qu'il ne pourrait jamais le faire, car elle n'avait que lui dans sa vie, depuis qu'elle était née, alors que lui-même s'intéressait à autre chose.

Elle repoussa les livres au bord de la table ; certains tombèrent.

Il ne pouvait comprendre que, pour elle, rien d'autre n'existait que lui. Elle faisait les choses pour lui, pour eux deux. S'il venait à la quitter, elle ne craignait pas de le lui avouer, il ne resterait rien debout ; même si elle devait continuer à vivre, elle serait une épave.

« Une épave. »

Elle prit, à répéter ce mot, un plaisir que Jérôme perçut.

Elle avançait les lèvres pour en prononcer les trois syllabes, ouvrait grand une bouche qui paraissait s'emplir de salive.

Jérôme, en appuyant la main à la table, fit tourner sa chaise.

Nathalie poussa un petit cri et, tout en gardant les bras noués autour de Jérôme, fit mouvement en sens inverse et se retrouva ainsi face contre lui. Il écarta les jambes. Elle s'y glissa, tenant toujours Jérôme collé au dossier de sa chaise.

Il repensa tout à coup à ce qu'il avait lu quelques minutes auparavant, à cet homme, Henri Missen, que Klaus Barbie avait arrêté au début de juin 1943 au moment où il tentait de franchir la frontière et de passer en Suisse.

Barbie avait aussitôt fait transporter Missen à l'hôtel Terminus, au siège de la Gestapo de Lyon, à quelques centaines de mètres de la gare de Perrache. Des témoins avaient vu Missen attaché sur une chaise, dans le bureau de Barbie, la tête retombant sur sa poitrine. Il ne paraissait pas avoir été torturé, mais semblait effondré.

Deux heures plus tard, une femme de ménage qui

travaillait pour la Résistance avait aperçu Missen attablé avec Barbie, mangeant des sandwichs, une bouteille de vin rouge posée entre eux deux. Ils riaient.

Dans les jours qui suivirent, Klaus Barbie avait arrêté Jean Moulin, l'envoyé de De Gaulle, à Caluire, dans la banlieue de Lyon. Des dizaines d'autres résistants étaient tombés dans des souricières. Mais Henri Missen, un instant soupçonné après le témoignage de la femme de ménage, avait disparu. On avait démasqué deux autres suspects. L'un avait été fusillé à la Libération, l'autre jugé trois fois, acquitté, mais sans jamais avoir été lavé des soupçons qui pesaient sur lui.

Un journaliste, des années plus tard, avait découvert Henri Missen aux Etats-Unis. Il enseignait les mathématiques à Berkeley. Aux questions qui lui avaient été posées, Missen avait répondu en montrant les chiffres bleus tatoués sur son avant-bras. Il avait précisé : « Auschwitz. » Le journaliste s'était étonné de cette déportation dans ce camp-là, pour un résistant. Quelle date ? Quel convoi ? Les chiffres ne correspondaient à aucun de ceux répertoriés et qui permettaient d'établir le calendrier des entrées dans le camp d'extermination, cet *Anus mundi* dont Missen avait longuement parlé au journaliste. Mais qui n'était pas capable, avec tout ce qui avait été publié sur le sujet, de décrire un camp ?

Durant quelques semaines, une polémique s'était engagée en France, entre anciens des réseaux, autour de l'arrestation de Jean Moulin. Mais, au moment du procès Barbie, il avait paru préférable d'écarter le sujet. A quoi bon rappeler que des résistants français avaient trahi leur chef, l'avaient livré par lâcheté, à moins que d'autres raisons ne se fussent dissimulées derrière cette explication banale, finalement rassurante, et que Moulin n'eût été livré tout simplement que parce qu'il fallait se débarrasser de lui, le gaulliste, l'homme dont on disait qu'il était proche des communistes ? On avait alors préféré parler de la faiblesse et de la peur des hommes. Et oublier Henri Missen, rappeler seulement qu'on l'avait vu, ligoté sur une chaise, la tête tombant sur sa poitrine.

« Une épave, répéta Nathalie. Une épave, si tu me laisses. »

Elle était agenouillée entre les jambes de Jérôme. Elle le tenait par les hanches. Elle le tira vers elle, colla sa bouche sur son sexe.

Jérôme rejeta la tête en arrière et son corps se cambra.

Plus tard, alors que Nathalie était assise sur le coffre de bois noir, Jérôme ramassa les livres tombés à terre et rouvrit celui qu'il était en train d'étudier.

« Henri Missen ? commenta-t-il. Un malin ! Il a trahi son réseau, peut-être Jean Moulin, mais d'autres ont payé à sa place. Lui, rien ; seulement quelques soupçons. »

Jérôme fit un geste et reprit :

« Pfuitt ! Evacués... Les autres ont été fusillés ou ont été rongés par le doute, le remords. Lui, il fait encore de la gymnastique sur la terrasse de sa maison de Caussols. Et il te regarde, il te connaît. Un malin ! »

Nathalie se leva. Elle caressa les cheveux de Jérôme.

S'il voulait, s'il voulait vraiment, dit-elle, un jour, elle lui expliquerait. Mais qu'il ne se trompe pas : Missen n'était pas celui qu'il imaginait.

« Une épave », ajouta-t-elle.

Cette fois, elle avait prononcé le mot en remuant à peine les lèvres. Puis, discrètement, elle souleva le couvercle du coffre et l'appuya à la cloison.

Elle se pencha, sortit les vêtements qu'il contenait. Elle tint au bout de ses doigts la veste, le pantalon de la tenue de camouflage. Ils étaient tout froissés et sentaient la sueur, la poussière.

« Il faut laver tout ça », dit-elle.

Elle s'éloigna en emportant les vêtements. Sur le seuil, elle dit qu'elle attendait Jérôme ; elle avait préparé le dîner. Qu'avait-elle d'autre à faire ?

« Je m'ennuyais. Peut-être est-ce aussi pour cela que je suis montée te voir. »

Elle descendit l'escalier en chantonnant.

Jérôme se leva, alla jusqu'à l'escalier. Du rez-de-chaussée, Nathalie lui fit un signe.

« Travaille ! » lui lança-t-elle ironiquement.

Il s'en retourna lentement vers sa table.

Le coffre était resté ouvert. Il se pencha pour refermer le couvercle. Au fond du meuble, entre les bottes, dépassant d'un étui de cuir fauve, il vit une crosse de revolver rectangulaire à l'acier noir martelé.

30

Nathalie se leva et Jérôme la suivit des yeux. Elle alla jusqu'à la fenêtre, l'ouvrit, poussa les volets. Aussitôt, en même temps que l'éclat blanchâtre de la nuit, le froid se glissa dans la chambre. Mais elle demeura plantée devant la fenêtre, nue, ses bras tendus appuyés au rebord de la croisée, et Jérôme imagina qu'elle se tenait ainsi, jambes écartées, comme si elle avait dû faire face et résister au vent. Une fois de plus, il pensa que le corps de Nathalie donnait une impression de force. Il se sentit frêle, menacé, même :

« J'ai froid », murmura-t-il.

Nathalie ferma la fenêtre, puis la rouvrit, et il l'entendit, tenant les deux battants, inspirer longuement, les bras levés presque en croix. La chambre restait éclairée par la lune et il continua d'avoir froid.

Elle se retourna, le dos à la fenêtre. Il ne distinguait pas les traits de son visage.

« Qu'est-ce que tu as raconté à Mouloud ? » souffla-t-elle.

Jérôme fut aussitôt en sueur. Les rats se mirent à trottiner sur tout son corps. Il les entendit qui couinaient, pénétraient en lui, atteignaient son bas-ventre. Il se dressa sur les coudes.

« Mouloud ? réussit-il à articuler.

— Il a appelé », reprit Nathalie.

Jérôme se souvint.

C'était peu avant que Nathalie ne lui demandât de descendre dîner. Il travaillait, recopiant le témoignage de cette femme de ménage qui, à l'hôtel Terminus, dans les bureaux de la Gestapo de Lyon, avait vu Missen d'abord attaché sur une chaise, puis déjeunant avec Klaus Barbie. Elle avait déclaré : « C'était un autre homme, il riait avec Barbie. Il mangeait de bon appétit. Il a même trinqué avec lui. »

Elle avait précisé que les deux hommes avaient bu une bouteille de Corton, « pas n'importe quel vin ». Elle s'en était fait la remarque.

Jérôme avait noté avec avidité tous ces détails, puis il avait repris la biographie d'Henri Missen, un homme jeune, courageux, qui avait manifesté contre les Allemands dès le 11 novembre 1940 à Paris, place de l'Etoile. Il avait réussi à leur échapper, puis avait gagné l'Angleterre. On l'avait parachuté en France et il était devenu l'un des membres les plus actifs du réseau « Combat ». Et cet homme-là avait livré à Barbie ses camarades de Résistance, peut-être même Jean Moulin. Pour éviter la torture et la prison. La mort.

La vie, avait pensé Jérôme, était faite d'actes successifs qui se heurtaient sans qu'ils eussent de rapports entre eux. Le moment présent effaçait celui qui avait précédé. C'était uniquement cela, l'existence ;

une suite discontinue de séquences vécues qu'on ne liait ensemble qu'après coup, pour leur donner un sens, alors que celui qui les vivait se contentait de répondre aux circonstances présentes.

« Comment ne pas être torturé ? » avait dû penser Missen. Il avait trouvé sa réponse : en collaborant avec Klaus Barbie. Les hommes de la Gestapo l'avaient débarrassé de ses liens et il était passé de la situation de prisonnier à celle de convive, partageant avec son bourreau une bouteille de Corton. Il avait survécu et d'autres épisodes de sa vie avaient refoulé loin cet acte-là.

Tant pis pour les hommes livrés. Adieu, les morts !

Jérôme avait été à ce point passionné par les déductions que lui inspirait sa lecture qu'il avait à peine prêté attention à cette courte sonnerie du téléphone, vite abrégée. Il avait écouté un instant, mais n'avait rien entendu et avait continué à lire.

La voix de Nathalie l'invitant à descendre l'avait surpris.

Il s'était assis en face d'elle et avait voulu lui parler de Missen, mais elle l'avait interrompu. Qu'il mange d'abord !

Elle avait posé au milieu de la table un grand plat en terre cuite dans lequel fumait un lapin aux tomates, puis elle lui avait tendu une bouteille de vin de Sartène afin qu'il la débouchât. Elle avait parlé de la cave de José Rovere qui contenait une centaine de bouteilles : « Cette maison, c'est la caverne d'Ali Baba ! » Elle avait ri si fort qu'il en avait été décontenancé et que l'inquiétude s'était insinuée en lui. Il n'était pas parvenu à saisir son regard. Elle était toujours en mouvement, se levant, se rasseyant, s'absentant pour aller chercher une seconde bouteille d'un cru Patrimonio, plus corsé encore.

Peu à peu, Jérôme s'était senti englué, comme si ses membres alourdis ne répondaient plus que lentement à sa volonté. Il avait eu du mal à couper un morceau du fromage qui, sous le couteau qui lui échappait des doigts, s'en allait en écailles friables, savoureuses mais incitant à boire.

Lorsqu'il s'était levé, il avait titubé. Il avait enlacé Nathalie et ils avaient gagné la chambre. Il s'était affalé sur le lit, avait demandé à Nathalie de le rejoindre, mais elle lui avait répondu de l'attendre.

Elle était sortie de la chambre. Il s'était endormi aussitôt et ne s'était réveillé qu'au milieu de la nuit, quand elle s'était levée.

A présent que Mouloud avait téléphoné deux fois, Jérôme se souvenait de la sonnerie si brève du premier appel.

Il ne devait pas avoir entendu le second.

« Mouloud... » reprit-elle.

Jérôme eut envie de vomir. Les rats se battaient dans son ventre.

Il repensa à Missen, puis aux hommes qu'on avait attachés sur une chaise, comme lui, mais qui, au lieu d'avouer ou de trahir, avaient accepté la torture et crevaient, la tête éclatée, les yeux déjà morts, comme Jean Moulin. Et à ceux qui choisissaient de mourir pour s'échapper.

Il eut soif.

Missen et Barbie avaient bu une bouteille de Corton.

Il avait la bouche sèche, la langue râpeuse, si épaisse qu'il étouffait.

Il se souleva, bascula au bas du lit, se cacha dans la pénombre, l'espace de quelques secondes, puis remonta. Nathalie n'avait pas bougé.

Elle connaissait bien Mouloud, continua-t-elle. Il n'était pas homme à inventer des histoires.

« Pas capable, murmura-t-elle d'un ton méprisant. Dangereux, justement pour ça. Il dit...

— Je n'ai rien dit ! s'exclama Jérôme.

— Tu lui as dit : "Ils m'ont frappé, j'en ai tué un." »

Jérôme sentit dans sa gorge une forme vivante qui monta et descendit, remonta et remplit sa bouche. Il hoqueta.

Nathalie quitta la pièce. Il songea à se précipiter vers la fenêtre et à s'enfuir. Mais elle revint et lui tendit un verre.

« Bois », fit-elle.

L'eau était glacée. La forme, dans sa gorge, s'enfonça de nouveau en direction de son ventre.

« Il dit... » reprit Nathalie.

Jérôme voulut ne pas entendre, mais il écouta.

La police avait trouvé le corps d'un homme étendu sur la chaussée, près de la plage. On lui avait fracassé la nuque à coups de galet. L'homme avait été identifié comme faisant partie d'un de ces groupes qui traînaient dans la vieille ville. Il avait vingt-cinq ans. On l'avait cru victime d'une rixe d'après-boire, mais, selon le témoignage d'un de ses camarades, il avait été agressé par surprise, délibérément. Puis le meurtrier s'était enfui dans la vieille ville en direction de la montée du Château. Les enquêteurs, sans trop y croire, avaient suivi cette piste et appris que l'homme avait participé, les mois précédents, au saccage des appartements du vieil immeuble qu'habitait Mouloud, montée du Château. Mouloud s'était opposé à ce commando de videurs et s'était battu contre eux. Il était donc devenu le principal suspect. On l'avait interrogé plusieurs heures durant au commissariat central. On l'avait libéré avec interdiction de quitter la ville. Il avait peur. Les camarades de la victime l'avaient sûrement identifié. Le juge d'instruction envisageait de le mettre en examen.

« Il pense que c'est toi », conclut Nathalie.

Jérôme secoua la tête, et le couinement des rats devint si aigu qu'il ferma les yeux, rentra la tête dans les épaules, écrasa ses paumes contre ses oreilles.

« Tu es allé chez Mouloud, cette nuit-là, reprit-elle. Tu as dormi là-bas. »

Nathalie s'allongea, les bras le long du corps. Dans

la lumière blanche, elle ressemblait à une statue de marbre.

« Ils t'ont frappé, dit-elle. Tu as été blessé à la lèvre. »

Jérôme se passa instinctivement la main sur la bouche.

« Je suis tombé, murmura-t-il.

— On ne te croira pas », objecta Nathalie.

Il serra les poings sur sa bouche.

« Si on arrête Mouloud, on ne le lâchera plus. Il aura peur. Il parlera. Il répétera tout ce que tu lui as dit.

— Je n'ai rien dit. »

Elle ne parla plus.

« Tu me crois ? » interrogea Jérôme.

Il effleura du plat de la main le ventre de Nathalie, puis la pointe de ses seins. Elle était glacée, d'une immobilité minérale.

Il se colla contre elle. Elle ne bougea pas.

« Crois-moi, répéta-t-il, crois-moi ! »

Il haleta, la désira. Il fallait que « ça » sorte de lui.

Il se coucha sur elle, la pénétra. Elle resta pareille à une stèle de pierre blanche. Il jouit presque aussitôt.

Après quoi il se laissa aller, sans force, tout à coup, le visage enfoui dans les cheveux de Nathalie.

« Raconte-moi », dit-elle.

Sa voix était sans émotion. Ses bras étaient restés tendus le long de son corps.

31

Jérôme commença par parler de sa blessure, des coups reçus pendant que la mer battait les rochers de Roba Capeu au-dessus desquels les deux hommes

— l'un avec une boucle dorée accrochée au lobe de l'oreille gauche, l'autre aux cheveux ras — l'avaient tenu suspendu, et il avait cru qu'ils allaient le lâcher.

Peut-être, en parlant d'abord de la douleur, de la peur, de l'humiliation, puis de la rage qu'il avait ressenties, voulut-il émouvoir Nathalie, mais elle l'interrompit.

« Avant ça, dit-elle, bien avant ça ! »

Il se tut. Il se leva, alla jusqu'à la fenêtre, l'ouvrit.

« Ils m'ont frappé, tu comprends », murmura-t-il en contemplant les toits des maisons de Soccia qui semblaient recouverts d'une couche blanchâtre, comme une couleur vieillie, poussiéreuse, sans reflets.

Le froid lui mordilla le visage et la poitrine, s'infiltra sous ses manches.

« Ferme », dit Nathalie.

Il s'exécuta et se mit à arpenter la chambre, évitant de regarder le lit où elle était toujours couchée, gisante dont il devinait l'immobilité, la fixité du regard.

« Avant ça, tu étais où ? redemanda-t-elle.

— Quand ça ? » fit-il pour gagner du temps.

Elle resta silencieuse, et ce fut comme si Jérôme se trouvait au bord du vide, attiré par l'abîme, saisi de vertige, et qu'il devait vite jeter du lest pour échapper à la chute, parler donc, parler, parler !

« Avant ? » reprit-il.

Il se tut. Il avait à nouveau soif.

« Je veux boire », dit-il en ouvrant bruyamment la porte. Il se précipita dans l'escalier, pénétra dans la cuisine. La bouteille de Patrimonio se trouvait sur la table, à demi pleine. Il tendit la main pour s'en emparer et il aperçut le rat qui lui parut aussi long qu'un avant-bras.

Un frisson de terreur parcourut l'échine de Jérôme. Il hurla. L'animal bondit, s'enfuit vers la porte de la cave et disparut dans l'obscurité.

Jérôme sortit de la cuisine à reculons, tenant la

bouteille à deux mains, buvant au goulot tout en remontant l'escalier.

Il s'appuya à la porte de la chambre après l'avoir refermée.

Nathalie n'avait pas bougé.

« Tu as entendu ? » demanda-t-il.

Elle ne répondit pas.

« C'était un rat, un mulot, peut-être, reprit-il d'une voix exaltée, très gros, long comme ça — il leva son bras ; il était sur la table. Il me regardait. Ils ont les yeux rouges. »

Il but une rasade. Le vin était chaud, épais. Il semblait se déposer en couches moelleuses à l'intérieur de son corps, le rendant plus lourd.

« Je déteste les rats », ajouta Jérôme.

Il eut un rire nerveux.

« Il y en a partout. Ils sont plus nombreux que nous. »

Le visage empourpré, il ne cessait plus de parler : Nathalie avait-elle peur des rats ?

Elle continua de se taire.

« Dans la vieille ville, à Nice, ils avaient les mêmes yeux rouges, ils couraient parmi les ordures en plein milieu des ruelles et chez Mouloud... »

Il s'arrêta.

« Avant ça », redit-elle sèchement.

Il rouvrit la fenêtre ; il étouffait. Il se pencha. La lumière s'accrochait à la route, partageant la campagne d'une bande plus claire.

« Ferme », répéta-t-elle.

Il obéit, se laissa glisser le long du mur, sous la fenêtre, et s'assit à même le sol, se recroquevilla dans la pénombre. Quand il leva les yeux, il aperçut le profil de Nathalie.

« Je ne voulais pas... » commença-t-il, car il ne supportait plus le silence.

Nathalie se leva d'un bond et commença à s'habiller à gestes saccadés qui effrayèrent Jérôme.

« Qu'est-ce que tu as ? balbutia-t-il.

— Je me fous de ce que tu as voulu ! » lui lança-t-elle.

Elle souleva ses cheveux pour les faire retomber sur ses épaules.

« Dis-moi ce que tu as fait ou je fous le camp et te laisse là. »

Elle se dirigea vers la porte.

« Attends ! la supplia-t-il.

— Tout, maintenant ! ordonna-t-elle en s'asseyant sur le bord du lit en face de Jérôme. Dépêche-toi ! »

32

Il parla enfin et Nathalie n'eut plus besoin de l'inciter à tout dire.

Il avoua comme on vomit, en se maculant le visage de mots, en se vautrant dans le récit de la « nuit de sa vie ».

Lorsqu'il s'interrompit, ce fut pour boire, et, la bouche pleine de vin, il pensa chaque fois au plaisir qu'avait dû prendre Henri Missen à livrer tous les secrets qu'il détenait, à dégorger ce qu'il cachait depuis des années.

Quelle jouissance de se décharger sur l'autre du poids que, jusque-là, l'on portait seul, de le salir et de le compromettre par cette confidence, de s'avilir et de l'avilir en avouant, d'avoir un complice, de savoir que Nathalie souffrait comme il avait souffert et souffrait encore.

« Oui, je l'ai fait jouir ! répéta-t-il. Elle me l'a dit, tu te rends compte, Michèle Lugrand ! »

Il n'épargna aucun détail à Nathalie. Elle avait voulu qu'il ne taise rien ? Elle saurait tout.

Il lui décrivit la porte, l'entrée de l'appartement de

Michèle Lugrand, le balcon-terrasse d'où l'on dominait la ville. Il se remémora chaque minute et sut rendre Nathalie impatiente, la conviant à entrer avec lui dans la salle de bains, à s'allonger avec lui sur le lit, à entendre avec lui Michèle Lugrand lui murmurer : « Eh bien, eh bien... »

« Elle a joui, elle m'a fait jouir. Une vraie salope ! » dit-il.

Il but comme avait bu Henri Missen attablé avec Klaus Barbie.

Il rumina, mâchonna tous les moments de cette nuit ; il se gorgea de sucs âpres, rances, fétides. Il se répandit sur le sol, les murs de la chambre ; il s'essuya à ses vêtements. Nathalie aussi fut couverte ; elle pataugea dans son récit.

Elle l'avait voulu ?

Tu l'as !

Empiffre-toi de cette nuit, de la nuit de ma vie, de ma trahison et de mon plaisir, de ma violence, de ma terreur et de mon humiliation. Ecoute-moi dire !

« Mouloud ne peut rien prouver. Si quelqu'un est suspect, ce n'est pas moi, c'est lui. »

Oui, écoute-moi argumenter :

« Même si on me confrontait avec l'homme à la boucle dorée, est-ce qu'il avouerait qu'il m'a frappé, détroussé ? Pour qu'on le mette en cage ? Et même s'il le faisait, comment pourrait-il m'identifier comme le meurtrier de son copain aux cheveux ras, un meurtrier dont il n'a vu que la silhouette ? Pourquoi moi, qui ne me suis pas défendu, moi qui me suis laissé frapper, serais-je revenu quelques heures plus tard pour m'attaquer à ces deux-là ? Mouloud, lui, les connaissait. Lui, il avait des raisons de le faire. »

Il prit plaisir à enfoncer cette idée-là dans la tête de Nathalie, et quand il leva les yeux, il devina, même si elle ne le regardait pas, qu'elle avait compris la suggestion qu'il n'avait pas encore formulée.

Qu'on laisse Mouloud se noyer, qu'on assiste

depuis la rive à ses efforts, sans le sauver ! Il va agiter les bras, gueuler qu'il est innocent, que Jérôme a avoué en avoir « tué un » — eh bien, qu'il le prouve !

Oh, il ne serait pas nécessaire d'accabler Mouloud, il fallait simplement nier tout ce qu'il allait rapporter aux flics. Tout nier : la petite phrase « Ils m'ont frappé, j'en ai tué un », et aussi qu'on s'était rendu chez lui, qu'on y avait dormi.

Mouloud ? Jamais rencontré, cette nuit-là.

Peut-être même Jérôme pourrait-il préciser, parce que c'était vrai, que Mouloud lui avait raconté ses bagarres avec les « videurs », avec ces types-là. Aller peut-être jusqu'à identifier le mort comme l'un de ceux que Mouloud avait affrontés, qu'il haïssait. Pourquoi ne pas ajouter qu'il avait plusieurs fois juré vouloir « leur faire la peau, les crever » ? Mais se reprendre, dire aussitôt que c'était, chez Mouloud, une manière de parler, qu'il ne fallait pas y prêter attention, que lui, Jérôme, en tout cas, n'avait jamais pris ces menaces au sérieux.

Il avait ainsi récuré jusqu'au bout la « nuit de sa vie ». Il en avait fini, et en avait mal aux mâchoires d'avoir tant parlé. Sa gorge et sa bouche étaient à nouveau sèches.

Le soleil se leva, le froid sembla plus vif.

Ils restèrent silencieux dans la chambre qu'envahissait la lumière dorée. Nathalie était toujours assise sur le bord du lit, les coudes sur les cuisses, le menton sur ses poings fermés. Jérôme n'avait pas bougé de sa place, contre le mur, sous la fenêtre, jambes repliées sur le sol.

« Je vais faire du café », dit Nathalie en se levant.

Elle passa devant lui sans le regarder, laissant la porte de la chambre ouverte. Jérôme l'entendit ranger la vaisselle, nettoyer la table. L'eau coula longuement dans l'évier.

Il descendit dès qu'il sentit l'arôme du café. Nathalie avait disposé deux bols l'un en face de l'autre, à l'extrémité de la table. Elle servit d'abord Jérôme qui s'était assis. Elle resta debout à l'observer cependant qu'il buvait en soufflant sur le liquide brûlant.

« Tu es un salaud », lâcha-t-elle d'une voix posée.

Jérôme s'arrêta de boire sans lever la tête.

« Je me défends, murmura-t-il. Ils m'avaient frappé.

— Mouloud...

— Il n'a qu'à se défendre, lui aussi, protesta-t-il d'une voix plus forte. Je ne l'enfoncerai pas. Qu'il ne parle pas de moi, c'est tout ce que je demande.

— Il parlera, reprit-elle. Il ne peut pas se laisser mettre une enquête sur le dos. Si on fouille dans sa vie, on trouvera des choses. »

Jérôme la regarda.

« Je connais Mouloud, continua Nathalie en posant son bol et en s'appuyant des deux mains à la table. Je connais son frère Ferhat. Tu crois qu'ils l'ont gagné comment, l'argent qui leur a permis d'acheter leur maison et de créer leur entreprise, de payer les coursiers, etc. ? »

Elle se pencha vers Jérôme :

« Et moi, tu crois que je le trouve où, l'argent ? »

Elle frappa du plat de la main sa poche droite.

« Derrière l'argent, il y a toujours quelque chose. Le plus souvent, il vaut mieux que ça reste caché. »

Elle se redressa, se mit à marcher à travers la cuisine.

« Tu arrives une nuit, tu bouscules tout. Les flics fourrent leur nez dans les affaires de Mouloud, dans les affaires de Ferhat, dans les miennes...

— Qu'est-ce que vous trafiquez ?

— On a des clients.

— Toi ?

— Moi. »

Il pensa au carnet-répertoire rempli de noms qu'il ne connaissait pas.

« Missen ? » demanda-t-il.

Elle s'arrêta, fixa Jérôme :

« Il en a besoin. Sans sa dose, il crève. Je te l'ai dit : c'est une épave. Il n'est tranquille, il n'oublie qu'avec ça.

— Vous êtes dingues ! s'exclama Jérôme. La drogue ? ...

— Il aime aussi voir mon cul, coupa Nathalie. Comme Michèle Lugrand a voulu voir le tien. Tu as ta vieille peau, j'ai mon vieux.

— Je n'ai pas voulu... » bredouilla Jérôme.

Elle se servit du café.

La plupart des gens, épilogua-t-elle, devenaient des salauds sans trop le savoir. Peut-être même était-ce la règle, peut-être était-ce ainsi que se faisaient les choses...

33

Nathalie sortit sur le terre-plein, devant la maison. Jérôme se leva, s'approcha de la porte en vue de la rejoindre. Mais elle ne se retourna pas et marcha d'un pas vif sur la route, vers le village de Soccia, martelant à chaque coup de talon sa volonté d'être seule, si bien que Jérôme n'osa la suivre.

Il s'assit le dos à la façade. Le soleil avait recouvert tout le paysage. Il flamboyait, aveuglait.

Jérôme tourna la tête, regarda en direction du col. Le relief ciselé se découpait avec netteté sur un ciel bleu roi. Cette luminosité et cette chaleur qu'accentuait encore l'absence de vent donnèrent tout à coup à Jérôme le sentiment que son corps se relâchait, se désassemblait, incapable de résister à la fatigue, au sommeil. Il ferma les yeux. Il eut l'impression d'être cerné, enveloppé, étouffé. Ses membres lui paraissaient endoloris, comme s'il découvrait seulement qu'on l'avait frappé sur les genoux, les coudes, les cuisses, les avant-bras, la nuque. Il ne put demeurer le dos droit et eut envie de s'affaler à même le sol.

Il réussit à se lever. Il se sentit nauséeux. Il rentra à la cuisine, s'assit, croisa ses bras sur la table, posa son front sur ses mains et s'endormit.

Le soleil avait envahi la cuisine, pesant sur le dos de Jérôme, lui écrasant la nuque. La voix de Nathalie le réveilla. Il l'entendit assurer qu'il rappellerait. « Je vous embrasse », dit-elle.

Elle rentra, le dévisagea.

Elle avait relevé ses cheveux en chignon, ce qu'elle faisait rarement, dégageant ainsi son visage qui lui parut amaigri. Avec son menton pointu, son front haut, la tête semblait réduite sur un corps massif, alors que le flou des cheveux donnait d'habitude une impression d'équilibre harmonieux, de visage rond posé sur des épaules larges.

Où était la vérité de Nathalie ? Dans cette forme aiguë et sévère des traits, ou, au contraire, dans l'imprécision des contours du visage caché par ses longues mèches ?

« Ton père, dit-elle. Il faut que tu le rappelles. »

Jérôme secoua la tête. Elle s'approcha, le saisit aux épaules, le contraignant à lui faire face.

« Tu vas le rappeler tout de suite. Il attend. »

Elle s'éloigna, revint avec le combiné, le posa devant lui.

A cet instant, il y eut un coup de klaxon. Nathalie sortit et, sans se retourner, lança : « Reste là ! » Mais Jérôme se leva aussitôt, s'approcha de la fenêtre. La voiture bleu-noir de la gendarmerie était arrêtée devant le terre-plein. Le soleil se réfléchissait sur le toit et les ailes du véhicule, se démultipliant en autant de petites sphères incandescentes. Un gendarme s'était avancé ; Nathalie lui serra la main.

Jérôme se glissa dans l'escalier qu'il gravit courbé. Dans la pièce qui lui servait de bureau, il souleva le couvercle du coffre. Entre les bottes, il vit, dépassant de l'étui de cuir fauve, la crosse rectangulaire, noire, du revolver. Il resta fasciné, penché, tenant le couvercle, n'osant plonger la main pour empoigner l'arme.

« Qu'est-ce que tu cherches ? » demanda Nathalie.

Elle se tenait sur le seuil, les mains enfoncées dans les poches de son pantalon, les lèvres serrées. Elle fit si rapidement les deux pas qui la séparaient du coffre qu'elle put retenir le couvercle que Jérôme avait lâché.

Elle remarqua l'étui fauve, la crosse noire.

Elle dévisagea Jérôme qui recula comme s'il avait craint qu'elle ne le giflât.

« Tu as trouvé ça ! » lâcha-t-elle en haussant les épaules, marquant son mépris par une moue qui creusa sur tout le bas de son visage des arcs concentriques de fines ridules.

Elle prit l'étui, dégrafa la lanière qui retenait la crosse, fit glisser l'arme, qu'elle empoigna, gardant d'abord le canon baissé, puis, tout à coup, d'un mouvement vif, elle le pointa sur Jérôme, à hauteur de son visage.

« Tu voulais jouer *Born Killer* ? » dit-elle.

Il recula jusqu'à la fenêtre, baissa la tête.

« Pas de prison, murmura-t-il. Jamais ! »

Lorsqu'il regarda Nathalie, elle avait remis l'arme dans son étui, l'enfonçant sous la ceinture de son pantalon.

« Et tu croyais quoi ? Tu allais faire quoi ? Abattre les gendarmes, ou te flinguer ? »

Il balbutia. Il avait seulement soulevé le couvercle. Il n'avait pas touché l'arme. Il voulait s'assurer qu'elle était bien là, la cacher peut-être avant une perquisition.

« J'ai tout imaginé, dit-il.

— Ils voulaient seulement savoir si c'était bien moi qui occupais la maison. C'est tout », déclara Nathalie.

Elle sortit de la chambre.

« Téléphone à ton père », lança-t-elle encore.

« Si tu n'as rien à te reprocher... » commença Lucien Gavi.

Puis il se tut et sa respiration haletante envahit la tête de Jérôme, l'oppressa, lui devint intolérable, si bien que, pour l'interrompre, il cria, interrogeant son père avec violence, lui reprochant de ne pas parler. Jérôme le rappelait de Corse et Lucien Gavi se taisait après avoir répété les mêmes conneries. Jérôme ânonna : « Si tu n'as rien à te reprocher... »

« Et toi, lança-t-il, tu es sûr de n'avoir rien à te reprocher ? Tu es sûr de ça, le donneur de leçons ?

— A ta place... reprit d'une voix étouffée Lucien Gavi.

— Tu n'es pas à ma place ! » hurla Jérôme.

Tout à coup, il vit Nathalie qui l'observait fixement, les bras croisés, l'arme enfoncée dans son pantalon.

Jérôme lui tourna le dos, regarda par la fenêtre cette succession de cimes noires qui s'encastraient dans le bleu vif du ciel.

Il réussit à dire : « Je t'écoute, explique-moi », mais déjà, au deuxième mot, sa voix s'échappait, irritée, angoissée.

« Calme-toi ! dit Gavi. Ils veulent simplement t'entendre, peut-être te confronter à Mouloud. Ils sont sûrs qu'il a tué ce type. Ce matin, il y a la photo du mort dans le journal, en première page. Une sale tête, des cheveux ras. Mais Mouloud nie. Il déclare que cette nuit-là, tu...

— Je n'ai rien fait, coupa Jérôme, rien !

— Je sais, je sais, murmura son père. Bien sûr, ils en sont persuadés, eux aussi. C'est une affaire de trafic de drogue. Ils ont interrogé le frère de Mouloud, Ferhat. Ils m'ont raconté tout ça... »

Lucien Gavi respira bruyamment et Jérôme l'imagina ouvrant grand la bouche, comme il le faisait chaque fois que le souffle venait à lui manquer.

« Je n'ai pas dit où tu étais, reprit-il, mais eux, ils se sont renseignés. C'est Mouloud qui leur a parlé de la Corse, de la maison de Nathalie. Ils m'ont demandé de t'appeler, de te convaincre de rentrer tout de suite. J'ai la convocation. Mais ils m'ont dit : "C'est une formalité. Il n'y a que ce Mouloud qui a chargé votre fils." Pour eux — Gavi toussa plusieurs fois —, c'est banal, ils sont sûrs de leur affaire. Mouloud n'est pas près de sortir. »

Le silence. A nouveau cette respiration courte, et puis ces phrases de sa mère qui revenaient à la mémoire de Jérôme. Elle disait à Gavi, tout en prenant Jérôme à témoin : « Quand on a de l'insuffisance respiratoire, de l'emphysème, fumer, c'est choisir de se suicider. Mais alors il ne fallait pas se marier, pas faire d'enfant ! »

« Qu'est-ce que tu décides ? » demanda Gavi.

Jérôme vit Nathalie déposer dans l'entrée sa valise et le sac rempli de livres. Elle ne portait plus le revolver.

Il raccrocha sans répondre.

TROISIÈME PARTIE

L'irréductible

34

J'avais donc décidé d'assurer la défense de Nathalie Rovere, inculpée de complicité d'assassinat, de
trafic de stupéfiants, et incarcérée depuis plusieurs
jours déjà à la maison d'arrêt de Grasse.

La plupart de mes confrères parisiens s'étaient
étonnés de mon choix, auquel la presse avait fait
écho, bien que je ne fusse pas une vedette du bar-
reau. Mais j'avais été, à mes débuts, l'une des colla-
boratrices de Benoît Rimberg[1] dont les provocations
à la barre, la « défense de rupture » étaient connues,
et, même si j'avais depuis longtemps créé mon
propre cabinet, on me savait proche de lui. J'avais en
outre, pour des raisons personnelles — mon fils
Christophe était mort des suites d'une transfusion
—, plaidé dans des procès liés à la question du sang
contaminé. A cette occasion, hélas, mon nom avait
été cité quasi quotidiennement durant plusieurs
semaines. Et on avait dit et répété que j'étais la sœur
d'Isabelle Desjardins, la conseillère de François Mitterrand qui s'était suicidée dans son bureau de l'Ely-
sée.

Tout cela était bien suffisant pour que les échotiers
du Palais de Justice annoncent que j'étais décidée à
transformer l'« affaire Nathalie Rovere » en un grand

1. Voir *La Fontaine des Innocents* et *L'Ambitieuse*, romans de
« La Machinerie humaine ».

procès des mœurs de l'époque, et que j'avais sûrement dans mes dossiers des révélations spectaculaires. Pourquoi, sinon, me serais-je intéressée à cette jeune femme qui n'était assistée que par un avocat commis d'office et qui, assurait-on, s'était enfermée dans un mutisme complet, se bornant à répéter son nom et sa date de naissance au juge d'instruction ?

Les commentaires consacrés à l'affaire disparurent pourtant très rapidement.

Vue de Paris, Nathalie Rovere n'était que la tragique héroïne d'un fait divers somme toute banal, semblable à ceux qui avaient déjà été souvent exploités par les romanciers et le cinéma. Je n'en avais pas moins lu avec attention les articles de journaux qui en détaillaient les circonstances et les protagonistes.

Nathalie Rovere y était décrite comme une jeune femme d'une vingtaine d'années, intelligente et attirante. J'avais senti les journalistes déçus par sa normalité. Ils avaient recherché le caractère d'exception, les traits pervers qui leur auraient permis de transformer cette étudiante en incarnation du Mal. Ils paraissaient n'avoir rien trouvé et avaient alors choisi d'insister sur le caractère on ne peut plus ordinaire de la coupable, qui avait reçu une éducation traditionnelle au sein d'une famille modèle : le père, Maurice Rovere, modeste employé d'EDF, attaché à ses racines corses ; la mère, encore jeune, soucieuse de son foyer, une bien jolie maison individuelle perchée sur les coteaux dominant la vallée du Var. La monstruosité surgissait ainsi par contraste, comme un dragon qui perce tout à coup l'eau calme du lac.

Le silence de Nathalie Rovere depuis son arrestation avait suscité des dissertations sur sa volonté inflexible et dominatrice, son égocentrisme pathologique, etc.

En regard, son compagnon, Jérôme Gavi, mort durant leur fuite, un étudiant en histoire de vingt-trois ans, apparaissait comme un jeune homme falot, soumis, poussé au meurtre par Nathalie Rovere qui l'avait utilisé comme instrument.

La mère de Jérôme, Madeleine Gavi, infirmière, avait d'ailleurs confirmé ce portrait. Elle s'accusait d'avoir élevé ce fils dans du coton parce qu'il était un enfant unique auquel son père au chômage n'avait pu donner une image de réussite.

Il avait donc suffi qu'une fille qui l'avait toujours traité en inférieur, même quand il était enfant, parce que sa famille était plus riche, possédant des maisons partout, en Corse, dans l'arrière-pays de Grasse, que cette fille décide de se servir de lui pour qu'il soit perdu. Si Nathalie Rovere s'était imposée, assurait Madeleine Gavi, c'était aussi parce qu'elle avait toujours de l'argent plein les poches. Elle revendait de la drogue.

Ce dernier fait avait été confirmé par l'enquête. Nathalie Rovere fournissait en cocaïne diverses personnalités vivant sur la Côte d'Azur. Elle-même n'avait jamais succombé à la drogue. Avait-elle voulu quitter le milieu des trafiquants ou simplement défendre son indépendance et son marché ? Avait-elle utilisé Jérôme Gavi dans cette guerre ? Il avait tué l'un de ses dealers, Ibrahim Ferhat, puis l'un des plus gros clients de Nathalie Rovere, Henri Missen.

La biographie de cet homme m'avait intriguée.

Henri Missen qui, dans les années quarante, avait été l'un des héros de la Résistance — il avait manifesté à Paris le 11 novembre 1940 —, avait, dans l'immédiat après-guerre, été soupçonné de s'être mis au service des nazis, en 1943, pour sauver sa vie.

Il s'était ainsi retrouvé placé au centre des polémiques liées à l'un des épisodes les plus obscurs de la Résistance. Les circonstances de l'arrestation de Jean Moulin, en juin 1943, à Caluire, dans la banlieue de Lyon, restaient en effet obscures, en dépit des nombreux livres consacrés au sujet. On avait découvert en 1944 un coupable, mais, au terme de trois procès, celui-ci avait été judiciairement innocenté tout en continuant d'être à mots couverts suspecté d'avoir jadis « donné » Moulin aux Allemands.

Mais certains témoins avaient accusé Henri Missen d'être le vrai délateur, l'homme qui avait collaboré avec Klaus Barbie, livré des dizaines de résistants, et donc peut-être Jean Moulin. Mais Missen, pour sa part, prétendait avoir été déporté à Auschwitz, ce qui constituait la preuve irréfutable de son innocence. Puis il avait émigré aux Etats-Unis où il avait enseigné les mathématiques à l'Université de Berkeley. Il était revenu en France en 1986 et s'était installé dans l'arrière-pays grassois. Sa maison, telle qu'elle était apparue dans les journaux après son assassinat, semblait jouir d'un point de vue extraordinaire.

C'est là qu'il recevait Nathalie Rovere.

Elle ne s'était pas contentée, semblait-il, de lui vendre de la cocaïne. On prétendait qu'elle avait noué avec le vieillard — il avait plus de soixante-quinze ans — des relations ambiguës. L'homme n'avait jamais été marié ; aux Etats-Unis, sa réputation de séducteur était bien établie. Nathalie Rovere avait-elle été sa maîtresse, ou bien s'était-elle contentée de se prêter à des jeux sexuels moins aboutis, compte tenu de l'âge de Missen ?

Quoi qu'il en soit, Missen, les enquêteurs en étaient persuadés, lui avait régulièrement versé des sommes importantes, et certains journalistes affirmaient qu'il avait fait d'elle son héritière.

Les mobiles du meurtre étaient nombreux : jalousie de Jérôme Gavi, vol ou chantage, volonté de se débarrasser d'un client-partenaire devenu gêneur, ou de jouir plus vite de sa fortune ? Tout se mêlait.

Au demeurant, sous ces apparences, pouvaient se mouvoir d'autres acteurs soucieux de voir disparaître le témoin d'une époque, le détenteur de secrets qu'on souhaitait voir effacer pour toujours.

Le hasard m'avait fait évoquer cet aspect de l'affaire avec Benoît Rimberg.

J'avais gardé pour lui un attachement profond. Il m'avait appris le métier en grand avocat lucide et même parfois cynique. Puis il m'avait aidée à devenir une femme. J'avais été sa maîtresse durant quelques mois. Nous étions restés des amis.

Je savais que tout ce qui touchait à la Résistance et à la collaboration le passionnait. Ses parents avaient disparu en fumée dans le ciel d'Auschwitz. Il avait traqué avec obstination les anciens collabos qui avaient échappé à la condamnation. Il avait ainsi fait éclater l'affaire Rollin, démasquant sous l'honorable homme d'affaires l'un des anciens chefs de la police de Vichy, responsable des rafles de Juifs à Paris. Il avait dénoncé les relations de Bousquet avec François Mitterrand[1].

Pour ces individus, crime contre l'humanité ou pas, il ne devait pas y avoir prescription.

Ce jour-là, en attendant Rimberg à déjeuner dans le restaurant italien de la place Dauphine où nous nous retrouvions régulièrement, je lisais un article consacré à ce que le journaliste appelait « la personnalité singulière d'Henri Missen et son étrange destin ». Lorsque Benoît arriva et se pencha vers moi pour m'embrasser, il jeta un coup d'œil sur le journal ouvert. Avant même de s'asseoir, il commanda à la cantonade une bouteille de champagne.

---

1. Voir *La Fontaine des Innocents* et *Les Rois sans visage*, romans de « La Machinerie humaine ».

Dans ce restaurant dont la plupart des clients appartenaient au monde judiciaire, on connaissait les extravagances et l'esprit provocateur de Me Benoît Rimberg. Mais on savait aussi quel redoutable juriste il était, et sa réussite avait fait taire les malveillants. Son cabinet était installé de l'autre côté de la place, et il conseillait les plus grandes fortunes européennes. C'était grâce à lui que je m'étais à mon tour spécialisée dans le droit international et celui des affaires. J'y avais prospéré, ce qui, dans la conjoncture, était plutôt exceptionnel.

« Que fêtons-nous ? » demandai-je à Rimberg cependant qu'il emplissait ma coupe.

Nous célébrions, m'expliqua-t-il, le châtiment d'un salaud, et, par là même, nous honorions Dieu, qui n'oublie pas, ou bien nous saluions le Destin, le Hasard, l'ironie de l'Histoire...

« Tout ce que tu veux, Aurore, conclut-il, mais moi, je bois à cette Nathalie Rovere, si elle a vraiment poussé quelqu'un à tuer Missen ! »

Il me parla longuement de cet homme qu'il m'avait présenté comme l'un des traîtres les plus malfaisants et les plus habiles de la Résistance, livrant Moulin pour sauver sa peau et peut-être pour d'autres raisons plus ténébreuses, faisant d'un numéro de déporté à Auschwitz son sauf-conduit pour les Etats-Unis, laissant la justice et la rumeur accabler sinon des innocents, du moins de petits coupables, et revenant, l'âge venu, jouir du soleil méridional.

Rimberg me raconta comment, lycéen, le destin de Raoul Villain, l'assassin de Jean Jaurès, l'avait troublé. Villain avait été acquitté en 1919 par un jury de bons citoyens français patriotes. Libre, il s'était retiré aux Baléares pour y couler des jours tranquilles au soleil, comme Missen. En 1936, cet homme qui croyait avoir trouvé un abri sûr fut exécuté par des républicains espagnols venus venger Jaurès. La Justice poursuivant le crime : belle allégorie classique ! Missen avait connu un sort semblable. Nathalie

Rovere, conclut Rimberg, devait être acquittée, félicitée, honorée !

« Défends-la », lui dis-je.

Il haussa les épaules. Il ne plaidait plus aux Assises depuis des décennies, et il était trop vieux, trop éloigné de la jeunesse d'aujourd'hui pour bâtir la plaidoirie qui emporterait la décision des jurés. Et puis, il était accablé par ses dossiers. Il ne pouvait distraire le temps nécessaire aux déplacements à Grasse, aux visites à la maison d'arrêt, à la contre-enquête qu'il faudrait mener là-bas.

Il me regarda longuement :

« Pourquoi pas toi ? » lança-t-il tout à coup.

J'étais une femme de passion. Il se souvenait de la première plaidoirie dont il m'avait chargée, aux Assises précisément. Il s'agissait — il avait parlé lentement, faisant resurgir ses souvenirs et les miens — d'un jeune homme, un ancien de 68 — « ta génération, Aurore » —, qui avait abattu un vigile au cours d'une attaque à main armée. C'est grâce à ma plaidoirie, prétendit Rimberg, que ce Marc Gauvain — le nom me revint — n'avait écopé que de dix ans[1].

Il devait être sorti, ajouta Rimberg.

« Il est dehors », murmurai-je.

J'avais rencontré Gauvain. L'homme, si terne, alors que dans mon souvenir il avait incarné la révolte dans sa folle pureté, m'avait déçue.

« Tu avais plaidé comme si Gauvain était ton frère, ajouta Rimberg. Nathalie Rovere pourrait être ta fille. »

Puis il argua que, même si je réussissais brillamment dans le droit des affaires, il ne me convenait pas vraiment. Je facturais cher mes prestations. Je n'en étais pas à repriser moi-même ma robe, comme tant d'avocats, mais est-ce que cela me suffisait ? Il était persuadé du contraire.

1. Voir *L'Ambitieuse*, roman de « La Machinerie humaine ».

« Maître Aurore Desjardins, clama-t-il avec emphase et ironie, retrouvez la flamme de vos trente ans ! Défendez Nathalie Rovere ! »

J'écartai sa proposition d'un mouvement de tête et nous nous mîmes à parler de nos vies.

Les jours suivants, je plaidai plusieurs affaires délicates liées à la propriété intellectuelle. Je me déplaçai à Bruxelles et à Luxembourg, puis à Londres. L'une des sociétés françaises que je défendais estimait avoir vu ses produits originaux — des CD-Rom — pillés par des sociétés rivales, lesquelles assuraient n'avoir fait qu'appliquer les règles de la concurrence. Derrière ces mots, des sommes importantes étaient en jeu et les débats exigeaient une attention et une combativité intellectuelle et physique qui m'avaient souvent fait penser que les plaidoiries de cour d'Assises étaient en fin de compte plus faciles. La présence charnelle des parties en cause y rendait plus naturelle l'expression de la passion.

C'est par ce biais qu'à plusieurs reprises, et malgré moi, je me ressouvins de Nathalie Rovere. Je m'imaginai dans un parloir d'avocat, au bout du couloir d'une petite prison, confessant une jeune coupable qui aurait pu être ma fille, comme l'avait dit Rimberg, cherchant à comprendre son destin, devenant sa voix, retrouvant — le mot était de Benoît — cet engagement moral qui m'avait fait choisir la profession d'avocat.

A mon retour à Paris, épuisée, je ne repassai pas à mon cabinet, rue de Sèvres, mais rentrai directement chez moi. J'arrosai mes plantes, et, malgré le froid, je restai longuement sur le balcon d'angle d'où l'on aperçoit le clocher de l'église Saint-Jacques-du-Haut-Pas et les arbres qui, de l'autre côté de la rue, masquent une partie des bâtiments de l'Institut Curie.

Ce n'est que beaucoup plus tard, la nuit tombée, que j'écoutai les communications enregistrées sur mon répondeur. Ma secrétaire avait cherché à me joindre, répétant à chaque fois le message. Une certaine Michèle Lugrand avait laissé son numéro de téléphone à Nice afin que je la rappelle au sujet d'une affaire urgente. Michèle Lugrand avait prétendu que je la connaissais « très bien ».

Je griffonnai le numéro de téléphone, d'abord incapable de retrouver trace dans ma mémoire d'une Michèle Lugrand. Mais, en crayonnant, je me souvins de cette étudiante côtoyée à l'Institut d'Etudes politiques, qui préparait en même temps que son diplôme une agrégation d'histoire. Grande, d'une apparence stricte, elle faisait partie de ma Conférence, et je crois bien qu'elle avait été l'une des seules à avoir compris que j'étais devenue la maîtresse de notre maître de conférences, Jean-Louis Cordier. Peut-être m'étais-je confiée à elle. Plus tard, elle m'avait envoyé ses livres, m'avait sollicitée au moment de son divorce, mais j'avais refusé d'étudier son dossier.

Que voulait-elle ? Divorçait-elle à nouveau ? C'est presque toujours pour cela qu'on sollicite une amie avocate. Pourquoi l'ai-je appelée ? Par désœuvrement, lassitude ? Parce que je n'avais pas le courage de feuilleter les programmes de télévision et qu'une conversation avec une silhouette de mon passé pouvait me distraire ?

Je fus surprise par la voix altérée de Michèle Lugrand, ses remerciements. Cette femme allait mal et je me retrouvai dans le rôle de la confidente professionnelle qui doit prendre en charge les angoisses des autres.

Au bout de quelques minutes, Michèle Lugrand me demanda si j'avais entendu parler de l'affaire

Rovere, de ces crimes, de la mort de Jérôme Gavi, l'ami de Nathalie Rovere...

« C'était mon étudiant, il a voulu me tuer aussi », dit-elle.

Je sais qu'il faut se taire, laisser les aveux s'enchaîner l'un à l'autre sans les interrompre par des questions prématurées.

Est-ce que je me rendais compte ? poursuivit Michèle Lugrand.

« C'était un garçon attachant, naïf, si jeune. Et... »
Est-ce que je comprenais ?

« Me tuer !

— Pourquoi ?

— Une nuit seulement, pas même une nuit, une ou deux heures chez moi, une folie comme il en arrive à toutes les femmes seules...

— Ton amant ? »

Sa réputation, son honneur, sa dignité... tout était par terre. Elle allait devoir quitter Nice.

« Nathalie Rovere ?

— Une salope, une folle, une garce ! C'est elle qui... »

C'est à ce moment précis que je décidai de la défendre.

35

Quand j'ai vu Nathalie Rovere pour la première fois, j'ai aussitôt pensé à Christophe, mon fils mort, et, durant plusieurs minutes, je n'ai pu parler.

Elle se tenait sur le seuil de la petite pièce qui servait de parloir aux avocats lors de leurs visites aux détenues.

Je n'ai pas pu me lever ; c'est à peine si j'ai esquissé un geste pour lui désigner la chaise en face de moi, de l'autre côté de la table de bois blanc plantée au centre de la pièce.

Elle n'a pas bougé et la surveillante lui a donné une légère poussée dans le dos avant de refermer la porte. Le bruit a paru faire prendre conscience à Nathalie du lieu où elle se trouvait, et de ma présence. Elle a traversé lentement la pièce tout en me regardant. Elle s'est installée, a posé les mains bien à plat sur la table et a continué de me dévisager.

J'ai baissé aussitôt les yeux pour qu'elle n'y lise pas mon désarroi et mon émotion. Rien ne me permettait de rapprocher sa situation de celle de Christophe : mon fils avait été détruit par la maladie au terme d'une vie exemplaire où la seule intrusion de l'inattendu avait été cet accident de moto qui avait nécessité une transfusion sanguine, laquelle avait fait couler en lui l'injuste mort.

Je n'avais osé lire ce que Christophe avait écrit que longtemps après sa disparition. Et voilà que, face à Nathalie Rovere, ces mots m'étouffaient, m'obligeaient à fermer les yeux pour ne pas laisser voir mes larmes.

Peut-être le calvaire que je gravis a-t-il un sens ? s'était demandé Christophe.
Peut-être est-ce que je rachète
des fautes
qui seront légères aux autres.
Mais qui m'a choisi, moi,
parmi tant de coupables et d'innocents ?
Qu'avais-je fait,
Qu'avait-on fait avant moi ?

Je ne me suis pas interrogée pour savoir si Nathalie Rovere se posait les questions de mon fils.

Je repensais à ces mots, à la voix, au visage de Christophe, parce qu'il m'avait suffi de la voir, elle, pour comprendre qu'elle se sentait déjà hors de la vie, qu'elle était l'une de ces enfants qui quittent le jeu et s'éloignent seuls, laissant les autres continuer de crier, de rire, de lutter et de courir.

C'est cette certitude-là qui m'était insupportable, comme m'avait été insoutenable la vision de mon fils en train de se laisser dériver alors que je restais sur la berge, impuissante.

J'ai pris le poignet de Nathalie, je l'ai serré.

« Ça va ? ai-je bêtement demandé. Je suis votre avocate, maintenant ; je suis heureuse que vous m'ayez acceptée. Me Brinon a fait du bon travail. Mais nous allons tout reprendre, vous allez me raconter, d'accord ? »

J'ai entassé les mots les uns sur les autres comme on monte les piles d'un pont, pour parvenir jusqu'à elle.

Avait-elle besoin de linge, d'argent ? Les conditions de vie dans sa cellule étaient-elles acceptables, décentes ? Comment ses codétenues se comportaient-elles avec elle ?

Je connaissais les prisons, les haines qui y croupissaient, les passions qui y pourrissaient, la peinture écaillée de leurs couloirs ou la couleur trop brillante, glacée, de leurs murs.

Je connaissais l'odeur de moisi ou de sueur, de crasse, celle qui imprégnait les survêtements raidis des détenus dont personne ne lavait le linge.

Je connaissais le regard des matons et des prisonniers quand il s'attardait sur mes jambes, et je n'ignorais rien des histoires d'avocates dont on disait qu'à l'occasion des « parloirs », entre deux passages des gardiens, elles se payaient des détenus, quinquagénaires frustrées troublées par l'odeur d'un jeune truand, entrées dans la pièce comme on pénètre dans la cage d'un fauve en rut.

Je connaissais les prisons de femmes, plus silencieuses. Même les serrures se faisaient discrètes, hypocrites, car elles fermaient aussi bien que celles des prisons d'hommes qui claquaient plus sèchement.

Maisons d'arrêt d'hommes ou prisons de femmes, toutes humides, sentant les fruits blets ou la soupe surie. On y macérait, hébétés, avec, parfois, montant du fond des couloirs, des cris aigus comme ceux des goélands.

J'avais donc honte de poser à Nathalie Rovere ces questions banales, comme si la vie en cellule pouvait être une vie !

Elle ne m'a pas répondu, elle a seulement retiré son poignet, écarté sa main que j'ai saisie à nouveau.

Je n'avais pas réussi à la réchauffer et j'ai eu envie de me lever, de faire le tour de la table, de prendre Nathalie contre moi, de la serrer.

Elle me semblait si frêle, et cette sensation était inattendue.

En regardant les photos que la presse avait publiées, j'avais imaginé une jeune femme aux cheveux longs, noirs et brillants, tombant sur les épaules. Son corps m'avait paru vigoureux. Son visage exprimait l'énergie, avec un menton prononcé, un regard vif, un sourire qui faisait apparaître des dents régulières. Ce n'était pas la grâce de cette silhouette qui m'avait alors frappée, mais sa force.

Les propos de son avocat, Me Lucien Brinon, m'avaient confirmée dans ce sentiment. Ce jeune confrère aux gestes maniérés, d'une élégance de mannequin dans une devanture de boutique de prêt-à-porter — pochette et chaussettes assorties à la cravate, pli du pantalon sans une brisure —, rêvait de se spécialiser dans les affaires de propriété artistique. Il avait accueilli sa désignation d'office dans l'affaire Rovere comme une malédiction dont ma venue le libérait. Il souhaitait me parler de ses projets, utiliser notre rencontre et mon réseau pour tenter de les faire avancer plutôt que d'évoquer le dossier de sa cliente.

« C'est une barbare, m'avait-il dit. Corse par son père, plus ou moins sarde par son grand-père maternel, bref, une insulaire, têtue comme une pierre. Elle n'a pas desserré les dents. Elle a beaucoup déplu à Françoise Terrane, le juge d'instruction, une jeune femme pourtant très ouverte, mais ce sont deux mondes aux antipodes l'un de l'autre. En ce qui concerne les mœurs, notre insulaire n'a nul besoin d'être libérée : trafic de cocaïne avéré, relations sexuelles vénales avec l'une des victimes, Henri Missen, et sans doute avec beaucoup d'autres de ses clients. La police explore son carnet d'adresses et procède systématiquement à l'interrogatoire de ceux qui ont le malheur d'y avoir leur nom ou leur numéro de téléphone. Bref, cher confrère, cela va vous changer du climat et du milieu qui, j'imagine, sont les vôtres... »

J'avais refusé l'invitation à déjeuner de ce pauvre petit vieillard de trente ans déjà paralysé par tous les conformismes. Mais ses propos m'avaient influencée et je m'étais attendue à rencontrer au parloir une jeune femme minérale, assumant ses actes, muette parce que dure, alors que j'eus la sensation, quand je la vis, d'avoir en face de moi quelqu'un qui n'avait plus assez de forces pour parler et crier, une enfant autiste. J'en fus bouleversée.

Cela faisait moins d'un mois qu'elle était emprisonnée, et son corps était décharné, sa peau jaunie. Elle avait coupé ses cheveux très court, les mèches raides couvraient à peine ses oreilles. Son visage était amaigri, ses joues creusées, ses yeux si grands, si noirs, les cernes si sombres qu'on eût dit qu'elle portait l'un de ces masques effilés qui ne couvrent que le haut du visage.

« Nathalie, écoutez-moi... » ai-je commencé.

J'ai serré sa main. Elle a voulu se dégager, je l'ai retenue. J'ai poursuivi en chuchotant, comme si je me confiais à elle.

Je comprenais son attitude. Je pouvais tout comprendre, c'était mon métier. Le silence n'était pas seulement une mauvaise tactique judiciaire que ni le juge d'instruction ni les jurés n'excusaient : cela, après tout, on pouvait en prendre le risque ; mais c'était surtout un comportement autodestructeur. Il fallait qu'elle se libère en me parlant, et puis nous déciderions ensemble de ce qu'elle dirait au tribunal. Peut-être même tomberions-nous d'accord pour qu'elle ne s'exprime pas. Je doutais d'être de cet avis, mais je prenais l'engagement de me plier à son choix.

J'ai lâché sa main. Elle n'a pas bougé la sienne. Elle a ouvert la bouche. J'ai cru qu'elle allait parler, mais les mots sont restés au bord de ses lèvres. Elle s'est levée et s'est dirigée vers la porte du parloir.

« Je reviendrai vous voir, ai-je ajouté. J'aurai beaucoup de questions à vous poser. Il faut que vous me racontiez tout dans les moindres détails. Ce sont les détails qui comptent toujours. »

Je me suis approchée d'elle, l'ai prise par les bras.

« Vous n'êtes pas seule, Nathalie. »

J'ai hésité. Je ne voulais pas être habile, et pourtant il me fallait l'émouvoir.

« J'ai eu un fils, il est mort, ai-je murmuré. Il était à peine plus âgé que Jérôme Gavi, que vous. »

Elle a à nouveau entrouvert les lèvres.

« Jérôme... » a-t-elle commencé.

Puis elle m'a tourné le dos, a franchi le seuil du parloir et s'est éloignée dans le couloir, raccompagnée par la surveillante.

L'odeur de soupe aigre m'a assaillie. Je me suis enfuie.

36

Jusqu'alors, je n'avais guère pensé à Jérôme Gavi.

Il était pourtant, selon les résultats de l'enquête, l'assassin de Ferhat, d'Henri Missen et d'un individu aux cheveux ras dont on avait retrouvé le corps à Nice, sur la chaussée jouxtant le rivage, un lendemain matin de tempête.

Mais Jérôme Gavi était mort, l'action de la Justice éteinte, et, plutôt que de s'attarder sur ses mobiles, sa personnalité, on avait préféré planter les crocs dans la chair vivante de Nathalie Rovere. On avait même laissé entendre qu'elle avait pu tuer Jérôme Gavi afin de lui faire endosser des crimes qu'elle avait elle-même perpétrés. Pourtant, aucune preuve n'était venue étayer cette hypothèse.

Sur les corps de Ferhat et de Missen comme sur l'arme du crime, un revolver, on n'avait relevé que les empreintes de Jérôme Gavi.

Mouloud, le frère de Ferhat, avait affirmé dès ses premiers interrogatoires que Jérôme Gavi lui avait avoué le meurtre de l'homme aux cheveux ras. Un camarade de ce dernier l'avait en outre reconnu comme étant le promeneur qu'avec la future victime ils avaient agressé quelques heures auparavant, au-dessus des rochers de Roba Capeu.

Le juge d'instruction n'avait donc inculpé Nathalie Rovere que de complicité d'assassinat. Mais les crocs étaient restés plantés dans sa chair et avaient continué de la lacérer.

Je lus les rapports des gendarmes de Saint-Vallier, une commune proche de Caussols.

Au milieu de la nuit, ils avaient reçu un appel anonyme : une femme qui déguisait à l'évidence sa voix leur avait déclaré qu'on venait de tuer deux hommes à la ferme Tozzi, située sur le plateau.

Les gendarmes s'étaient aussitôt rendus sur les lieux. La ferme était éclairée, la porte ouverte. Un premier corps, celui d'Henri Missen, était affalé sur la table. Ferhat gisait sur le sol, le visage contre les dalles de pierre grise. Un colt 45 avait été jeté sous la table.

Après les premières constatations, les gendarmes avaient gagné la maison de Missen, qu'ils connaissaient bien puisqu'elle faisait partie des résidences de personnalités qu'ils avaient pour mission de surveiller. Elle avait été fouillée, sans doute par les assassins. On avait retrouvé les empreintes de Jérôme Gavi et Nathalie Rovere sur les meubles, divers objets ainsi que sur les livres répandus à travers toute la pièce, feuilletés comme si l'on y avait recherché des documents ou bien de l'argent.

A quelques centaines de mètres de là, sur la route, les gendarmes avaient découvert une voiture appartenant à Nathalie Rovere. Des vêtements étaient entassés sur la banquette arrière, indiquant un départ précipité. Le pneu avant droit était crevé. L'incident avait dû interrompre la fuite des deux jeunes gens.

A l'aube, les forces de l'ordre avaient organisé une battue en remontant vers le plateau supérieur. La pente était abrupte, les taillis épais, les sentiers de chasseurs dangereux. Après plusieurs heures de ratissage, les gendarmes avaient aperçu, en fin de matinée, Nathalie Rovere prostrée au bord d'un à-pic.

Elle n'avait pas répondu aux sommations. Recroquevillée entre les buissons, elle se laissa arrêter sans opposer de résistance.

Etendu en contrebas, à une cinquantaine de mètres, sur les éboulis, les gendarmes avaient repéré Jérôme Gavi. Il fut difficile de l'atteindre, puis de le remonter. Le corps, qui avait dû heurter à plusieurs reprises des rochers en saillie, était brisé. La mort avait dû intervenir dès les premiers chocs à la nuque. Le visage était écrasé. Jérôme Gavi avait dû perdre pied dans la nuit.

« Cette petite putain l'a poussé », me dit Madeleine Gavi.

J'avais hésité à me rendre chez les parents de Jérôme et, assise face à sa mère dans la petite salle de séjour au plafond bas où la table ronde, le grand fauteuil en moleskine rouge et le téléviseur occupaient presque tout l'espace, je m'en étais voulu d'avoir téléphoné.

Cependant, le père m'avait répondu d'un ton accablé mais sans hostilité. Il n'avait rien à dire, avait-il chuchoté. Leur fils était mort, une pauvre malheureuse fille avait sa vie gâchée. Que pouvait-il ajouter ? Il avait une respiration oppressée, interrompue par de longues quintes de toux. « Si vous croyez que ça peut aider Nathalie, alors venez », avait-il néanmoins ajouté.

J'avais découvert la face cachée de Nice, les rues poussiéreuses des quartiers de l'est, les grands immeubles des cités coincées entre les bretelles de l'autoroute, les voies ferrées et les entrepôts. Même l'éclat d'une journée ensoleillée n'avait pas réussi à chasser l'impression de tristesse et de grisaille qui émanait de ces façades jaunies, de ce large lit de rivière envahi par les mauvaises herbes, où ne coulaient que des ruisselets d'eau boueuse séparés par de gros galets terreux.

« Ça change, hein, de la promenade des Anglais ! » m'avait dit le chauffeur de taxi.

Je logeais en effet à l'hôtel Westminster, à quelques pas du Négresco, et j'étais longtemps restée sur le balcon de ma chambre à contempler la guirlande de palmiers bordant la baie des Anges.

Mais, en cherchant le bâtiment A de la résidence des Oliviers, en traversant le parking que recouvrait déjà l'ombre de la colline, j'en étais venue à oublier que la mer existait à moins d'un quart d'heure de là.

C'est le père de Jérôme qui m'avait ouvert. Il respirait bruyamment, la tête enfoncée dans les épaules, une cigarette grise, éteinte, fichée au coin des lèvres. Il avait la main osseuse et glacée d'un vieillard.

« Alors, vous êtes l'avocate de Nathalie ? » avait-il murmuré en me dévisageant avec étonnement.

Puis, plus bas encore, il avait ajouté qu'il fallait la tirer de là au plus vite. A quoi cela servait-il qu'elle restât en prison ? Elle était sûrement comme morte, car, pour elle, Jérôme était tout. Ils s'étaient connus enfants. Ils ne s'étaient jamais quittés.

« Puisqu'il est mort, elle est morte.

— Mais tais-toi donc ! avait crié Madeleine Gavi. Qu'est-ce que tu racontes ? Elle me l'a tué, mon fils. Et elle, elle s'en est sortie ! J'ai toujours su qu'il fallait se méfier d'elle. Une putain comme sa mère ! »

Madeleine Gavi avait surgi dans l'entrée exiguë. Elle m'avait entraînée dans la salle de séjour, cependant que le père de Jérôme nous suivait, puis était passé sur le balcon, tirant la porte-fenêtre derrière lui. Je l'avais vu s'asseoir sur une caisse.

« Vous la défendez, alors ? avait repris Madeleine Gavi. Même une fille comme ça, une putain, une tueuse, une droguée, elle trouve encore quelqu'un pour la défendre ? »

J'avais été frappée par sa voix aiguë, ses gestes qui exprimaient une nervosité et une tension extrêmes.

« Tout le monde a droit à un défenseur », avais-je répondu.

Madeleine Gavi avait glapi que les avocats, ça se payait cher, et qu'évidemment, les Rovere avaient tout l'argent qu'il fallait. Nathalie aussi, d'ailleurs, devait en avoir planqué, puisqu'elle avait vendu son cul à n'importe qui, sûrement aussi à ces Arabes qui lui fournissaient de la drogue. L'un de ces salauds, un ami de Jérôme, du moins est-ce ce qu'il avait prétendu être, ce Mouloud était venu souvent ici ; il collait à Jérôme comme un chien, et maintenant l'accusait d'avoir tué un type dans la rue ! Est-ce que je me rendais compte de qui j'allais défendre ?

Madeleine Gavi s'était redressée, s'appuyant des deux mains à la table, penchant son visage vers le mien.

J'avais vu sa peau flétrie, les rides qui lui striaient le cou, et, sous le chemisier, les creux de son corps maigre.

Je n'avais pas bougé quand, dents serrées, la voix réduite au tranchant d'une lame, elle m'avait accusée de faire un sale métier, un métier de faux jetons, de vendus.

J'allais les faire pleurer, les jurés, sur la vie de cette petite salope, j'allais lui trouver des excuses, n'est-ce pas ? La mère, Josiane Rovere, qui se faisait sauter par le premier venu, qui ne pensait qu'à ça ! Le père, ce pauvre cocu de Maurice, qui ne rêvait que d'aller à la pêche et à la chasse, de retrouver son village corse ! Pauvre petite, non ? Acquittée !

« Et moi, mon fils, qui l'a défendu ? Qui ? Il est mort, lui, elle l'a condamné à mort ! »

Madeleine Gavi s'était affalée sur la table, et, avant que j'eusse pu l'aider à se relever, son mari l'avait prise par les épaules, l'avait soutenue, serrée contre lui tandis qu'elle sanglotait.

J'avais compris les mots qu'elle balbutiait. A phrases brisées, elle avait dressé le portrait de son pauvre petit Jérôme, si doux, si bon, qui aurait tant voulu bien faire, réussir, pour lui-même, mais aussi pour eux, ses parents. Hélas, il avait été entraîné dans des études qui n'étaient pas faites pour lui, mais pour les gens qui n'ont pas besoin de travailler tout de suite, des études qui ne servent à rien de pratique. Elle le lui avait dit, mais il était obstiné, ça le passionnait, aussi, et il y réussissait bien. Il songeait à devenir professeur. Il lisait tout le temps, il écrivait aussi.

« On se saignait pour lui. Il habitait encore ici, comme un enfant, mais c'était un homme et toutes ces mauvaises influences, ces gens pourris autour de Nathalie Rovere, ça l'a détruit ; c'est de ça qu'il est mort. Ils avaient de l'argent. Lui, il ne nous demandait rien, on lui en proposait un peu, mais il refusait. Alors, c'est cette salope qui l'entretenait. Elle avait sa voiture. Elle payait les chambres d'hôtel où ils allaient, je le sais, on les y avait vus. Et puis, la maison en Corse dont elle avait hérité ! Comment il pouvait se dégager, Jérôme ? Lui, rien : des papiers, des livres. »

Madeleine Gavi avait repoussé son mari :

« Venez, venez. »

Elle m'avait empoigné le bras, m'avait entraînée dans l'entrée, avait ouvert la porte qui se trouvait au bout du petit couloir d'à peine deux mètres de long et de moins d'un mètre de large.

C'était la chambre de Jérôme. Une affiche du film *L'Armée des ombres* occupait toute une cloison. Elle représentait une colonne allemande, fanfare en tête, descendant les Champs-Elysées, cependant que, dans un coin obscur, des hommes guettaient, l'arme au poing, silhouettes héroïques et traquées dont on devinait qu'elles étaient engagées dans un combat inégal, nécessaire et désespéré.

Je suis allée vers la fenêtre. Jérôme Gavi avait travaillé là depuis l'enfance, accoudé à cette petite table, le regard se perdant vers la colline, le lit cailouteux de la rivière, ces rangées de platanes bordant l'avenue. A chaque seconde il avait dû s'opposer à cette réalité si prosaïque : un parking avec, au bout, la cité commerciale dont j'avais aperçu les rideaux baissés.

Pourtant, avais-je pensé, Jérôme n'avait jamais manqué de l'essentiel. Il avait eu sa chambre, ses livres. Il avait poursuivi les études qu'il avait choisies. Des parents avaient continué de le protéger. Il n'avait pas eu à errer à la recherche d'un toit, d'un repas. Il n'avait jamais connu la misère. Une fille l'aimait, peut-être à en mourir, sans doute à en tuer.

Je m'étais pourtant sentie oppressée dans cette chambre étroite où l'enfance était encore si présente. J'avais étouffé dans cet appartement pourtant suffisant pour une famille de trois personnes. Et j'avais compris que cent fois Jérôme avait dû avoir la tentation de renverser ces cloisons, de briser ces meubles trop brillants, d'ouvrir cette fenêtre et, qui sait, de se précipiter en bas, sur le ciment du parking, pour que sa vie enfin éclate.

Il n'avait manqué de rien, hormis d'un de ces chants majeurs qui emplissent la tête à ce tournant de la vie où d'aucuns ont besoin d'un refrain qui les entraîne, qui imprime un rythme et un sens à la marche.

J'avais regardé longuement l'affiche de *L'Armée des ombres*. Je me souvenais du son des fifres de la fanfare allemande qui paradait dans Paris tombé, et du murmure qui s'était élevé :

Ami, entends-tu le vol noir du corbeau sur nos plaines ?
Ami, entends-tu le bruit sourd du pays qu'on enchaîne ?

Jérôme avait dû fredonner ce chant. Mais la vie n'offrait plus l'occasion d'un combat héroïque, et il était mort d'une violence qui n'était plus que celle des faits-divers.

J'avais quitté l'appartement, laissant Madeleine Gavi couchée sur le lit de son fils, le visage enfoui dans l'oreiller.

« Excusez-nous », avait murmuré sur le palier le père de Jérôme.

Je n'avais rien su lui répondre.

37

Je n'évoquai pas avec Michèle Lugrand ma visite aux parents de Jérôme Gavi dans leur F3, au cinquième étage du bâtiment A de la résidence des Oliviers. A quoi bon ?

Dès que je la vis dans l'entrée de son appartement, j'eus le sentiment qu'elle n'aurait pu comprendre ce que je ressentais devant le contraste des lieux. Cette entrée hexagonale, encore agrandie par les miroirs biseautés qui couvraient les trois panneaux faisant face à la porte palière, était, à elle seule, plus vaste que la salle de séjour des Gavi.

Michèle Lugrand m'entraîna immédiatement sur le balcon-terrasse qu'encadraient des cariatides soutenant le balcon de l'étage supérieur. J'avais remarqué ces statues drapées qui, tout au long de la façade, conféraient à l'immeuble un style hésitant entre le néo-classique et le baroque bourgeois. L'imposant *Palazzo* était situé au pied de la colline de Cimiez, à la fois dans et hors de la ville, et la dominant.

Depuis le balcon, j'admirai la ville où alternaient le rouge des tuiles, le blanc ou l'ocre des terrasses et des façades, le vert des volets. Elle était recouverte par une brume bleutée qui faisait songer à un voile légèrement soulevé par le vent et laissant entrevoir à l'horizon le miroir fragmenté de la baie.

« Matisse, n'est-ce pas ? Est-ce que ce n'est pas un de ses tableaux ? me dit Michèle Lugrand en m'invitant à m'asseoir à la table qu'elle avait dressée sur le balcon et que coloraient de touches de couleur une nappe et des serviettes de toile écrue, des tomates dont le rouge vif était encore relevé par le blanc des tranches de mozzarella.

Michèle Lugrand continua de parler, un peu trop vite, de tout et de rien. Le traiteur italien, de l'autre côté du boulevard de Cimiez, était excellent. Il livrait à domicile. Elle-même affirmait ne plus cuisiner, utiliser à tout instant un four micro-ondes. Elle ne pouvait se permettre de gaspiller son temps. Elle avait deux livres en chantier, ses cours, ses étudiants...

Elle buta sur ce mot, s'interrompit.

Avais-je regardé le dossier ? poursuivit-elle. Allais-je assurer la défense de Nathalie Rovere, comme on le lui avait dit ? Cette fille était une garce qui traînait à la faculté pour surveiller Jérôme Gavi. Elle avait étouffé ce garçon qui ne demandait qu'à s'évader et à s'épanouir.

Michèle Lugrand s'était levée, marchait à grands pas sur le balcon.

Elle avait remarqué Jérôme Gavi depuis longtemps, raconta-t-elle. Ses exposés étaient à la fois informés, érudits et toujours originaux. Il renouvelait les sujets les plus classiques en les abordant sous un angle nouveau. Je ne l'ignorais pas, l'intelligence était d'abord une question d'angle, de point de vue. Jérôme Gavi avait ce regard personnel.

Michèle me parlait à présent avec autorité. Sa voix était énergique, ne manifestant plus aucune trace de cette angoisse que j'avais perçue lorsqu'elle m'avait téléphoné. Je la regardai avec étonnement. Je m'étais attendue à trouver une femme aux abois, craignant, comme elle me l'avait dit, pour sa réputation, envisageant de quitter la ville, seule au milieu de sa vie et de sa carrière en ruines, et je découvrais quelqu'un de résolu à mordre.

« Bon, me dit-elle, j'ai couché avec ce garçon chez moi, où est le drame ? Il était majeur, je vis seule, ce n'est pas un crime. Ça ne mérite même pas d'être mentionné. D'ailleurs, jusqu'à présent, personne ne s'y est risqué. Qui pourrait le faire ? Nathalie Rovere est la seule à savoir. Avec toi. En quoi révéler cette histoire qui n'a pas duré plus de deux heures présenterait-il le moindre intérêt ? Jérôme Gavi est mort. »

Je n'appréciai pas le ton avec lequel elle prononça ces mots. Pourquoi, si elle était si sûre d'elle, m'avait-elle lancé au téléphone cet appel au secours, comme si j'avais eu, seule, la possibilité de la sauver ?

Je l'observai avec attention. Elle avait mon âge et sa silhouette — hanches serrées dans une jupe fendue, chemisier blanc très strict tendu sur sa poitrine — était encore juvénile. Elle portait des collants noirs et des chaussures à hauts talons qui tranchaient avec le brun austère du tailleur.

Peut-être, à cause de sa raideur et de sa froideur, n'en paraissait-elle que plus provocante, comme si cette femme qui ne se laissait pas choisir, mais décidait qui elle voulait mettre dans son lit, incitait à relever le défi de sa conquête.

Jérôme avait dû se soumettre, surpris, ému, bouleversé en découvrant cette femme mûre, si différente de Nathalie, comme de sa propre mère : Michèle Lugrand, son « maître », elle dont il était l'étudiant, qui possédait le savoir et qui lui ouvrait maintenant la porte de sa chambre. En pénétrant dans cette pièce quatre ou cinq fois plus grande que la sienne, il avait dû être saisi d'un sentiment d'exaltation et de profond abattement.

Il avait dû osciller entre l'espoir d'être enfin parvenu à échapper à son monde et la peur de trahir les siens, d'abord Nathalie Rovere, mais aussi ceux qui habitaient là-bas, cité des Oliviers, de l'autre côté de la ville. Comment aurait-il pu quitter cet appartement autrement que comme un homme ivre, comblé, désespéré, inquiet ?

« Tu n'imagines pas », me dit Michèle Lugrand.

Elle avait caché ses yeux sous de grosses lunettes noires.

Nous étions à la fin du déjeuner. Il faisait chaud. Elle avait ôté sa veste, retroussé les manches de son chemisier. Je notai que la peau de ses bras commençait à se flétrir. Nue, Michèle Lugrand, tout comme moi, ne devait pas pouvoir cacher qu'elle était proche de la cinquantaine. Elle avait dû profiter du corps de Jérôme avec l'avidité et le savoir-faire, peut-être aussi la fureur de qui souhaite étreindre chacun des instants dès lors qu'ils lui sont comptés.

Jérôme s'était peut-être affolé en découvrant ce comportement qui lui était étranger. Il avait à peine plus de vingt ans, un âge où l'on n'a pas conscience de la brièveté du temps qui reste. Peut-être même avait-il, en se laissant aimer, en aimant, éprouvé une sorte de dégoût en se rappelant, par contraste, le corps ferme et lisse de Nathalie Rovere. Cela avait dû nourrir son désarroi, ce sentiment de trahison qui, au fur et à mesure que le souvenir de son désir s'effaçait, avait dû l'envahir.

« Ils ont voulu... murmura Michèle Lugrand.

— Nathalie et Jérôme ? »

J'ai alors rappelé à Michèle Lugrand ce qu'elle m'avait dit au téléphone. Jérôme avait voulu la tuer, avait-elle prétendu. Nathalie Rovere, qu'elle avait qualifiée de garce, de salope et de folle, était présente. Je ne faisais là, précisai-je, que rapporter ses propos. Les maintenait-elle ?

Elle s'était à nouveau levée.

N'avais-je pas trop chaud ? Elle s'absenta quelques minutes, rapporta le café qu'elle servit d'un mouvement lent de la main.

« Ils ont donc voulu... ? » repris-je.

Mais que voulaient-ils ? La dévaliser ? La tuer ? Ou simplement exiger qu'elle fournisse à Jérôme Gavi un alibi pour la fameuse nuit ?

C'est Nathalie Rovere qui avait demandé cela d'une voix altérée, expliqua Michèle. Il fallait que Mme Lugrand déclarât que Jérôme ne l'avait quittée qu'au matin, le jour levé. Michèle Lugrand avait évidemment refusé. Plus tard, elle avait appris que, cette nuit-là, Jérôme avait tué un homme, sur la promenade du bord de mer.

Nathalie Rovere était devenue comme folle, injuriant Michèle, la menaçant, prétendant qu'ils étaient armés, qu'ils allaient l'abattre.

« Je n'ai pas perdu mon sang-froid, ajouta Michèle Lugrand. Je me suis avancée vers eux, je les ai chassés.

— Ils sont partis ? »

Michèle servit à nouveau du café.

Les derniers instants étaient confus dans sa mémoire. Nathalie Rovere et Jérôme s'étaient concertés, disputés, tout cela n'avait duré que quelques secondes. Jérôme avait fait le geste de s'emparer d'une arme dans son sac. Nathalie avait alors crié : « C'est moi qui vais la tuer ! »

« J'ai eu peur. J'ai pensé à me jeter sur eux avant qu'ils ne tirent, ou à tenter de fuir. Tout à coup, le téléphone a sonné. Ils ont été décontenancés. J'ai aussitôt décroché et j'ai reconnu la voix de mon père. J'ai crié leurs noms : "Souviens-toi de Nathalie Rovere, de Jérôme Gavi ; s'il m'arrive quelque chose, souviens-toi !" Nathalie Rovere s'est précipitée, m'a arraché le combiné, puis elle a entraîné Jérôme, et ils sont partis. Mon père m'a rappelée, inquiet...

— Tu n'as pas vu l'arme ? » ai-je demandé.

Elle a paru scandalisée par ma question. L'arme était dans le sac, elle en était sûre. Jérôme Gavi puis Nathalie Rovere avaient voulu l'empoigner à plusieurs reprises, mais ils n'avaient pas eu le courage d'aller jusqu'au bout.

« J'ai fait front, aussi », ajouta-t-elle en se levant.

Souhaitais-je qu'elle fît encore du café ? Ça n'était l'affaire que de quelques minutes.

Je refusai.

Elle tint à me raccompagner à l'hôtel Westminster, mais, pendant tout le trajet, nous n'échangeâmes pas un seul mot.

Au moment où je descendais, elle s'est penchée vers moi, me retenant par la manche.

Il ne fallait pas qu'on parle d'elle. Pouvait-elle

compter sur moi ? Sa petite passade avec Jérôme Gavi, il fallait l'effacer. Elle n'était utile à personne. J'étais l'avocate de Nathalie Rovere : je pouvais lui faire comprendre ça, n'est-ce pas ?

J'ai murmuré que chaque détail avait son importance. Une affaire, c'était comme un mécanisme d'horlogerie. Si on ôtait une pièce, même si elle pouvait paraître superflue, un tout petit rouage, tout risquait de se dérégler.

« Mais Jérôme Gavi est mort ! » lança-t-elle en lâchant mon bras.

Je crois que j'ai répondu en claquant la portière : « Parce qu'il est mort, justement. » Mais elle n'a pas dû entendre.

38

En pénétrant dans le hall de l'hôtel, j'ai aussitôt pensé, en voyant ce jeune homme brun, râblé, qui se balançait d'un pied sur l'autre, comme obéissant à un rythme intérieur, qu'il s'agissait de Mouloud.

Je me dirigeai vers lui avec un sentiment d'irritation, puis, peu à peu, de pitié condescendante. Je dus marmonner : « Qu'ils ont l'air cons ! » Les yeux mi-clos, s'accompagnant d'un claquement de doigts, se dandinant, dodelinant de la tête, Mouloud mimait jusqu'à la caricature le type en transe dont tout le corps n'est plus que musique. Il portait bien sûr un pantalon et un blouson de toile effrangés, trop amples, une casquette marquée « NY », des chaussures de basket.

Je m'arrêtai à quelques pas de lui, et ma colère retomba. Nous suivions et reproduisions tous des modèles, Michèle Lugrand, le sien ; moi, le mien. Chacun de nous, si on le considérait sans bienveillance, n'était qu'une marionnette, un automate. Nous ne restions en vie que parce que nous nous appliquions à tenir nos rôles, à démarrer dans les limites fixées par le metteur en scène chargé de régler la distribution de la pièce sociale dont nous étions les acteurs. Tu seras la femme indépendante, m'avait-on dit. Tu seras le fils d'immigrés, avait-on indiqué à Mouloud. Chacun, nous interprétions notre texte. Malheur à celui qui inventait sa réplique, qui improvisait ! Celui-là était chassé du théâtre. Il ne fallait pas non plus se tromper de scène, jouer à la fin du siècle une tragédie des années quarante. On ne pardonnait ni le contre-emploi, ni le contretemps.

Je touchai le bras de Mouloud et il s'immobilisa aussitôt, le corps tendu, sur ses gardes. Sa souplesse n'était qu'apparence. C'était un garçon figé dans l'inquiétude, raidi par la peur mais qui essayait de donner le change.

« Jérôme Gavi... » ai-je dit.

Il recommença à se dandiner, à se trémousser même.

« Gavi, Gavi, Gavi », répéta-t-il comme s'il dansait sur ces deux syllabes pour exorciser ce nom, cette mort.

« On sort d'ici, me lança-t-il tout à coup. On crève : ça pue le vieux, le fric. J'aime pas. »

Il traversa le hall en trois ou quatre bonds, puis dévala les escaliers et disparut dans la porte à tambour ; je le suivis à pas lents, sentant sur moi le regard étonné du portier.

Mouloud avait déjà traversé la chaussée, et, depuis le trottoir de la Promenade, me faisait signe de le rejoindre. Le temps que le flot des voitures s'écoulât, je pus à nouveau l'observer : il avait les jambes un peu arquées, les épaules — tout au moins celles de son blouson — larges, un visage osseux, la peau bistre.

En m'attendant, il s'était remis à sautiller ; les nombreux promeneurs l'évitaient, tout en se retournant, cependant qu'il les ignorait comme si tout l'espace lui avait appartenu.

« Gavi, Gavi, Gavi », avait-il recommencé à répéter dès que je me fus approchée de lui.

Il était venu à mon rendez-vous, expliqua-t-il, soudain grave, la tête baissée, marchant sur la pointe des pieds à petits pas, parce que j'étais l'avocate de Nathalie Rovere et qu'il avait du respect pour « la Reine Nathalie ».

J'avais dû manifester d'une mimique ma surprise, car il reprit avec emphase :

« La Reine ! La Reine est en cage, c'est pas possible ! Vous allez la sortir de là. Nathalie peut pas accepter ça. Elle a toujours fait ce qu'elle a voulu... »

Il avait serré les poings, singé une posture de boxeur.

« Tirez-la dehors !

— Et Jérôme Gavi ? » ai-je répété.

Mouloud s'est d'abord contorsionné sans répondre, puis, brusquement, il m'a expliqué : Gavi, il n'était quelqu'un que parce que Nathalie l'avait décidé ; depuis toujours, il était son mec. C'était lui et personne d'autre. Elle pouvait faire n'importe quoi avec n'importe qui, ça n'avait pour elle aucune importance. Elle n'en avait que pour Jérôme. Il n'aurait eu qu'à se laisser bercer, nourrir par elle. C'est un rêve, pour un mec, une fille qui a des sentiments comme ça.

« Cet homme retrouvé mort... » ai-je questionné.

Mouloud ne me laissa pas terminer. On lui avait mis ça sur le dos. Bien sûr, il s'était battu, il y avait des mois, avec ces types-là, des racistes qui vidaient les squatts. Mais le tuer, pas assez con pour ça ! Ça, c'étaient les conneries de Gavi. Et ce salaud n'avait pas voulu se présenter chez les flics. Il avait souhaité que Mouloud soit accusé, inculpé à sa place.

« Nathalie Rovere aussi », ai-je murmuré.

Mouloud s'est arrêté, une expression boudeuse déformant son visage. Même si c'était vrai, il ne lui reprocherait pas. Elle avait voulu défendre son Gavi. Mais c'était lui qui avait trahi. Et c'était à cause de lui qu'elle se trouvait en cage.

« La drogue, ça n'était pas Jérôme Gavi...

— Laissez ça ! répliqua Mouloud. Ne mélangez pas, jamais ! »

Cependant, peu à peu, en se dirigeant vers le quai des Etats-Unis, vers les maisons basses qui bordent la vieille ville, à l'emplacement des fortifications, en longeant cette plage de galets de plus en plus large, en approchant du lieu où, sous une voûte, on avait retrouvé le cadavre du type aux cheveux ras tué par Jérôme Gavi — je m'en étais à présent persuadée —, Mouloud me parla de ce trafic : rien, quelques grammes destinés à des types importants et que Nathalie leur livrait...

« Toi ? »

Je l'avais tutoyé. Il me répondit tout à coup sur le même ton de complicité, comme si le fait d'avoir marché côte à côte depuis une heure, isolés au milieu de la foule des promeneurs qui se retournaient sur le couple bizarre que nous formions, avait fait tomber nos préjugés respectifs et que nous en étions arrivés à nouer une relation de confiance et d'égalité.

Lui approvisionnait Nathalie Rovere, et il se chargeait, en tant que coursier, de fournir quelques clients, mais ceux-là n'étaient que des petits paumés, des camés de rien du tout, alors que Nathalie, c'étaient des types occupant les grands appart'de la Promenade, dans des villas. Une fille comme elle, ça les rassurait. Ils aimaient la regarder.

« Ils la touchaient ? »

Mouloud fit la moue. Ça comptait pas. S'ils payaient gros, sans doute qu'elle acceptait, mais ce n'était pas quelqu'un à se laisser piéger. C'étaient les autres qui se retrouvaient comme des cons avec une fille qui leur glissait entre les doigts, qui faisait toujours ce qu'elle voulait et ne se sentait liée à rien, sauf

225

à Gavi, ce merdeux pour qui elle se serait fait trouer la peau.

« C'est lui qui est mort.

— Il a fait toutes les conneries, il fallait bien que ça lui retombe dessus, non ? »

Nous nous sommes assis à la terrasse d'un café, sur le cours Saleya. Mouloud a salué un groupe de jeunes gens ; j'ai demandé s'ils connaissaient Gavi. C'était la bande, m'a-t-il répondu : Myriam, François, Sabine, Jo. Les filles, surtout Myriam, elles auraient toutes voulu se faire Gavi. Ce con, il avait été traîner ailleurs, cette nuit-là où il avait tué le type. Avec qui ? Mouloud ne savait pas. Mais il était sûr que ça lui avait tourné la tête. Il n'avait plus su où il en était. Son histoire avec cette femme était peut-être la cause de tout. Sans compter les livres qu'il emmenait partout. Il n'avait que la guerre en tête, Gavi.

« Ton frère Ferhat et Missen... Tu le connais ? »

Mouloud resta longtemps silencieux, la tête rejetée en arrière, le cou offert, la casquette enfoncée jusqu'aux yeux. Il parla ainsi, comme s'il voulait que ses paroles ne reviennent jusqu'à moi que parce qu'elles retombaient du ciel vers lequel il les lançait.

Il n'avait vu Henri Missen qu'à deux ou trois reprises. Il n'avait pas aimé cet homme, son visage de faux jeton. Peut-être lui seul tenait un peu Nathalie Rovere. Elle lui livrait régulièrement de la coke, mais restait aussi parfois coucher chez lui, là-haut, dans sa maison de Caussols. Il avait pourtant un corps de pourri, mais peut-être aimait-elle ça aussi, la Reine, et Gavi était-il trop con pour lui apporter toutes les choses dont elle avait besoin. Il payait gros, Missen. Ferhat le connaissait aussi et se méfiait de lui. L'idée de Mouloud, c'est que s'il n'y avait pas eu la saloperie de Missen et la connerie de Gavi, tout aurait pu s'arranger.

« Mon frère... » murmura-t-il.

Dans ces deux mots, j'entendis l'admiration, le respect, la crainte et la douleur.

Ferhat avait rendu visite à son frère en prison. Il avait aussi fait passer le message par l'avocat. Il voulait faire sortir Mouloud, mais sans que Gavi aille le remplacer en prison. Le meurtre du type aux cheveux ras, au fond, la police s'en foutait. Elle n'avait même pas pu retrouver l'identité du mec : peut-être un Hollandais ou un Allemand. Mouloud, d'après Ferhat, devait cesser d'accabler Gavi. Il suffisait qu'il doute à présent de la confidence que Jérôme lui avait faite, qu'il se demande si, en effet, ce n'était pas simplement un propos de type qui a bu ? Et, comme il n'y avait aucun indice de la culpabilité de Mouloud, le juge serait bien obligé de le libérer. On n'avait pas saisi de drogue chez lui ni sur lui. Toutes les accusations allaient tomber en poussière. Il suffisait d'un peu de patience. Ferhat allait se charger de raisonner Gavi et Nathalie Rovere. Parce que personne n'avait intérêt à ce que la police vienne fouiner dans leurs vies. Ferhat pensait que Nathalie comprendrait et réussirait à convaincre son con de type, ce Gavi par la faute de qui tout était arrivé. Ferhat souhaitait les rencontrer à Caussols, discuter avec eux.

« Missen a dû se trouver là », ajouta Mouloud.

Il se redressa dans le fauteuil, se pencha vers moi. Pour la première fois, il ôta sa casquette. Sa tête rasée était noire.

« Je ne veux pas penser que Gavi ait tué mon frère, marmonna-t-il. Je veux pas de ça. Nathalie l'aurait pas laissé faire. Ferhat, elle l'estimait. Je crois même... »

Il secoua le torse, s'enfonça de nouveau sa casquette jusqu'aux sourcils.

« Elle faisait ça avec qui elle voulait, celui qui la payait ou celui qu'elle avait envie de se taper, ou bien pour lui faire plaisir, une fleur pour rien, par gentillesse. Dans le cas de Ferhat, ç'avait dû être une envie. »

Il s'étira. Lui, elle ne lui avait jamais donné ça — il fit claquer ses doigts —, peut-être parce qu'il connaissait Gavi et qu'elle ne voulait pas lui faire ça avec un ami.

Il soupira :

« Qui sait quand elle sortira ? Je suis toujours preneur...

— Ton frère, alors : qui ? C'est la même arme qui a servi pour lui et pour Missen.

— Pas Gavi, répéta Mouloud. C'est tout : pas lui. Les détails, je m'en fous. Ça ne peut pas être lui. Ça ne doit pas être lui !

— Ce n'est pas Nathalie ?

— C'est l'autre, le pourri, Missen. Je le sens comme ça. »

Comment, il ne savait pas. Affaire de cul : celui de Nathalie ; affaire de fric : celui de Missen. Affaire de coke ? Missen ne pouvait pas vivre sans. Il avait descendu Ferhat et Gavi l'avait tué. Ça oui, ç'avait pu se faire. Que Gavi ait tiré sur Missen, lui ait fait éclater la tête, c'était normal. Même Nathalie l'aurait accepté, parce que Gavi avait le droit. C'était une connerie, mais il avait le droit, surtout si Missen avait descendu Ferhat.

« Nathalie, elle ? Rien, seulement un témoin, alors que c'est elle qui est en cage ! » conclut Mouloud.

Il se leva, saisit les accoudoirs de mon fauteuil et avança son corps comme s'il voulait m'écraser.

« Fais-la sortir ! »

Sa présence si proche m'oppressa ; je le repoussai en appuyant mes deux mains sur sa poitrine. Il bondit aussitôt en arrière.

« Sinon, elle va crever ! »

J'entamai un discours de raison sur les obstacles à la mise en liberté provisoire, sur le fait que la société devait sanctionner ceux qui violaient les lois. Nathalie Rovere...

« Tu crois que tout le monde paie pour ce qu'il fait ? » demanda Mouloud.

Puis il s'éloigna en sautillant.

39

Le lendemain matin, alors que je roulais sur le chemin des Crêtes, au sommet des collines qui
dominent la vallée du Var, un vent glacé me surprit
après une courbe, si inattendu et si brutal que je ne
parvins pas à maintenir la petite voiture de location
dans l'axe de la route et que je me retrouvai dépor-
tée vers l'à-pic.

Je m'arrêtai, saisie de panique. Je voulus sortir du
véhicule, mais j'y renonçai, tant la pression du vent
sur la portière était forte. Les pins parasols, les oliviers, les haies de lauriers étaient ployés, et la
rumeur du vent plus forte que celle d'une houle battant les rochers. Le ciel et les grandes tables calcaires
des Baou, dont les falaises abruptes fermaient l'horizon, avaient changé de couleur. Un noir brillant couvrait tout le paysage et je craignis qu'une tornade et
des flots boueux ne viennent balayer la route. J'avais
en mémoire des images de voitures noyées, d'arbres
abattus et emportés.

Je me maudissais.

Une fois de plus, sans que rien ne m'y forçât, je
m'étais fourrée dans une situation qui m'angoissait,
dont je ne pouvais sortir qu'en relevant des défis que
nul ne m'avait imposés. J'étais cette pitoyable vedette
de cirque qui se fait enchaîner, enfermée dans une
boîte, et assure qu'elle va réussir à se dégager et
retrouver sa liberté avant de mourir étouffée.

Pourquoi avait-il donc fallu que je choisisse de
défendre Nathalie Rovere, que je m'obstine à vouloir
rencontrer ses parents ? Rien ne m'obligeait à cette
dernière démarche : Nathalie Rovere était majeure.

Lorsque j'avais téléphoné pour rencontrer son père
ou sa mère, on avait, dès mes premières phrases, raccroché sans même proférer un mot. Et, depuis lors,
personne n'avait répondu à mes appels.

Je m'étais donc décidée à rendre visite à Josiane et Maurice Rovere, malgré leurs dérobades. Il fallait que je sache. Mais quoi, mon Dieu ? Mon confrère Brinon m'avait déjà indiqué que les parents de Nathalie avaient refusé de le recevoir, qu'ils n'avaient jamais rendu visite à leur fille, et que, naturellement, si l'on voulait se faire régler des honoraires, il faudrait engager une procédure judiciaire.

Il était bien question d'honoraires ! Je ne m'étais pas engagée dans cette affaire pour de l'argent. J'allais plutôt perdre des clients en m'absentant de Paris pour traîner sur cette route que la pluie commençait à battre.

Je réussis à repartir, mais, au bout de quelques centaines de mètres, je commençai à errer, m'engageant dans des voies privées ou des chemins de terre qui descendaient entre des serres à œillets que l'averse martelait.

Je m'arrêtai plusieurs fois, hurlant de rage contre le temps, mes décisions stupides, ces parents indignes. Puis, tout à coup, le désespoir me submergea. Qu'étais-je moi-même ? Je me mis à sangloter, enfermée dans cette caisse opaque sur laquelle la pluie dévalait.

La question que Mouloud m'avait posée la veille tout en s'éloignant me revenait, comme si, à sa manière brutale, il avait retrouvé les mots qu'avait écrits mon fils Christophe peu avant sa mort :

> *Mais qui m'a choisi, moi,*
> *Parmi tant de coupables et d'innocents ?*
> *Qu'avais-je fait,*
> *Qu'avait-on fait avant moi ?*

J'avais jadis pensé, je pensais encore que Christophe avait payé pour moi, pour la liberté et l'indépendance que je m'étais octroyées, quel qu'en fût le prix. Or ce prix, c'était peut-être la vie de Christophe.

Et je savais fort bien que si j'étais là, sur cette route maintenant couverte d'une pellicule rougeâtre de boue et de gravier, c'était justement parce que je désirais savoir si Nathalie Rovere payait aussi pour ses parents.

Je pourrais appeler cela : « recherche de circonstances atténuantes ». Et, parce que j'ai du métier, il me serait facile d'apitoyer sur elle les jurés, de les faire douter, peut-être, de remettre de l'ordre dans le chaos de ces vies, de prêter un sens à des actes en les liant entre eux. Mais étais-je sûre, tout au fond de moi, que ce qui me permettrait d'accabler ou d'absoudre avait une existence réelle et n'était pas que mots, reconstructions mentales, écriture d'un récit qui ne correspondait en rien à ce qui avait poussé les uns et les autres — Jérôme, Nathalie, ou encore mon Christophe — à agir ou à subir ?

Je voulais que tout ait un sens, car c'est ainsi qu'on enferme un destin, dans une plaidoirie ; c'est ainsi qu'on se rassure et que l'on convainc. On tient le discours que les autres, juges et jurés, aspirent à entendre. Pouvais-je, à la fin d'un procès, ne pas me lever et dire seulement : « Je n'y comprends rien, il n'y a rien à comprendre, car l'incompréhensible gouverne nos vies. Jérôme Gavi a tué, Nathalie Rovere a été complice parce que c'est ainsi. Il n'y a qu'à constater ce qui a eu lieu. Rien ne sert d'expliquer. Rien ne sert de juger. Les uns sont morts. Nathalie Rovere est en prison. Elle en meurt. Voilà ce qui est. Je ne sais rien de plus. »

Je m'étais embourbée et restais sous l'averse, dans ce chemin effondré, pendant plusieurs dizaines de minutes. La buée m'isolait et je sursautai quand on frappa à la vitre de ma portière. Je la baissai et découvris une femme d'une cinquantaine d'années qui s'abritait sous un grand parapluie noir. Elle avait enfoncé ses pantalons dans ses cuissardes et portait une ample veste de toile imperméable. Elle me conseilla de ne pas rester là. L'orage, à son avis, allait cesser, mais on ne savait jamais. Les chemins se transformaient parfois en torrents et la pente des collines, vers la vallée du Var, était forte. Personne n'avait jamais été emporté, mais, n'est-ce pas, après tout ce qu'on a déjà vu, ça pouvait arriver si vite...

Elle m'offrit de m'abriter chez elle et nous marchâmes en nous tenant par le bras, moi pataugeant avec mes chaussures à talons, déchirée par une rage sourde contre moi-même et contre cette pluie, elle soliloquant, commentant les variations du temps, cette succession de plus en plus soudaine de périodes de sécheresse et d'averses.

« C'est comme la vie, conclut-elle en s'effaçant pour me laisser entrer la première dans sa maison. Il n'y a plus de juste milieu, plus de douceur ou de calme. C'est rien ou alors c'est pire. Les gens, comme le temps, ne savent plus être normaux. »

J'étais restée plantée dans la grande pièce aux murs blancs et aux meubles sombres. La femme me dit tout à coup en m'invitant à m'asseoir :

« Vous, vous cherchez la maison des Rovere. »

Elle en avait rencontré des dizaines, qui arrivaient de partout, curieux, policiers, journalistes qui, tout comme moi, s'étaient perdus entre les serres.

« Il faut connaître pour trouver », ajouta-t-elle en me servant une tasse de café brûlant.

Est-ce que je venais pour les journaux ou pour la télé ? De toute façon, la maison des Rovere était vide. Maurice, le père, on l'avait hospitalisé d'urgence dans les jours qui avaient suivi l'arrestation de sa fille.

La femme avait rouvert sa porte. La pluie n'allait plus durer. L'averse avait seulement lavé le ciel. D'ici une heure, la journée serait magnifique.

« Vous êtes quoi, au juste ? » me demanda-t-elle.

A ses yeux, je ne ressemblais pas à une journaliste. Elle avait changé aussitôt d'attitude lorsque je lui eus expliqué que j'étais l'avocate de Nathalie Rovere.

Elle ouvrit grand la porte, disant que je pouvais repartir, qu'il ne pleuvait presque plus. Elle tendit le bras, montrant sur la gauche du chemin, au-delà des serres, une maison dont on n'apercevait que le toit de tuiles.

« Le père est à l'hôpital ; la mère, elle a filé. Alors... »

Elle haussa les épaules.

Je m'avançai, mais elle m'arrêta sur le seuil.

Je n'étais tout de même pas chez les sauvages, ajouta-t-elle. Elle allait me raccompagner jusqu'à ma voiture.

Cette Nathalie Rovere, m'expliqua-t-elle en se tenant écartée de moi, tout en me protégeant avec son parapluie, personne ne s'était occupé d'elle, c'était vrai, mais c'était la graine qui était pourrie. Elle l'avait tout de suite compris.

Est-ce que je voyais ces oliviers, ces terrasses creusées comme des escaliers sur la pente ? C'était là que Nathalie s'envoyait en l'air, c'était le cas de le dire ! Elle avait montré son cul à tous ceux qui passaient. Elle faisait ça partout : dans les serres, dans sa chambre, dans les hôtels. Les parents ? La mère en vadrouille, le père avait baissé la tête pour ne pas voir. Un brave homme, Maurice Rovere ; et c'était donc lui qui payait, lui qui se retrouvait à l'hôpital. Les deux autres garces, elles ne finiraient pas à l'hôpital, elles y envoyaient les autres. La mère, Josiane, devait faire la grasse matinée chez un homme ; quant à Nathalie...

« Elle est en prison, ai-je dit.

— Pour combien de temps ? Vous allez lui trouver des excuses. Vous parlerez de ses parents, et ce que vous en direz ne sera même pas faux. Elle avait tout pour bien faire, mais ce n'était pas ça qui l'attirait. Quand elle n'avait même pas dix ans, elle tournait déjà autour des hommes, comme une petite putain. Et elle traînait déjà derrière elle son petit caniche, ce pauvre Jérôme. Elle levait les sourcils ? Il obéissait. Lui, pourtant, c'était de la bonne graine, ça se voyait. Mais il n'était pas assez fort pour elle. »

La femme ne bougea pas quand je remis le moteur de la voiture en marche.

« Je suis sûre, ajouta-t-elle, penchée vers moi, qu'elle l'a tué, comme elle a tué les deux autres. Elle n'avait plus besoin de lui. »

Puis elle secoua la tête :

« C'est jamais les coupables qui paient.

— Elle est en prison », ai-je répété.

La femme avait ricané :

« Des filles comme elle, ça se débrouille toujours. Voyez, vous êtes son avocate. Vous venez de Paris. Vous croyez qu'elle mérite ça ? Pourquoi vous la défendez ? Pourquoi vous êtes venue ? Parce qu'elle est passée à la télé ? Vous avez besoin qu'on parle de vous ? Ça rapporte, de défendre une salope ? »

Elle s'était mise à parler de plus en plus fort, appuyée de la main gauche au toit de la voiture, la droite tenant toujours son parapluie.

Tout à coup, elle s'était écartée, avait refermé son parapluie. L'averse avait cessé. Les couleurs, je m'en rendis compte à cet instant, avaient changé. Le noir s'était dissous dans une lumière un peu grise qui, peu à peu, avait viré au bleu.

« Si vous la défendez, a-t-elle lancé, c'est que vous ne valez pas mieux qu'elle, vous êtes même peut-être pire, car vous — elle a alors brandi le parapluie —, vous, vous savez, c'est votre métier de savoir. Vous êtes sûrement plus salope qu'elle. Allez, allez, défendez-la, tirez-la de là, et pendant ce temps, les gens qui mériteraient qu'on les sauve, on les laisse massacrer, et ils crèvent. C'est comme ça, hein ? »

Elle partit, plantant à chaque pas la pointe de son parapluie dans la terre boueuse du chemin.

40

Au début de l'après-midi, le vent était tombé. Adossé à l'une des collines qui surplombent la ville, le palais de justice de Grasse recevait de plein fouet le soleil ; la force et le brillant de son éclat étaient tels que le noir semblait une couleur impossible, impensable dans ce paysage composé des oppositions vives du bleu et du jaune, du rouge et du vert, de l'ocre et du blanc.

Je me retournai après avoir gravi les marches du bâtiment néo-classique dont la façade écaillée révélait la vétusté. Le moutonnement des collines, la marqueterie des toits s'étendaient jusqu'à une dernière ligne de hauteurs au sommet desquelles les reflets aveuglants du soleil dans les vitres paraissaient lancer des signaux d'une crête à l'autre. Au-delà, il me fallut imaginer la mer dans cette lumière blanche d'un après-midi dont l'insolente gaieté me faisait douter de la réalité de l'orage du début de matinée.

Le juge d'instruction, Françoise Terrane, m'accueillit dans un petit bureau encombré de piles de dossiers qui s'appuyaient aux cloisons. Cette jeune femme brune au visage avenant était assise le dos à une fenêtre ouverte. Derrière elle, des palmiers laissaient à peine entrevoir les immeubles voisins. L'air était doux. Je me sentis engoncée dans mes vêtements d'hiver, maladroite, presque incongrue. Pendant que j'ôtais mon manteau, je sentis le regard narquois de Françoise Terrane m'examiner.

Au bout de quelques secondes, nous nous étions jaugées et décidâmes, sans avoir échangé un mot, que nous n'étions pas ennemies.

Rien, dans l'apparence ou l'attitude de Françoise Terrane, ne m'incitait à m'opposer à elle. Elle était belle. Ses fines lunettes à monture métallique ne dissimulaient pas la vivacité de son regard. D'un geste précis, elle avait ouvert le dossier d'instruction, sans ces lenteurs hypocrites qu'on s'autorise parfois pour préparer une phrase, un argument. J'aimais son élégance, faite d'un simple pull-over blanc à col roulé et d'un tailleur noir à rayures grises dont la veste était à peine cintrée mais au pantalon serré sur les chevilles. La féminité de Françoise Terrane n'était d'ailleurs en rien étouffée par ce vêtement qui eût pu lui donner une touche équivoque, celle de certaines femmes confrontées aux hommes et qui choisissent parfois un statut d'androgyne afin de mieux se protéger. Avec ses cheveux mi-longs, sa poitrine bien dessinée, on ne pouvait douter un instant de sa séduction.

Elle m'interrogea, complice et presque amicale. Avais-je réussi à briser le silence de Nathalie Rovere ? Pour sa part, elle n'y était jamais parvenue et cet enfermement de l'inculpée l'avait non pas irritée, mais inquiétée. Depuis quelques jours, les surveillantes de la prison avaient la conviction que Nathalie ne s'alimentait plus, tout en s'efforçant — c'était une source de préoccupation supplémentaire — de dissimuler cette décision. Elle prenait ses rations mais ne les consommait pas. Françoise Terrane me demanda d'essayer de la raisonner et de lui faire comprendre où était son intérêt.

« Je ne tiens pas à l'accabler, maître, conclut-elle. Pour moi, elle n'est pas un monstre, mais quelqu'un qui s'est perdu, que nous devrions aider à retrouver sa route. »

Qu'avais-je à ajouter ?

Je racontai ma visite aux parents de Jérôme, sans lui cacher l'hostilité de Madeleine Gavi.

D'un hochement de tête, la magistrate m'indiqua qu'elle avait recueilli ces témoignages et les considérait avec la distance nécessaire.

Puis je me laissai aller à parler de mes impressions. Au fur et à mesure que l'orage se retirait, j'avais passé, lui dis-je, la plus grande partie de la matinée à visiter les lieux où s'était noué le drame. Je m'étais d'abord arrêtée devant la maison des Rovere, à quelques centaines de mètres de celle où une voisine m'avait accueillie. J'avais été frappée par l'étrangeté de cette maison où Nathalie avait grandi. Vue sous un certain angle, elle était imposante, presque démesurée : haute de trois étages, avec un immense mur aveugle qui la soutenait. Mais, quand on s'approchait, elle apparaissait étriquée, mesquine, ouvrant sur la route par une entrée étroite. Il fallait, pour marier ces deux aspects contradictoires, comprendre que la maison était construite à flanc de colline et que le troisième étage, du fait de la dénivellation, se trouvait au niveau du chemin. Peut-être cette maison était-elle comme le symbole de la vie de Nathalie Rovere et de Jérôme Gavi ? Des ambitions, des espoirs qui se trouvaient trahis par une réalité dont ces jeunes gens n'avaient saisi qu'un aspect, constamment déchirés entre l'illusion et le désir, l'espoir de les satisfaire et la fin du mirage, brutale comme un coup de feu.

Françoise Terrane m'avait écoutée avec attention, puis elle se leva et alla jusqu'à la fenêtre, s'appuyant au rebord.

« C'est la vie de tout homme, dit-elle : la mienne, la vôtre, maître. Est-ce que nous sommes devenues criminelles pour autant ? »

J'argumentai. La tension était plus forte, aujourd'hui que les illusions et le mirage étaient devenus la vie même. Devais-je évoquer ce règne des images qui peu à peu créaient un monde virtuel que les plus jeunes ne parvenaient plus à séparer du monde réel ?

Françoise Terrane m'indiqua d'un hochement de tête qu'elle ne me suivait pas dans cette voie de l'explication sociologique : télévision, cinéma, etc. Nathalie Rovere et Jérôme Gavi, me répondit-elle, étaient les enfants de familles somme toute traditionnelles, avec les problèmes habituels des couples, une médiocrité rassurante. Ils n'avaient connu ni privations, ni mauvais traitements. Ni l'un ni l'autre — même Nathalie qui en faisait commerce — n'étaient sous l'emprise de la drogue. Jérôme était même un étudiant brillant, passionné, semblait-il, par la voie qu'il avait choisie.

« Laissez donc le virtuel, maître, aux sociologues et aux psychologues. Dans cette affaire, il y a quatre corps morts, vraiment morts.

— J'ai vu la maison d'Henri Missen », repris-je, un peu gênée de m'être laissée aller à de telles généralités.

J'avais roulé, après avoir quitté les collines du Var, jusqu'à Caussols. En faisant le tour de la ferme Tozzi, j'avais imaginé cette nuit de rencontre, peut-être de discussion, suscitée peut-être par Ferhat, ainsi que l'avait affirmé son frère Mouloud, afin de trouver une sorte d'arrangement. Peut-être Ferhat avait-il sollicité la présence d'Henri Missen, estimant que celui-ci pourrait exercer une certaine influence sur Nathalie Rovere ?

Comment, tout à coup, la mort s'était-elle invitée parmi eux ? Qui l'avait appelée ?

Missen avait-il abattu Ferhat ? Puis Jérôme Gavi avait-il désarmé et tué Missen, autant par jalousie que pour châtier celui dont il avait dû connaître le passé ténébreux ?

Ou bien les événements s'étaient-ils déroulés plus simplement ?

Ferhat avait exigé de Jérôme Gavi qu'il se livre afin

que Mouloud soit relâché, innocenté de l'accusation du meurtre du type découvert au lendemain d'une nuit de tempête, sur la chaussée bordant la digue. Missen était intervenu : il guettait, depuis sa maison, l'arrivée de Nathalie, car il était en manque. Et Jérôme avait tiré, les abattant tous deux, parce qu'il refusait la prison et haïssait ce vieillard qui semblait tout connaître de la vie et du corps de Nathalie Rovere.

Nathalie l'avait suivi dans sa fuite, et, au passage, ils avaient dévalisé la maison d'Henri Missen, l'homme aux liasses de billets. Puis ils avaient dû abandonner leur voiture, et Jérôme Gavi avait glissé dans le vide.

Après avoir vu la maison de Marcel Tozzi et celle d'Henri Missen, j'avais, malgré mes talons hauts, parcouru à pied quelques centaines de mètres sur ces sentiers que les buissons d'épineux dissimulent. J'avais découvert un à-pic et imaginé que c'était celui sur les roches duquel Jérôme s'était écrasé, puis j'étais lentement retournée à ma voiture et étais allée déjeuner seule au restaurant des Deux-Coqs, à Gourdon.

Je n'avais eu aucune peine à faire parler le patron de ce qu'il appelait « le drame de Caussols ». Au contraire, il avait péroré, répété le témoignage qu'il avait déjà dû délivrer à tous les journalistes qui s'étaient succédé à sa table.

Henri Missen, affirmait-il, était un type curieux. L'argent ne comptait pas pour lui. Il ne s'intéressait qu'aux mathématiques, à l'astronomie. Il savait tout des étoiles, tout, mais aussi — le rire avait été délibérément gras, sonore — de la lune des jeunes, très jeunes femmes. Et ça, c'était dangereux. « A l'âge de M. Missen, qui on trouve pour montrer son cul ? Des garces. Et Nathalie Rovere, celle-là, croyez-moi, elle savait ce qu'elle voulait ! »

Je n'avais pris ni dessert ni café, roulant lentement jusqu'à Grasse.

« Je m'en tiens au dossier, aux faits attestés, reprit le juge Françoise Terrane après quelques minutes de silence. J'attire votre attention, maître... »

Elle feuilleta les cotes, sortit une feuille dactylographiée que je reconnus comme l'un des rapports de gendarmerie. Avais-je réfléchi à ce détail capital ?

Elle lut d'une voix bien posée, quoique un peu aiguë, la première phrase du rapport dans laquelle les gendarmes de Saint-Vallier indiquaient qu'au milieu de la nuit, ils avaient reçu un appel anonyme. Une femme qui déguisait à l'évidence sa voix leur avait déclaré qu'on venait de tuer deux hommes à la ferme Tozzi, située sur le plateau.

Je rougis comme une mauvaise élève prise en défaut. J'étais passée trop vite sur cette première phrase.

« Je suis persuadée, poursuivit le juge d'instruction, qu'il s'agit de Nathalie Rovere. C'est elle qui a appelé les gendarmes. Elle ne voulait pas d'une fuite qui allait entraîner d'autres violences, et peut-être la mort de Jérôme Gavi. Elle le préférait en prison, ce qui me conduit à penser qu'elle estimait qu'il pouvait bénéficier de circonstances atténuantes, à la fois pour le premier meurtre, celui de Nice, et pour ceux ou celui — si je vous suis, maître — de Caussols. Seulement, vous le savez, on ne maîtrise rien, surtout dans ce genre de situation. Nathalie s'est dénoncée pour éviter le pire, mais Jérôme est mort. Je comprends son traumatisme. »

Françoise Terrane était revenue s'asseoir. Si Nathalie Rovere parlait, continua-t-elle, si elle confirmait ces faits, donnait les raisons de la présence de Missen et de Ferhat à la ferme Tozzi, racontait les circonstances du double homicide, sa ligne de défense

serait efficace et cohérente. Et les jurés apprécieraient le coup de téléphone, sa volonté d'enrayer
cette folle spirale.

« Qu'en pensez-vous, maître ? C'est vous qui plaidez, convainquez-la. Je suis prête à l'écouter quand
elle voudra. »

Quand je descendis les marches du palais de justice, le soleil m'éblouit encore. Mais les couleurs
étaient déjà moins éclatantes, recouvertes d'un léger
lavis rougeâtre.

41

Je n'avais pas eu le temps de me rendre à la maison d'arrêt. J'avais dû rentrer à Paris le soir même.
Ma secrétaire n'avait pu différer au-delà du lendemain divers rendez-vous et audiences. La mécanique
de ma vie ne s'était pas interrompue parce que je
m'étais apitoyée quelques heures sur le sort de deux
jeunes gens. Mais j'avais ressenti mon départ de Nice
comme une trahison à l'égard de Nathalie Rovere.
Tout en me repoussant, elle avait peut-être cru
qu'enfin quelqu'un allait s'efforcer de la comprendre,
était décidé à la placer au centre de sa propre existence, que, peut-être pour la première fois de sa vie,
elle allait être prise en charge.

Pourtant je m'étais dérobée, ne la considérant finalement que comme un client parmi d'autres. Plus
marginal, même.

Mais, alors que l'avion s'était incliné, longeant la
courbe de la baie des Anges, me permettant d'apercevoir les collines et les quartiers de l'Est — j'avais
reconnu le damier des cités, la boule blanche de
l'Observatoire, sur les crêtes —, j'avais pensé que

j'abandonnais aussi Madeleine et Lucien Gavi, dont je n'avais pas à assurer la défense mais dont j'avais pénétré les vies, tout comme j'étais aussi, presque par effraction, entrée dans celle de Ferhat.

Et voilà que j'avais laissé cette ville s'estomper dans le ciel pourpre, la surface noire de l'eau se refermer sur ces destins un instant entrevus, hommes et femmes qui avaient sans doute pensé que j'allais demeurer parmi eux, avec eux.

Mais non. J'avais mes dossiers, ma vie.

Je passai à mon cabinet, rue de Sèvres.

Ma secrétaire m'y attendait, efficace et maternelle.

« Maître, maître, heureusement que vous êtes rentrée. Demain, à neuf heures... »

Les chemises s'entassaient sur mon bureau. Elle les avait ouvertes, faisant glisser les cotes, là les conclusions adverses, ici les conclusions en réponse.

« Voici le fax de votre confrère de Bruxelles. Vous partez demain matin. Je vous ai réservé une place avec petit déjeuner. Il faut que vous soyez à la gare du Nord à 6 heures 45 au plus tard... »

Pendant qu'elle parlait, j'eus la conviction que j'étais folle de vivre ainsi. C'était moi que je trahissais en trahissant l'espoir que d'autres qui n'étaient pas des sociétés multinationales, d'autres qui ne se battaient pas pour préserver un brevet, mais pour sauver leur peau, leur liberté, le sens de leur vie, avaient placé en moi.

« Il faut que je téléphone », dis-je à ma secrétaire.

Elle devait me passer mon confrère Lucien Brinon, à Nice.

« A Nice ? Mais vous en arrivez, maître ! »

Je me mis à hurler : il fallait que je parle à Brinon.

Dès que j'entendis sa voix compassée, je me sentis accablée.

Je lui demandai de suivre le dossier Rovere, puisqu'il était sur place et le connaissait. Bien entendu, il s'agissait entre nous d'une collaboration officielle qui pouvait s'étendre dans l'avenir à d'autres dossiers. J'avais parfois des affaires liées au milieu artistique, à la vente d'œuvres d'art, à des dations. Je savais qu'il s'intéressait à ces sujets. Souvent, mes clients habitaient la Côte d'Azur, à Cannes ou Saint-Paul-de-Vence. Je devinai, au bruit de sa respiration, qu'il gonflait de plaisir, qu'il salivait.

« Pour Nathalie Rovere, je puis compter sur vous, cher confrère ? »

Dès le lendemain, m'assura-t-il, il se rendrait à la maison d'arrêt de Grasse et rencontrerait la prisonnière. Quel message devait-il lui transmettre ?

« Dites-lui que je reviens la semaine prochaine et qu'elle peut avoir confiance, une entière confiance dans son juge d'instruction, Françoise Terrane.

— Je l'avais pourtant sentie très hostile, objecta sentencieusement Brinon.

— Répétez-lui mot pour mot ce que je viens de vous dire. »

Je raccrochai pour ne pas l'insulter.

Puis je me pris la tête à deux mains.

Que pouvait-il, ce pantin trop bien peigné, comprendre à Nathalie Rovere ? Que pouvait-il lui dire ? A chaque mot qu'il allait prononcer, elle se sentirait plus abandonnée, plus seule au fond de son abîme.

Mais, le lendemain matin, je dus prendre le TGV pour Lille-Bruxelles et me remémorer ces dossiers que j'avais oubliés comme appartenant à une partie morte de ma vie. L'essentiel de ma vie, pourtant.

Au retour, dans le train de 18 heures, je me laissai aller, somnolente, épuisée par cette journée de débats contradictoires où il n'avait été question que de pourcentages, de droit de propriété, de répartition des bénéfices, etc.

Dans le demi-sommeil, malgré moi, je recomposai

tout le drame de Caussols à partir d'une hypothèse différente.

Et si la voix de la femme qui avait appelé les gendarmes n'avait pas été celle de Nathalie Rovere ?

Il m'avait suffi de modifier ce point de départ pour que chaque fait se situe désormais différemment sur l'échiquier. Une ouverture différente donnait une autre partie. Nathalie Rovere et Jérôme Gavi devenaient les acteurs manipulés d'une stratégie visant à éliminer Henri Missen en maquillant sa liquidation sous les apparences d'une affaire de droit commun. Quelqu'un avait eu connaissance des liens de Missen avec Nathalie Rovere et de l'amour que celle-ci portait à Jérôme Gavi. Il avait suffi de ces quelques données à un habile joueur pour monter les coups qui allaient déclencher inéluctablement le drame et aboutir à l'exécution recherchée d'Henri Missen.

Michèle Lugrand, l'historienne de cette période, était devenue pour moi le rouage capital de cette machination. Elle avait séduit Jérôme Gavi. Le grain de sable avait été le meurtre de l'homme aux cheveux ras. Mais, malgré cela, le but avait été atteint, et l'incident du bord de mer avec les skinheads avait permis de mieux masquer la manipulation.

Durant plus de deux heures, le corps immobile et tendu, les yeux fermés, je bâtis un autre scénario, j'imaginais déjà ma plaidoirie, l'écho qu'elle rencontrerait, le trouble des jurés, le scandale que j'allais provoquer, déplaçant le débat, l'orientant vers ce bourbier qu'avaient été, si on voulait bien rejeter les images d'Epinal, les années de guerre et les luttes internes à la Résistance.

Je me convainquis de la solidité de cette reconstruction.

De la gare du Nord, en marchant sur le quai, je téléphonai à Benoît Rimberg pour lui exposer ma théorie :

« Ils ont liquidé Henri Missen parce qu'il détenait sans doute des documents et des secrets indicibles.

244

Ils se sont servis de Nathalie Rovere et de Jérôme Gavi pour exécuter ce crime. Les deux autres assassinats, celui de l'homme de Nice et celui de Ferhat, sont des bavures qui les ont servis.

— Qui, "ils" ? demanda Rimberg.

— Michèle Lugrand, c'est elle, la voix féminine qui a alerté les gendarmes pour qu'ils arrivent au plus vite à Caussols et trouvent Nathalie et Jérôme sur les lieux. »

Benoît resta un long moment silencieux, puis, d'une voix dure, il me dit :

« Tu déconnes, chère confrère. Rien ne tient. Si tu étais ma collaboratrice, je te remercierais dans les cinq minutes et te conseillerais de changer de métier. Ecris, puisque tu aimes ça. Et ne traîne plus au palais. Renonce à ta toque ! »

Il raccrocha. Ma conviction s'était effondrée. La fatigue me submergea et je me blottis au fond du taxi qui me reconduisait chez moi, rue Pierre-et-Marie-Curie.

Je n'eus même pas le courage d'interroger le répondeur dont le voyant rouge clignotait. Je m'installai sur le balcon, au froid, et laissai mon regard se perdre dans l'horizon brumeux.

Un simple déplacement de pion — Michèle Lugrand au lieu de Nathalie Rovere — m'avait donc permis de tout reconstruire, de changer des destins, le sens des actes de chacun. Je pris conscience avec une sensation de panique de cette fragilité des hypothèses et, même si Rimberg avait eu raison de me condamner, de cette inversion toujours possible des arguments et des déductions. Un seul aiguillage bougeait et des vies se perdaient ailleurs, dans d'autres directions.

J'avalai des somnifères pour ne plus penser.

Tôt le matin, j'errais dans l'appartement, un bol de café à la main, décoiffée, perdue, hagarde.

Mon attention fut attirée par le voyant rouge. Il suffit d'une pression du doigt pour que la voix de Lucien Brinon m'annonce que Nathalie Rovere avait fait une tentative de suicide. Elle avait perdu son sang en abondance, et, dans l'état de faiblesse où elle se trouvait, le pire était à craindre. On l'avait transportée à l'hôpital de Grasse.

Dans un deuxième message, ma secrétaire m'annonçait que Nathalie Rovere était morte. C'était la greffière de Françoise Terrane qui avait appelé. Je n'eus même pas la force de pousser le cri qui m'étouffait.

Pour la deuxième ou troisième fois de ma vie, j'avais la sensation physique que mon cœur se fendait, entraînant la déchirure de tout mon corps partagé, faillé.

Une terreur primitive m'avait saisie.

J'étais persuadée, non pas avec ma conscience, mais dans ma chair, que le malheur qui s'était abattu sur Nathalie Rovere et Jérôme Gavi, sur leurs parents et sur tous ces humbles qui m'avaient semblé innocents, quels qu'eussent été leurs fautes et même leurs crimes, était un *mystère* au sens religieux du mot, et qu'il m'avait été donné la *grâce* d'entrevoir cela, l'*incompréhensible*, de percevoir que tout effort pour tenter de démonter cette machinerie humaine se heurterait à ce mur sacré, à ce *mystère* à jamais irréductible.

Que je n'avais rien d'autre à faire qu'à prier face à ce qui semblait être une trahison de la vie. Que c'était dans cet acte de soumission et de foi que résidait l'espoir. Dans cette acceptation de la cécité, de l'incompréhensible, du mystère.

J'avais beau avoir disposé devant moi les pièces de

la machinerie comme les cotes d'un dossier, ce démontage puis cet assemblage, cette reconstruction n'expliquaient que les apparences.

Je ne savais rien.

Je ne comprenais rien.

Je m'agenouillai. Je me soumis. Je retrouvai la voix de mes prières enfantines.

Au bout de quelques minutes, la nuque baissée, je me sentis apaisée.

Puis, comme on dit, je me suis reprise.

J'ai crié : « Les cons ! » J'ai hurlé.

J'ai joint Lucien Brinon, je l'ai insulté. Naturellement, il n'avait rien pressenti. Il avait pourtant vu Nathalie Rovere !

Il parut choqué par mes reproches.

« Chère confrère, comment pouvez-vous en douter ? J'ai transmis mot pour mot votre message. Mais je crois que Nathalie Rovere était une personnalité pathologique, et les conclusions des premiers examens des experts psychiatres commis par le juge d'instruction vont dans ce sens. »

J'ai échangé quelques mots avec Françoise Terrane.

« Nous avons manqué de vigilance, m'a-t-elle dit. Nous avons cru, vous et moi, que nous disposions d'un peu de temps. On n'a jamais le temps. »

Je me suis reprise, mais on aurait pu aussi bien dire que je m'étais à nouveau perdue.

Je n'avais même pas lu les articles des journaux dont j'avais entr'aperçu les titres : « Epilogue tragique du drame de Caussols... », etc.

Ces poignées de mots résonnant sur un cercueil m'avaient donné la nausée.

Quelques mois plus tard, rentrant tard chez moi, j'ai machinalement mis en marche le téléviseur.

Dans un décor de bistrot, autour de petites tables, des dizaines de personnes débattaient.

J'ai aussitôt reconnu parmi les participants Michèle Lugrand, souriante, prenant souvent la parole. Ses cheveux bouclaient autour de son visage ; elle portait une jupe courte qui laissait voir ses cuisses. Elle avait croisé les jambes et, lorsqu'elle intervenait, elle se penchait en avant, révélant ainsi les rondeurs de sa poitrine.

Elle évoqua ce terrible printemps de 1943, les arrestations qui s'étaient multipliées dans les rangs de la Résistance française, les zones d'ombre qui demeuraient et enveloppaient des trahisons aux motifs politiques.

« Voilà le vrai grand secret de l'histoire de France au XXe siècle », martela-t-elle, veillant ensuite à remettre de l'ordre dans ses mèches que les mouvements de son corps, quand elle s'était exprimée, avaient déplacées.

Lorsque d'autres participants et l'animatrice de l'émission l'interrogèrent, Michèle Lugrand prit une expression de gravité. Il fallait parler en pesant bien ses mots, en mesurant toutes ses responsabilités, dit-elle. Mais pouvait-on, par exemple, accepter la thèse selon laquelle l'assassinat d'Henri Missen, l'un des témoins silencieux et mystérieux de cette période, n'eût été qu'un banal fait divers, une affaire crapuleuse ? L'homme détenait tant de secrets qu'il s'était toujours refusé à dévoiler, qu'on pouvait imaginer que certains, qui craignaient ses révélations, la divulgation des documents en sa possession — des documents, avait-il parfois confié à Michèle Lugrand, qui mettaient en cause les réputations les mieux établies, celles de personnages ayant accédé aux plus hautes charges de l'Etat —, avaient peut-être choisi de le faire éliminer.

D'autres acteurs et témoins de cette époque avaient été tués par des fous qui se prenaient pour des justiciers. Henri Missen, lui, était tombé sous les coups de jeunes marginaux. Pouvait-on exclure la manipulation d'esprits faibles ?

Je coupai le son.

Il me suffisait de regarder ces visages et ces yeux où tout et rien ne se lit.

Table

Table

La Demeure des puissants, Grasset, 1983.
Le Beau Rivage, Grasset, 1985, et Le Livre de Poche.
Belle Epoque, Grasset, 1986, et Le Livre de Poche.
La Route Napoléon, Laffont, 1987, et Le Livre de Poche.
Une affaire publique, Laffont, 1989, et Le Livre de Poche.
Le Regard des femmes, Laffont, 1991, et Le Livre de Poche.

Politique-fiction

La Grande Peur de 1989, Laffont, 1966.
Guerre des gangs à Golf-City, Laffont, 1991.

Conte

La Bague magique, Casterman, 1981.

En collaboration

Au nom de tous les miens, de Martin Gray, Laffont, 1971, et Le Livre de Poche.

Histoire, essais

L'Italie de Mussolini, Perrin, 1964 et 1982, et Marabout.
L'Affaire d'Ethiopie, Le Centurion, 1967.
Gauchisme, réformisme et révolution, Laffont, 1968.
Histoire de l'Espagne franquiste, Laffont, 1969.
Cinquième colonne, 1939-1940, Plon, 1970 et 1980, éd. Complexe, 1984.
Tombeau pour la Commune, Laffont, 1971.
La Nuit des Longs Couteaux, Laffont, 1971.
La Mafia, mythe et réalités, Seghers, 1972.
L'Affiche, miroir de l'histoire, Laffont, 1973 et 1989.
Le Pouvoir à vif, Laffont, 1978.
Le XXᵉ siècle, Perrin, 1979.
La Troisième Alliance, Fayard, 1984.
Les idées décident de tout, Galilée, 1984.
Lettre ouverte à Robespierre sur les nouveaux Muscadins, Albin Michel, 1986.

Que passe la Justice du Roi, Laffont, 1987.
Les Clés de l'histoire contemporaine, Laffont, 1989.
Manifeste pour une fin de siècle obscure, Odile Jacob, 1990.
La gauche est morte, vive la gauche, Odile Jacob, 1990.
L'Europe contre l'Europe, Le Rocher, 1992.
Jè. Histoire modeste et héroïque d'un homme qui croyait aux lendemains qui chantent, Stock, 1994.
L'Amour de la France expliqué à mon fils, Seuil, 1999.

Biographies

Maximilien Robespierre, Histoire d'une solitude, Perrin, 1968, et Le Livre de Poche.
Garibaldi, la force d'un destin, Fayard, 1982.
Le Grand Jaurès, Laffont, 1984 et 1994.
Jules Vallès, Laffont, 1988.
Une femme rebelle. Vie et mort de Rosa Luxemburg, Presses de la Renaissance, 1992.
Napoléon
   I. Le Chant du départ, Laffont, 1997, Presses Pocket, 1999.
   II. Le Soleil d'Austerlitz, Laffont, 1997, Presses Pocket, 1999.
   III. L'Empereur des Rois, Laffont, 1997, Presses Pocket, 1999.
   IV. L'Immortel de Sainte-Hélène, Laffont, 1997, Presses Pocket, 1999.
De Gaulle
   I. L'Appel du destin, Laffont, 1998.
   II. La Solitude du combattant, Laffont, 1998.
   III. Le Premier des Français, Laffont, 1998.
   IV. La Statue du commandeur, Laffont, 1998.

Composition réalisée par JOUVE

IMPRIMÉ EN ALLEMAGNE PAR ELSNERDRUCK
Dépôt légal Édit. : 11785 - 05/2001
LIBRAIRIE GÉNÉRALE FRANÇAISE - 43, quai de Grenelle - 75015 Paris.

ISBN : 2–253–15063–0

✦ 31/5063/8